24 HEURES DANS LA CHINE ANCIENNE

DANS LA MÊME SÉRIE

Donald P. Ryan
24 heures dans l'Égypte ancienne
(Payot, 2019 ; Petite Biblio Payot/Histoire, 2021)

Philip Matyszak
24 heures dans l'ancienne Athènes
(Payot, 2021)

YIJIE ZHUANG

24 HEURES DANS LA CHINE ANCIENNE

Traduit de l'anglais par Catherine Pierre-Bon
en collaboration avec Mario Pasa

PAYOT

Retrouvez l'ensemble des parutions
des Éditions Payot & Rivages sur

payot-rivages.fr

Titre original :
24 HOURS IN ANCIENT CHINA
A Day in the Life of the People Who Lived There
Michael O'Mara Books Limited
9 Lion Yard, Tremadoc Road
London SW4 7NQ

Maquette intérieure : Ed Pickford.
Carte : David Woodroffe.

AVANT-PROPOS

La période des Han occidentaux est l'une des plus fascinantes dans la longue histoire de la Chine. Ère de dynamisme et de changements à la fois politiques, sociaux et technologiques, elle connaît un accroissement démographique très élevé et de vives tensions sociales à l'heure où l'ordre ancien s'oppose aux idées nouvelles.

Les Han occidentaux (ou Han antérieurs) accèdent au pouvoir en 202 av. J.-C. Ils règnent sur la Chine pendant près de deux siècles, jusqu'à l'avènement de Wang Mang, qui reste en place de 9 à 23 ap. J.-C. Après cette brève parenthèse, les Han orientaux (ou Han postérieurs) se maintiendront sur le trône de 25 à 220 ap. J.-C.

L'expansion territoriale des Han occidentaux, leur croissance économique et la stabilité politique qu'ils instaurent sont comparables à celles de l'Empire romain, de l'autre côté du continent eurasien.

Fondé par Liu Bang, un ambitieux seigneur de la guerre ayant mis fin à l'éphémère dynastie Qin après une sanglante rébellion, l'empire des Han ne commence réellement à prospérer que sous le règne de Wudi[1] (de 141 à 87 av. J.-C.). Avant ce glorieux souverain, les premiers Han au pouvoir gouvernent selon la philosophie taoïste du « non-agir » (*wuwei*), une stratégie du laissez-faire qui permet à la population de se remettre des ravages économiques causés par les guerres et le despotisme des Qin. L'empereur Wudi change de cap et profite de la confiance acquise grâce à une série de campagnes militaires victorieuses pour asseoir les préceptes de Confucius au sein de l'administration et de la société, tout en inaugurant la tradition Han des grands projets d'infrastructure.

La journée que nous allons vivre se situe en 17 ap. J.-C., alors que les réformes de Wudi ont ouvert un long chapitre de rayonnement économique et culturel. L'empereur du moment, Wang Mang, est lui-même un réformateur dans une ère de progrès et d'innovations, mais c'est aussi une période déchirée par les conflits sociaux et les contradictions. Au fil des pages, nous sentirons venir le vent de la révolte, qui soufflera jusqu'à créer un raz-de-marée populaire. En 23 ap. J.-C., la foule des rebelles envahira le palais impérial et assassinera l'usurpateur.

Après la chute de celui-ci, la guerre, la famine et les inondations entraîneront un fort déclin de la population. Il faudra des siècles pour atteindre à nouveau les 60 millions d'âmes que comptait la Chine juste avant l'interrègne de Wang Mang.

Les recherches archéologiques et les textes anciens concentrent l'essentiel de notre savoir sur l'aristocratie des Han

1. Wudi est le nom posthume de l'empereur Wu (157 av. J.-C. – 87 av. J.-C.). Selon une tradition remontant à la dynastie Zhou, tous les empereurs de la dynastie Han possédaient un nom posthume. Dans ses *Mémoires historiques*, Sima Qian explique les règles employées pour les qualifier. *(N.d.T.)*

occidentaux. Ruines de palais, vestiges de murs de cités ou de places fortes encore debout, mausolées impériaux extravagants : tout cela nous donne une idée du cadre de vie luxueux des élites. Toutefois, si les lettrés et les scribes ont beaucoup écrit sur les folies et les excès de ceux qui vivaient dans l'opulence, leurs témoignages nous ont apporté très peu d'éléments permettant de reconstituer la vie quotidienne des gens ordinaires en ces temps extraordinaires.

Qu'ils aient été bien mieux lotis que leurs ancêtres, cela est indéniable. Les Han occidentaux ont vu la production agricole augmenter régulièrement. Au côté de l'orge, du millet et du petit mil, le blé va bientôt devenir la principale culture de l'Empire, portant les rendements à un niveau inégalé jusqu'alors.

L'invention de nouvelles techniques telles que la *daitianfa* (rotation des cultures et mise en jachère), le recours à la traction animale pour les labours ou encore l'emploi généralisé d'outils en fer de meilleure facture améliorent l'existence des petits exploitants. Laques, céramiques, bronzes, objets en fer et quantité d'autres produits élaborés : la période des Han occidentaux est aussi celle d'une production artisanale sans précédent. Une part croissante de la population est attirée par ces industries florissantes et se partage les richesses qu'elles engendrent.

La prospérité économique va avoir un impact profond sur l'idéologie de l'époque. De l'empereur au plus modeste de ses sujets, l'idée d'une vie éternelle après la mort s'ancre dans les esprits. Les empereurs et les puissants dilapident des fortunes dans la construction de somptueux tombeaux qui s'apparentent à de véritables demeures. Même les roturiers aisés s'en font bâtir de luxueux. Le fait que plusieurs chapitres de ce livre soient consacrés à un sculpteur de sépultures, un pilleur de tombes et une concubine veillant sur un mausolée impérial reflète l'importance de la mort et de l'au-delà dans la culture Han.

Depuis les années 1950, de nouvelles fouilles archéologiques ont levé un coin du voile sur le quotidien des anonymes à cette époque. Enfoui pendant des siècles sous une épaisse couche de limon après une crue du fleuve Jaune, le village rural de Sanyangzhuang est l'une des découvertes les plus remarquables. Citons en outre le site de la ville de Quxian, dans la province du Sichuan, avec ses rues, ses fours, ses puits et bien d'autres éléments qui nous renseignent sur les pratiques et les activités journalières.

Un tombeau de l'époque des Han occidentaux mis au jour sous le mont Laoguan à Chengdu (Sichuan) nous a livré des ouvrages médicaux qui comptent parmi les plus anciens connus à ce jour, ainsi que des métiers à tisser en bon état de conservation. Ailleurs dans le pays, les recherches ont révélé quantité de peintures murales, de fiches de bois ou de bambou et d'objets en terre cuite. Tout cela constitue un témoignage inestimable sur la vie familiale, les conditions de travail et les croyances des gens du commun, dans les régions du centre et jusqu'aux confins de l'Empire.

Comparée à Rome, à Athènes ou à l'Égypte, la civilisation Han est beaucoup moins connue des Occidentaux qui se passionnent pour l'Antiquité. D'où l'intérêt de mettre nos pas dans ceux des vingt-quatre personnages principaux de ce livre, issus des différentes sphères de la société chinoise. Les données offertes par l'archéologie et les sources historiques classiques étant souvent fragmentaires, tous sont nés de la synthèse de plusieurs biographies.

Les récits qui s'égrènent heure après heure s'appuient en grande partie sur des histoires vraies et des événements qui se sont déroulés dans le centre de la Chine : le Guanzhong, où se trouve la capitale, le bassin du cours inférieur du fleuve Jaune, le bassin de la Huai et le royaume de Changsha[1] – autant de régions qui étaient parmi les plus développées sur le plan économique et culturel. Mais les territoires des confins de l'Empire n'ont pas été négligés pour autant. Situés à des centaines de kilomètres de la capitale, Chang'an, ils lui étaient rattachés par une administration omniprésente. Quelle que soit la corporation ou la classe à laquelle appartiennent nos protagonistes, nous verrons que leur quotidien était régi par les mêmes lois, et aussi compliqué au cœur du pays qu'à ses frontières.

À chaque fois que nos sources le permettaient, nous avons souligné les antagonismes entre gouvernants et gouvernés, fonctionnaires de haut rang et employés subalternes, patrons et ouvriers, hommes et femmes. Car malgré l'incroyable essor économique et les innovations majeures ayant marqué cette époque, le ressentiment envers un pouvoir jugé trop dur et l'idée qu'une minorité usurpait les fruits de la prospérité ont conduit inexorablement à la révolte.

1. Le lecteur s'étonnera peut-être de la présence de royaumes au sein d'un empire, mais celui des Han était bien constitué de royaumes, d'États « indépendants » et de commanderies. Les royaumes étaient des fiefs donnés pour la plupart à des membres de la famille impériale, lesquels avaient donc rang de vassaux. De la même façon, les six États dits « indépendants » étaient dirigés par des chefs ayant fait allégeance à l'empereur. Les commanderies (parfois appelées « préfectures » dans les traductions françaises) étaient divisées en districts. Pour plus de détails, on se reportera à l'ouvrage de M. Pirazzoli-t'Serstevens et M. Bujard, *Les Dynasties Qin et Han*, cité dans la bibliographie. *(N.d.T.)*

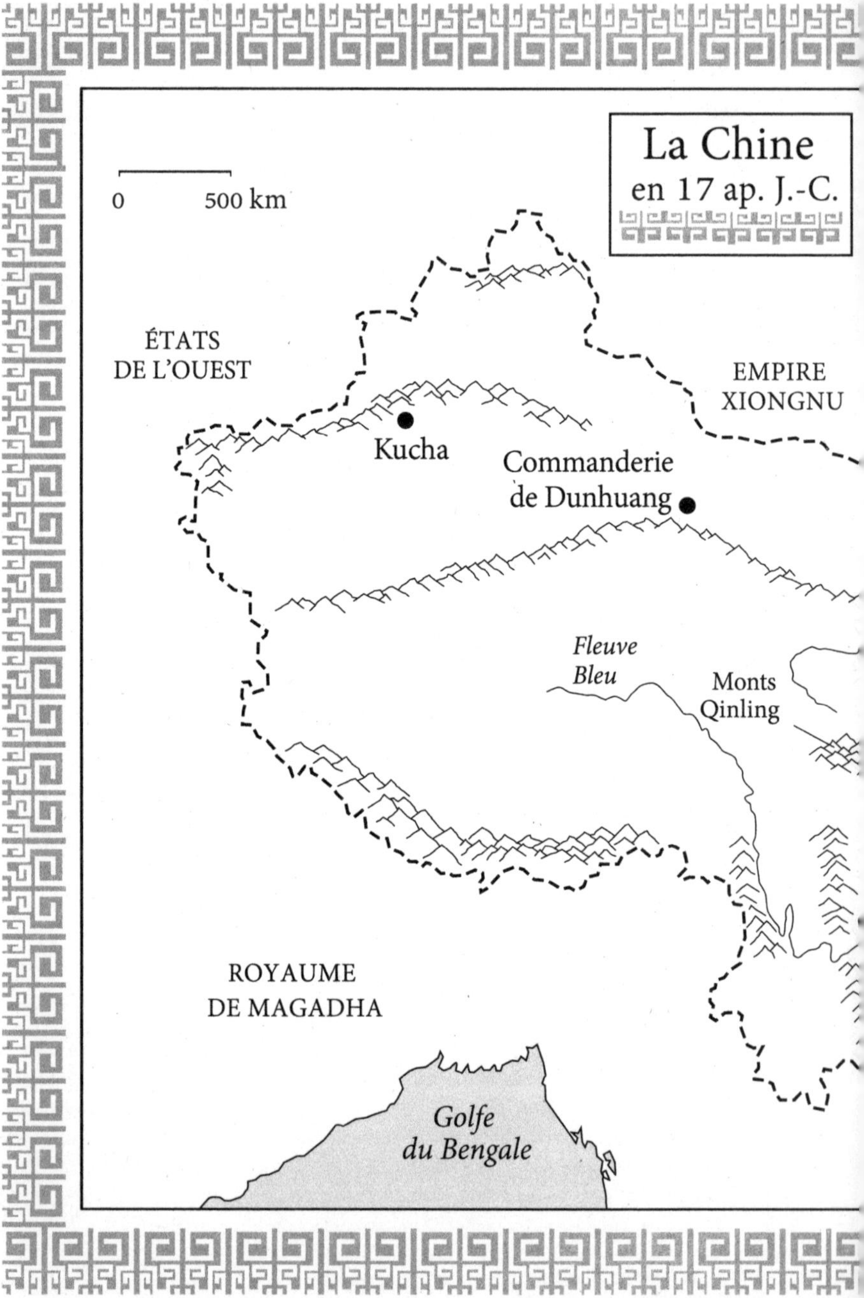
La Chine
en 17 ap. J.-C.
0
500 km
ÉTATS
DE L'OUEST
EMPIRE
XIONGNU
Kucha
Commanderie
de Dunhuang
Fleuve
Bleu
Monts
Qinling
ROYAUME
DE MAGADHA
Golfe
du Bengale

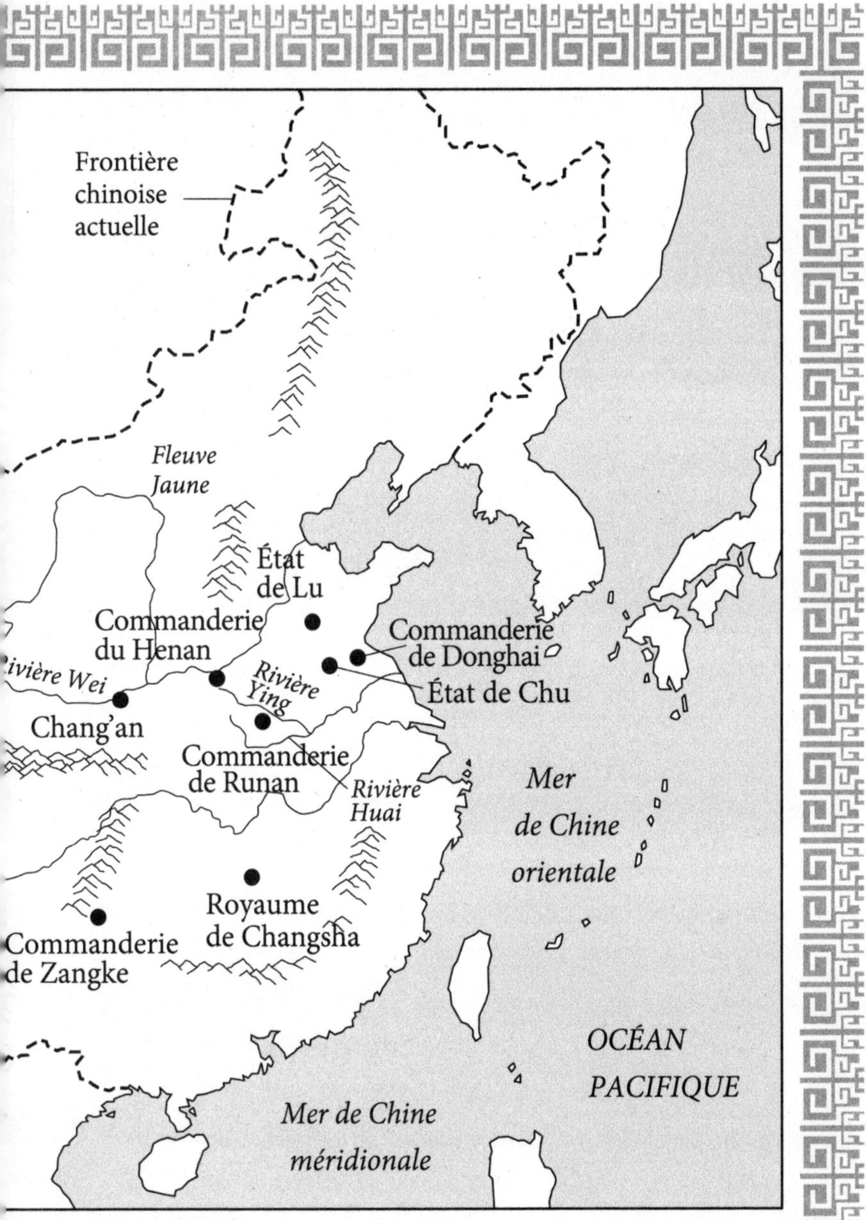
Frontière
chinoise
actuelle
Fleuve
Jaune
État
de Lu
Commanderie
du Henan
Rivière Wei
Chang'an
Rivière
Ying
Commanderie
de Donghai
État de Chu
Commanderie
de Runan
Rivière
Huai
Mer
de Chine
orientale
Royaume
de Changsha
Commanderie
de Zangke
OCÉAN
PACIFIQUE
Mer de Chine
méridionale

Note sur le système horaire et les unités de mesure

Les Han ont adopté et développé le système horaire de la dynastie Zhou, qui divisait une journée de vingt-quatre heures en douze périodes de deux heures. Chaque heure double, ou *shi*, était associée à l'une des douze branches terrestres du calendrier sexagésimal : *zi*, *chou*, *yin*, *mao*, *chen*, *si*, *wu*, *wei*, *shen*, *you*, *xu* et *hai*. La première de la journée était le *shi* de minuit. Dans cet ouvrage, chaque *shi* est divisé en deux parties : nous sommes dans la première partie de *zi* entre 23 heures et minuit, dans la seconde partie de *wei* entre 14 heures et 15 heures, etc.

Dans le calendrier traditionnel chinois, les heures doubles étaient également désignées par le moment de la journée auquel elles correspondaient. Il y avait le *shi* de minuit (de 23 heures à 1 heure), du chant du coq (de 1 heure à 3 heures), de la pointe du jour (de 3 heures à 5 heures), du lever du soleil (de 5 heures à 7 heures), du repas du matin (de 7 heures à 9 heures), le *shi* précédant le moment où le soleil est à son zénith (de 9 heures à 11 heures), le *shi* de midi (de 11 heures à 13 heures), du moment où le soleil se penche vers l'ouest (de 13 heures à 15 heures), du repas du soir (de 15 heures à 17 heures), du coucher du soleil (de 17 heures à 19 heures), du moment entre le coucher du soleil et l'obscurité (de 19 heures à 21 heures), et enfin le *shi* du coucher (de 21 heures à 23 heures).

Les unités de mesure Han ont légèrement varié au cours des quatre siècles de cette période et font encore l'objet de discussions. Nous avons opté ici pour les valeurs couramment admises, soit un *li* = 415 mètres, un *chi* (pied) = 23 centimètres et un *dan* (unité de grains) = 32 kilos.

子 7e HEURE DE LA NUIT

(0.00 - 1.00, seconde partie de *zi*)

LE MÉDECIN PRESCRIT UN TRAITEMENT

Guang est sur le point d'éteindre la lampe et de se mettre au lit quand des coups frappés à toute volée sur la porte d'entrée retentissent dans la maison. Le médecin se montre moins prompt que sa femme pour aller ouvrir, et c'est d'abord une voix paniquée qui lui parvient avant qu'il ne découvre l'auteur de ce remue-ménage. Le visage de la visiteuse est si désespéré que le praticien peine à reconnaître l'épouse de son petit-neveu. La malheureuse est à bout de souffle. De grosses gouttes de sueur coulent sur son front.

« C'est mon mari… Il a eu un malaise… Il est couché depuis la fin de l'après-midi. Et maintenant, le voilà qui délire ! » explique-t-elle, hors d'haleine.

Guang se prépare à suivre l'infortunée. Il prend son coffret de médecine et éprouve une sorte de soulagement. Après vingt années d'expérience durement acquise, une chose est sûre : rien n'y manque.

S'étant rendu un peu plus tôt dans la soirée auprès d'un homme saisi de frissons et de sueurs froides, il lui a prescrit du gingembre en poudre à avaler avec une gorgée de vin. Aussitôt rentré chez lui, il s'est empressé de noter les symptômes du malade ainsi que le traitement préconisé. Puis il est allé chercher quelques pilules dans le chaudron posé sur la table basse près du fourneau et, sans attendre, a refait le plein du coffret.

Il utilise parfois le grand récipient de fer pour préparer ses remèdes ; le reste du temps, il y range les boîtes de médicaments, les potions et les herbes médicinales trop volumineuses pour être conservées en permanence dans sa pharmacie portative. Ce coffret en laque a beaucoup servi depuis qu'il est revenu pratiquer la médecine dans son village natal. À dire vrai, c'est le deuxième du genre. Le premier s'est brisé en tombant alors qu'il le cherchait à tâtons dans le noir, un soir d'urgences comme celui-ci. Pourquoi diable ses patients attendent-ils toujours d'être en pleine nuit pour se décider à faire appel à lui ? Enfin… Ils font appel à lui, c'est déjà ça !

Au début, les villageois l'ont regardé d'un air suspicieux, à la limite de l'animosité. Apparemment, comme tous les charlatans qu'il a pu croiser, ses prédécesseurs s'étaient montrés de beaux parleurs prétentieux plus doués pour traiter leurs malades avec condescendance que pour les traiter tout court. Les gens ont mis du temps à comprendre qu'il était différent. Tout d'abord, Guang n'en est pas arrivé là grâce à sa famille ou à ses relations. Ne connaissant personne pour le former au métier qu'il a choisi par vocation, il a d'abord suivi des soigneurs ambulants et glané des bribes de savoir comme il le pouvait.

Par chance, un vénérable médecin au crépuscule de sa vie a reconnu son talent naturel pour la profession. Le vieillard n'avait aucun héritier désireux de prendre sa relève et remerciait le ciel de cette rencontre : grâce à Guang, ses longues années d'expérience et ses précieux acquis ne mourraient pas avec lui. Pendant quatre ans, le garçon a appris de cet homme tout ce qu'il a pu ; puis, son mentor disparu, il a passé plusieurs années à voyager et à approfondir ses connaissances sur la médecine et les vertus curatives des plantes.

En l'an 5 ap. J.-C., l'empereur a émis un décret appelant à la cour des herboristes et des médecins. Désormais praticien respecté, Guang a séjourné cinq ans dans la capitale, où il a enrichi encore son savoir auprès de ses pairs. Mais s'il est vrai qu'il aimait côtoyer des confrères expérimentés et qu'il appréciait le prestige acquis par sa position dans la sphère impériale, il savait depuis toujours que ce n'était pas à cette médecine-là qu'il était destiné.

Aussi a-t-il finalement décidé de retourner dans son village natal et de s'y établir. Effacer la mauvaise réputation qui collait à sa profession n'a pas été chose facile, mais Guang avait un grand avantage sur ses devanciers : en règle générale, la santé de ses patients s'améliorait. Et justement, n'a-t-il pas déjà sauvé plusieurs fois la vie de son petit-neveu ?

Celui-ci est né avec une anomalie du système digestif – un problème récurrent dans la famille. Autrefois, Guang a vu son propre frère et son neveu souffrir de troubles chroniques analogues et a dû les regarder mourir, impuissant. C'est l'une des raisons qui l'ont poussé à devenir médecin. Il espère sincèrement guérir son parent, ou du moins prolonger son existence. Il ne voudrait pas voir le seul descendant mâle de son frère décéder sans héritier.

Tandis qu'il traverse le village à grandes enjambées, l'épouse du malheureux trottinant à ses côtés, Guang se dit avec anxiété qu'il a fait ce trajet bien trop souvent. Ce qui le préoccupe, c'est que malgré ses efforts la santé de son petit-neveu est allée en se détériorant au fil des ans. Enfin, pour le moment l'urgence est cet évanouissement soudain.

Persuadé qu'un fait précis est à l'origine du malaise, Guang interroge la jeune femme sans ménagement.

« Il a assisté à un banquet cet après-midi, raconte-t-elle, terrorisée. Je ne comprends pas. Il n'a mangé que du porc. Il allait bien pendant le repas, et environ une heure avant de repartir il a commencé à vomir. »

Guang réfléchit, allongeant le pas.

« À quelle heure ont-ils servi le porc ? Qu'est-ce qu'il a ingurgité avant ça ?

– Il a insisté pour faire maigre pendant le Hánshí, le mois dernier. Il a respecté la fête du Manger froid et ne s'est remis à la nourriture solide que depuis quelques jours. Il a pris trop de porc, c'est ça ? Il n'a pas voulu m'écouter et cet après-midi il en a abusé ? J'ai essayé de l'arrêter, pourtant ! »

Le médecin se tait : il ne veut pas accabler davantage la pauvre épouse. Intérieurement, cependant, il maudit la fête du Hánshí, car ce rituel stupide a fini par coûter la vie à plusieurs de ses patients âgés et fragiles. D'accord, Jie Zitui est mort brûlé vif dans la forêt (636 av. J.-C.) après avoir refusé de servir Jin Wen Gong, le duc de l'État de Jin. Mais ce n'est pas une raison pour que des gens continuent de mourir des siècles plus tard ! Hélas, de nombreux Han perpétuent la tradition, et du solstice d'hiver au début du printemps ils ne consomment que des aliments froids, sans se préoccuper des risques pour leur santé.

Énervé, Guang s'en prend à la femme :

« Je vous l'ai dit et répété ! Le secret pour protéger les cinq viscères est de manger régulièrement, à l'heure dite, et jamais trop ou trop peu. Il faut éviter les boissons fermentées et les viandes grasses : elles vous pourrissent les intestins ! »

Des traités de médecine millénaires

Étroitement liée aux symptômes cliniques et au diagnostic médical, la théorie du *yin* et du *yang* était déjà bien établie sous la dynastie Han. Dans la tombe n° 3 de Mawangdui, l'un des plus célèbres sites funéraires des Han occidentaux, les archéologues ont exhumé deux textes médicaux en très bon état de conservation. Ces précieux documents rédigés sur des fiches de bambou contiennent d'innombrables descriptions d'affections et de remèdes, ainsi que celle des onze méridiens *yin* et *yang*.

Une autre avancée fondamentale provient des tombeaux du mont Laoguan, à Chengdu. Parmi les centaines d'objets et de lamelles de bambou mis au jour se trouvaient neuf ouvrages de l'école de médecine fondée par Bian Que (mort en 310 av. J.-C.) – considérés aujourd'hui comme des classiques de la médecine chinoise – ainsi qu'une figurine en laque représentant les vaisseaux et les points d'acupuncture. Ces découvertes sont essentielles pour comprendre l'origine de la théorie des méridiens et son application dans l'établissement d'un diagnostic et le traitement des maladies.

Guang réalise soudain qu'il doit ralentir le pas et baisser d'un ton. Mais c'est trop tard : sa voisine est en larmes.

« Je n'ai pas oublié votre conseil, grand-oncle, mais cet imbécile refuse de m'écouter ! s'exclame-t-elle. Vous savez comme il est têtu, et la maladie n'arrange pas son caractère. Ma vie est un calvaire ! »

Les voici enfin arrivés, au grand soulagement du médecin qui ne supporte plus les jérémiades de l'épouse bouleversée. Feignant de ne pas entendre ses sanglots, il se rend directement dans la chambre, où il trouve son petit-neveu frissonnant sous le drap et presque inconscient.

Il s'approche du lit, saisit le poignet droit du jeune homme et lui tâte le pouls tout en interrogeant sa compagne, mais sans manquer de l'interrompre quand elle commence à s'étendre. En résumé, le garçon a souffert de sueurs nocturnes ces deux dernières nuits et a transpiré encore plus après le début des vomissements. Pourtant il n'a pas soif, alors que le soir venu il boit toujours un gobelet d'eau.

Guang contrôle maintenant la circulation sanguine dans le cou, tandis que de sa main libre il palpe doucement la poitrine et le dos du patient. La femme remarque son geste et l'informe que son époux ne s'est pas plaint de douleurs dorsales mais qu'elle l'a vu se tenir l'abdomen à plusieurs reprises. Au même instant, le malade ouvre ses yeux rougis tout gonflés et se touche à nouveau le ventre.

Le pouls au niveau de la carotide est normal mais les pulsations sur l'artère radiale sont trop lentes et irrégulières. Bien. On peut exclure une cause externe liée à une insuffisance du *yang*, se dit le médecin. Il s'agit donc d'un problème d'énergie *yin* au niveau des organes internes, dû à une détérioration de l'estomac. Pouls lent, vomissements, douleur au ventre et absence de soif : oui, ce sont là les symptômes typiques d'une déficience du *yin*.

« Par chance, bien que votre mari soit entré dans une phase aiguë de sa maladie chronique, son visage n'a pas viré au noir, et le blanc de l'œil est normal. Le porc a fait de sérieux dégâts sur l'estomac affaibli, mais rien n'est perdu. Nous pouvons encore le guérir », annonce Guang à la jeune épouse, laquelle pousse un gros soupir de soulagement.

Il ouvre son coffret d'où s'échappent quelques *bianshi* (poinçons de pierre) et épingles de cuivre. La femme ravale bruyamment sa salive en les voyant : son conjoint réagit mal à l'acupuncture, elle le sait. Le praticien le sait aussi, c'est pourquoi elle pourrait s'imaginer qu'il en arrive à des mesures désespérées.

De fait, chaque fois que Guang a pratiqué l'acupuncture sur son petit-neveu, ses essais se sont révélés infructueux, mais ils relevaient plus du domaine de l'expérimentation. En l'occurrence, le problème est un excès de chaleur des organes internes, et contrairement à ses confrères de l'école de médecine de Qin, qui préconise presque toujours l'acupuncture, Guang appartient à l'école de pensée pour laquelle elle est contre-indiquée en pareil cas et ne fait qu'ajouter à l'angoisse du sujet. Il préfère donc recourir aux médicaments et aux plantes médicinales, et n'utilise les aiguilles qu'en traitement d'appoint.

L'épouse pleine d'espoir derrière son dos, impatiente de connaître son pronostic et le remède suggéré, il passe en revue les différentes options qui s'offrent à lui. La maladie a atteint

AIGUILLES D'ACUPUNCTURE EN OR PROVENANT DE LA TOMBE DE L'EMPEREUR CHENG (51 – 7 AV. J.-C.), DANS LE DISTRICT DE MANCHENG.

une phase tellement critique que les préparations pharmaceutiques pourraient bien guérir le mal mais coûter la vie à cet homme. Sa santé est si précaire que tout médicament trop puissant pourrait lui être fatal. Finalement, Guang prend une pincée de gingembre sauvage, de l'écorce de casse (*ghui zhi*) et un brin de *cang zhu* (*Atractylodes lancea*), qu'il broie dans un mortier.

Une fois le mélange réduit en poudre, il en prélève une petite cuillerée et la tend à la femme pour qu'elle l'administre elle-même. De son côté, il observe attentivement son petit-neveu pour voir si la préparation passe bien et si elle engendre une réaction. Le malade l'ingère sans trop de difficulté et son état semble ensuite se stabiliser. Tout ce qu'il lui faut maintenant, c'est assez de temps pour récupérer ; car si l'estomac accepte le médicament, les autres organes internes en partageront les bienfaits. Dans le cas contraire, ils fonctionneront de plus en plus mal. Autant dire que l'estomac joue un rôle crucial.

La main sur la poignée du coffret qu'il vient de refermer, Guang demande à la jeune femme de veiller à ce que l'estomac de son mari ne reste pas vide. Il préconise l'apport d'aliments nourrissants en petites quantités et à intervalles réguliers.

Chunyu Yi

Chunyu Yi (vers 215 – 140 av. J.-C.), illustre médecin ayant inspiré le personnage principal de ce chapitre, fut d'abord chef des greniers publics, une charge qui s'accompagnait du titre honorifique de *taicang gong*. Voilà pourquoi on l'appelait aussi Cang Gong. Il était réputé pour la précision avec laquelle il prenait le pouls, la pertinence de ses diagnostics et l'efficacité de ses traitements.

On lui doit un célèbre traité, le *Zhenji*, dans lequel il recense pas moins de 25 cas cliniques. Pour chaque maladie sont soigneusement répertoriés le nom du patient, son sexe, son métier, sa ville natale, les causes de la maladie, les symptômes, le mécanisme de leur déclenchement et de leur évolution (pathogénie), le traitement, le processus de guérison ainsi que tout autre élément notable.

Les 25 individus concernés étaient issus de classes sociales différentes et présentaient des pathologies variées. Sur les 15 ayant pris des médicaments, 13 ont été guéris grâce à eux et avec 4 patients Chunyu Yi a aussi eu recours à l'acupuncture. Mais malgré un diagnostic précis il n'a rien pu faire pour les 10 autres malades, ce qui ne l'a pas empêché de décrire scrupuleusement les cas. Les générations de médecins et de savants qui lui ont succédé ont puisé dans ce précieux héritage qui nous éclaire sur la pratique médicale et la formation des soignants en ces temps reculés.

Comme l'épouse soigne son homme depuis des années, elle sait ce qui lui convient. Elle propose donc d'essayer une bouillie de céréales cuite avec du riz, à raison de huit volumes de liquide pour un volume de solides. Ce gruau sera propice à la guérison, car le corps puise l'énergie *qi* des céréales et la transmet aux organes internes. Guang approuve mais suggère de porter la proportion de liquide de huit à quinze. Il demande que la bouillie soit cuite au feu de bois ou au contact de pierres chaudes déposées dans la marmite, après quoi il prend congé.

Pendant qu'il établissait son diagnostic et réfléchissait au traitement, il s'est efforcé de garder une attitude professionnelle. Ce n'est qu'une fois sorti dans la nuit froide qu'il sent son dos trempé de sueur. Serait-il possible que le domicile de son petit-neveu soit la cause de son mal ?

Au début de sa formation et plus tard, quand il fréquentait d'autres praticiens à la cour impériale, Guang a appris les mathématiques dans le *Suanshushu* (*Livre des nombres et calculs*), ainsi que le *feng shui* et l'art de la nécromancie. Selon le *feng shui*, de nombreux facteurs peuvent influer sur la santé des occupants d'une maison et doivent être pris en compte dans sa construction : l'orientation, les matériaux, les caractéristiques du sol, la hauteur des murs, etc.

Hâtant le pas à travers les rues sombres, Guang revoit mentalement la demeure de son parent et réfléchit à ce qu'on pourrait y modifier. Qui sait ? Certaines transformations pourraient peut-être améliorer l'état du maître des lieux – ou peut-être pas. Quoi qu'il en soit, cela mérite réflexion.

丑 8e HEURE DE LA NUIT

(01.00 - 02.00, première partie de *chou*)

LE PILLEUR DE TOMBES RÉCIDIVE

Le plateau paraît désert au clair de lune. Une ombre s'est pourtant glissée dans les hautes herbes, une ombre qui veille à ce que personne d'autre ne rôde dans les parages. Conscient du sort funeste qui l'attend si l'on découvrait le tunnel qu'il a creusé avec ses complices, Ji est arrivé tôt pour s'assurer que les autorités locales n'ont pas posté quelques gardes en embuscade, prêts à leur tomber dessus au premier coup de pioche.

Si lui n'en est pas à son premier tombeau, on ne peut pas en dire autant des deux autres membres de la bande. Un claquement de langue exaspéré lui échappe quand il les voit remonter la côte dans sa direction. La pleine lune éclaire comme en plein jour. Ça ne leur suffit pas, à ces idiots, pour trouver leur chemin ? Mais non ! Leurs lanternes signalent une activité suspecte à des kilomètres à la ronde.

Violer les interdits et se montrer téméraire sont bien les règles que doit suivre un chevalier errant, mais pas au point d'être assez stupide pour se jeter dans la gueule du loup. Comme la plupart de ses semblables, Ji est presque toujours sans le sou. L'argent lui brûle les doigts. Boire, parier, danser : une nuit suffit à dépenser ce qu'il a. Les chevaliers errants sont ainsi de nos jours. Ils méprisent les conventions et la moralité assommante des gens du commun. Toutefois, il ne faut pas s'y tromper. Quand Ji parie, il calcule soigneusement ses chances de gagner. Quand il s'engage dans un combat – autant dire souvent –, il veut être certain de remporter la victoire. Voilà pourquoi il consacre autant de temps à la pratique des arts martiaux qu'à la danse et à la boisson.

Les chevaliers errants

À la fois hors-la-loi, justiciers et redresseurs de tort, les chevaliers errants (*xia*) apparurent sous la dynastie Han. Considérés au départ comme des hommes vertueux et droits, ils étaient respectés par les gens du peuple ; mais leur mépris des conventions et leur goût du sang finirent par en faire une menace sérieuse pour l'ordre social et la sécurité publique.

Guo Xie fut l'un de ces chevaliers errants à l'époque des Han occidentaux. Spadassin à la solde de brigands, pilleur de tombes et faux-monnayeur accompli, il eut une jeunesse tumultueuse puis se calma et acquit une réputation d'homme de bien et d'habile médiateur. Cela ne suffit cependant pas à le sauver : ses enfants et ses serviteurs étant impliqués dans plusieurs meurtres, il fut exécuté sur ordre du grand censeur.

Il est là à piétiner tandis qu'approchent ses compères. À peine la tombe repérée, Zhu, le plus âgé des deux, a proposé d'attaquer en plein jour. Franchement, qui pourrait les voir à l'œuvre ? a-t-il demandé en tendant les bras d'un geste théâtral face au désert semi-aride. Ji s'est contenté de le toiser et de raconter l'histoire récente d'un pilleur de tombes ayant osé s'introduire dans un temple d'État en perçant un tunnel. L'homme et sa bande ont dérobé un superbe relief – une tête coulée dans le bronze. Cette imprudence a fait tomber la leur, mais aussi celles des membres de leurs familles, exécutés pour l'exemple. La profanation des sites sacrés est en effet un délit sévèrement puni par la loi, et même le plus téméraire des voleurs serait bien avisé de s'en souvenir.

Ce n'est pas comme s'ils étaient tenus par le temps. Que Zhu récupère son argent maintenant ou la semaine prochaine, il ne le gardera pas trois jours dans sa poche. Une soirée de débauche, et il n'aura plus qu'à dégoter un nouveau coup pour se refaire. Les nuits passées à creuser leur tunnel sous le tombeau ne font donc pas grande différence. Ce sera la dernière, de toute façon.

Dans moins d'une heure, ils seront à l'intérieur. Ji n'est pas très sûr de ce qu'ils vont trouver. Ses renseignements sont assez maigres : un mélange d'anecdotes, de rumeurs et de légendes locales. Il sait à quel point ces histoires sont enjolivées avec le temps, mais on raconte que l'épouse d'un roi repose au bout de cette galerie, un homme si riche que ses armoires, et jusqu'à sa couche, étaient remplies d'or. Si seulement c'était vrai !

En tout cas, Ji a hâte de se mettre au travail. Une fois ses complices devant lui, il se contente d'un coup d'œil furieux vers les lanternes et désigne d'un geste brusque l'entrée du passage. Il a déjà retiré les broussailles entassées la veille pour la dissimuler.

Le tunnel est sombre et étroit. Les trois hommes rampent en file indienne, telles des fourmis, Ji en tête, suivi de Zhu puis de Wan, le nouveau venu. Le chef sait que le garçon est nerveux à l'idée de pénétrer dans une tombe. On lui a bourré le crâne avec des histoires de momies et de corps flottant dans leur cercueil, embaumés dans un liquide qui les maintient aussi frais qu'au jour de leur mort. À en croire ces vieilles superstitions, ils gardent les yeux grand ouverts et transpercent du regard les pillards qui violent leur repos.

La vérité est tout autre : Ji a profané de nombreuses sépultures et jamais il n'est tombé sur les gaz asphyxiants, les pièges ou les mécanismes dont parlent les légendes. Contrairement aux prétendues malédictions qui s'abattent sur qui s'aventure à voler les morts, il n'a pas perdu un seul cheveu ni la moindre parcelle de peau.

« Tout ce qu'il y a là-dedans, c'est un cercueil, a-t-il patiemment expliqué à Wan avant de commencer à creuser le passage. J'espère surtout qu'il sera orné de peintures aussi belles que celles des temples funéraires. Cela voudra dire qu'il s'agit bien de la tombe d'un riche personnage. Dans ce cas, le défunt sera revêtu d'un linceul de jade, une pierre vénérée dans cette vie et dans l'autre, et une grenouille reposera à ses côtés, en jade elle aussi et plus grande que le coffre dans lequel tu ranges tes vêtements. Il y aura peut-être des épées, des dagues aux incrustations précieuses et bien d'autres objets merveilleux. On ne sait jamais ce que réserve une tombe ! »

Les trois hommes atteignent l'endroit où ils ont cessé de creuser la veille, un peu avant l'aube. Après avoir donné son dernier coup de pioche, Ji a sondé alors les parois en les tapotant doucement : le fond, d'abord, puis les côtés. Il n'a rien remarqué devant, mais sur sa gauche il a entendu comme un écho sourd, quasi imperceptible.

« Ce doit être là ! a-t-il dit aux autres. Nous percerons ce soir. »

À présent, leur pouls s'accélère devant l'espoir du jour le plus lucratif de leur vie. Wan tient la lanterne pendant que Ji dégage la terre à la main. Ce dernier est contrarié en découvrant un mur de briques. Il espérait tomber sur une structure de bois appelée *huangchang ticou* : un assemblage de planches de cyprès caractéristique des tombeaux des élites. Princes et aristocrates considèrent en effet que le cyprès est le matériau parfait pour construire la demeure qui les hébergera dans l'au-delà. La brique, elle, annonce peut-être la sépulture d'un courtisan aisé mais pas celle d'un haut dignitaire enterré avec tous les trésors dont rêvaient nos pilleurs.

De mauvaise humeur, Ji défonce le mur avec violence et barre le passage à Zhu en lui lançant :

« Attends que les miasmes se dissipent ! »

Car il y a une sorte d'énergie maléfique dans les mausolées. Ji le sait par expérience : avant d'y pénétrer en toute sécurité, on doit laisser l'air froid et humide s'évacuer. Cette attente forcée qui ne dépasse pas une minute lui semble durer une éternité dans la douceur nocturne.

Il passe devant, sa torche orientée vers le bas pour éviter ce qui pourrait s'enflammer de l'autre côté du mur, mais il ne tarde pas à la redresser lorsqu'il distingue des peintures au plafond. Ses activités criminelles l'ont conduit dans tellement de lieux sacrés que les temples et les tombeaux anciens ont fini par exercer sur lui une véritable fascination. Il a beau ne pas être un lettré, il aime prendre le temps d'admirer les œuvres d'art qui s'offrent à sa vue.

Sa conscience ne le tourmente jamais et il ne regrette pas d'avoir choisi ce métier. Pourtant, il sait bien que le pillage de tombes est une impasse au sens propre du terme, une plongée dans les ténèbres sans issue possible sur le plan spirituel. Mais pourquoi une telle beauté, à l'image de ce qu'il a maintenant sous les yeux, devrait-elle être réservée aux morts ? Un jour qu'il passait sur un marché, il a écouté un maître qui faisait la classe en plein air. Combien de fois il y a repensé depuis ! Le vieil homme dissertait sur le caractère répréhensible du vol. Un élève a cité alors le *Zhuangzi*, l'un des deux célèbres ouvrages fondateurs du taoïsme : « Celui-ci a volé une agrafe de ceinture, il est condamné à mort ; celui-là a volé un État, il accède à la noblesse. » La citation était tirée du chapitre intitulé « Voleurs petits et grands », comme Ji l'a découvert par la suite.

Au début, il a trouvé la remarque plaisamment irrévérencieuse, mais après réflexion elle lui a paru si subtile, si complexe dans ses implications, qu'il en a presque fait une devise pour justifier ses actes.

Debout dans cet espace exigu, la torche en l'air, il se tord le cou pour contempler les peintures au-dessus de sa tête.

« Par ici ! Vous voyez ces animaux mythologiques ? Ils représentent les quatre points cardinaux. Observez attentivement ! Le dragon azur est à l'est, l'oiseau vermillon au sud, le tigre blanc à l'ouest, la tortue noire au nord. » Et il ajoute en hochant la tête, émerveillé : « C'est magnifique, non ? »

Ses camarades fixent le plafond d'un air distrait, impatients de poursuivre. Et puis soudain, Zhu s'exclame :

« Eh, regardez ! »

Il vient de repérer un tas de pièces de monnaie dans un coin. Wan brandit aussitôt un grand sac et c'est un Zhu tout excité qui commence à le remplir à mains nues. Ji, lui, est beaucoup moins enthousiaste. Il étudie les lieux en se mordant les lèvres. Ces sapèques abandonnées n'importe où ne lui disent rien de bon. Des funérailles ne sont pas synonymes de désordre. Tout porte à croire que quelqu'un est passé par là avant eux.

SAPÈQUES *WUZHU* (206 AV. J.-C. – 25 AP. J.-C.) DÉCOUVERTES LORS DE L'EXCAVATION D'UNE TOMBE ROYALE À NANCHANG.

Et alors ? se disent les deux autres. Ils ont trouvé de l'argent et se moquent bien de savoir pourquoi leurs prédécesseurs ont été assez bêtes pour laisser un tel butin derrière eux. Ils n'ont pas encore compris ce que cela signifie. De son côté, Ji se décide à affronter le pire. Il est temps de quitter l'antichambre et de pénétrer dans la chambre funéraire, où seront conservés les objets de grande valeur – si toutefois il y en a.

Zhu et Wan commencent à réaliser qu'à part les pièces de monnaie la salle où ils sont est presque vide. D'un signe de tête, Ji leur indique dans la partie inférieure du mur une petite porte fermée ayant échappé à leur attention. Zhu n'a pillé que de modestes sépultures avec lui et Wan est novice. Bref, ils ne sont pas accoutumés à l'architecture des tombes royales, et Ji lui-même doit reconnaître qu'il n'en a pas vu souvent.

Impétueux comme à son habitude, Zhu saisit sa pioche, prêt à attaquer le bois, mais Ji saisit le manche de justesse en lâchant :

« Pour une fois, tu ne pourrais pas attendre que je te le demande avant de te précipiter ! »

Après quoi, il pousse doucement la porte. L'autre fait un bond en arrière et lâche son outil : hormis un léger grincement au niveau des gonds, le battant s'est ouvert aussi facilement que si quelqu'un les invitait à entrer. Wan se tient en retrait sans faire le moindre bruit.

Ji approuve son attitude, car la peur incite à la prudence et même un pillard doit se montrer circonspect à l'intérieur d'un tombeau. Une fois dans la chambre principale, étonnamment spacieuse, son premier réflexe est de chercher les fresques. Jamais il n'en a vu de ce style. Le plafond légèrement voûté évoque le ciel. Un oiseau noir se détache sur le cercle doré du soleil, à côté de la grenouille et de l'arbre qui symbolisent la lune. Autour des voleurs, plusieurs créatures mythologiques semblent danser, comme animées par la flamme vacillante des torches.

Cette fois, Zhu et Wan n'ouvrent pas la bouche. La vérité est qu'eux aussi sont sidérés par ce décor, stupéfaits par tant de beauté. Ils se tiennent sagement près de Ji, qui est le premier à se ressaisir.

Houspillant ses camarades, il leur désigne une coupe et un vase de bronze : qu'ils emportent ça pour commencer ! À côté se trouvent deux objets en terre cuite. Le premier est une sorte d'entrepôt miniature, à l'image des bâtiments où les fermiers conservent les denrées ; l'autre représente un petit fourneau. Wan interroge Ji du regard, qui fait non de la tête : ces poteries sont sans valeur. Il secoue tout de même la première pour s'assurer qu'elle ne contient rien de précieux. Les trois hommes se tournent ensuite vers le sarcophage.

Il est clair maintenant qu'on les a devancés. Aucune personne assez riche pour s'offrir des fresques d'une telle splendeur ne se contenterait de si piètres témoignages dans sa chambre funéraire. Néanmoins, compte tenu des sapèques présentes dans la première pièce, Ji se dit que tout n'est peut-être pas perdu. Quelque chose a dû mal tourner pour qu'on les abandonne ainsi. Les pilleurs n'ont peut-être pas eu le temps d'ouvrir la bière.

Bien que la couche de laque qui recouvre le bois commence à s'écailler, on distingue encore une partie des motifs géométriques et des animaux fantastiques, même à la faible lueur de la torche. Ji hésite un instant devant le couvercle rouge – non par peur mais par respect pour le défunt. Derrière lui, Zhu se plaint haut et fort d'une si maigre récompense pour trois nuits d'angoisse et de dur labeur. Son exubérance première a laissé la place à un profond pessimisme, et c'est sans grand espoir qu'il observe Ji se servir de la pioche comme d'un levier.

Le bois craque, le couvercle se soulève et Zhu voit ses pires craintes se réaliser : le cercueil est vide.

Ji semble désemparé. Il se demande pourquoi les voleurs ont emporté le corps au lieu de simplement le débarrasser de ses précieuses parures. Certes, il ne peut nier être un peu soulagé à l'idée de ne pas avoir à dépouiller un mort, mais en même temps il se sent coupable de voir s'envoler les rêves de fortune de ses complices. Il fait signe à Zhu de se taire et s'approche pour examiner l'intérieur de la caisse. Sachant qu'il n'y a pas de cadavre, son appréhension a disparu.

Conscient qu'il a dû énerver le chef, Zhu ne dit plus un mot et se poste à côté de lui, levant sa torche pour donner plus de lumière. On aperçoit quelques bandes de tissu noir : ce sont les rubans utilisés pour emmailloter le corps. Zhu et Wan observent attentivement chacun des mouvements de Ji, qui entreprend de tâter soigneusement le fond du sarcophage.

« Un bijou ! » hurlent-ils en chœur lorsque l'autre récupère une épingle à cheveux en bronze incrustée de joyaux, suivie juste après d'un petit morceau d'or.

Encouragé par ces découvertes, Zhu tend la torche à Wan et se lance à son tour dans cette chasse au trésor. Mais ils ont beau s'activer à deux, ils comprennent rapidement qu'ils ne trouveront rien de plus. Ji enveloppe avec soin l'épingle à cheveux et le morceau d'or dans un bout de tissu sorti de sa poche. Ensuite, il balaie l'endroit du regard. Les fresques sont toujours aussi impressionnantes, mais désormais elles ont quelque chose de menaçant. Il sent les forces obscures du *yin* se concentrer dans le tombeau et sait qu'ils y sont restés trop longtemps.

Il enjoint à ses camarades de ramasser les dernières pièces dans l'antichambre puis de quitter les lieux sans tarder. Mais au moment de s'engouffrer après eux par la brèche qu'il a ouverte tout à l'heure dans la brique, il ne peut s'empêcher d'admirer les fresques une fois encore. C'est alors qu'il remarque sur la paroi du fond un arbre immense auquel le rouge de ses nombreuses branches confère un caractère surnaturel.

Ji observe un instant cette image troublante en se demandant si elle n'est pas à l'origine de leur mauvaise fortune. Puis il secoue la tête et s'empresse de rejoindre les autres.

丑 9e HEURE DE LA NUIT

(2.00 - 3.00, seconde partie de *chou*)

LA SAGE-FEMME ACCOUCHE SA BELLE-FILLE

Si ce sont des garçons qui naissent
ils seront couchés dans un lit
Ils porteront belles tuniques
s'amuseront avec le jade
Ils couineront
auront petites genouillères rouges
puis un jour ils tiendront l'Empire.

Si ce sont des filles
elles seront couchées sur le sol
Elles porteront de simples langes
s'amuseront avec des tuiles

Elles ne feront ni bien ni mal
ne penseront qu'aux mets et vins
pour faire plaisir aux parents[1].

Ces derniers temps, les événements se sont précipités dans la famille. Rien de grave, loin de là, mais tout le monde est terriblement occupé, à commencer par Tao, qui n'est plus toute jeune. Tout d'abord, la fille de l'aîné de ses garçons s'est mariée, puis son fils cadet s'est installé dans la maison qu'il a bâtie pour lui et son épouse. Et maintenant, au beau milieu de la nuit, voilà cette dernière sur le point d'accoucher de son premier-né.

Tao ne peut pas le savoir, bien sûr, mais cet enfant va appartenir à la génération du baby-boom que connaît la Chine, alors en pleine prospérité parce que l'organisation rationnelle de l'administration assure la stabilité politique et que le progrès technique a permis une véritable révolution agricole. La population de l'Empire va presque tripler dans ces conditions, mais aussi grâce à des avancées médicales qui rendent les naissances moins dangereuses.

Les praticiens de l'époque ont acquis une bonne connaissance du processus de reproduction chez l'homme, qu'il s'agisse de la conception, de la grossesse, de l'enfantement ou des soins postnataux. Sauf complications, la plupart des futures mamans ne consultent un médecin qu'en de rares occasions. La personne la plus importante est la sage-femme, et c'est une chance pour la jeune fille qui s'apprête à accoucher : la meilleure de la région n'est autre que sa belle-mère.

1. Extrait de « Ravins », ode 189, dans *Shijing. Le Grand Recueil*, traduction de Pierre Vinclair, Paris, Le Corridor Bleu, 2019. *(N.d.T.)*

Les premiers ouvrages médicaux sur la grossesse et la naissance

Situées à l'est de Changsha, dans la province du Hunan, les tombes de Mawangdui renfermaient d'innombrables dessins et textes médicaux dans un remarquable état de conservation. Ces documents exceptionnels nous offrent un rare aperçu des connaissances en gynécologie dans l'ancien royaume de Changsha. Exhumé de la tombe n° 3, le *Taichanshu* (*Livre de la gestation et de la naissance*) est l'un des plus vieux traités d'obstétrique de la Chine ancienne : près de 400 caractères tracés sur une bannière de soie prouvent l'étendue du savoir des Han occidentaux en la matière. Cet ouvrage nous apprend qu'ils possédaient de sérieuses notions de base sur le développement du fœtus.

LE *TAICHANSHU*, TRAITÉ D'OBSTÉTRIQUE SUR SOIE (ENTRE 206 AV. J.-C. ET 9 AP. J.-C).

Réputée pour son expérience, Tao a mis au monde beaucoup d'enfants dans son village et les localités alentour. Malgré tout son savoir, elle n'en a pas moins conservé certaines superstitions locales. Par exemple, elle insiste de manière quasi obsessionnelle pour que l'on conserve le placenta et les autres déchets organiques expulsés à la naissance, persuadée que contrevenir à cette règle nuirait à la santé du nourrisson et de sa mère.

Le fils cadet de Tao a fait en sorte que sa nouvelle maison ne soit pas trop éloignée de celle de sa mère. Elle a pu ainsi garder un œil sur sa bru enceinte, qui a déjà fait plusieurs fausses couches. La grossesse s'est déroulée normalement mais à présent la sage-femme est inquiète, car les premières contractions ne sauraient tarder. À la moindre alerte, elle est prête à passer à l'action.

Nous sommes en mai, or ce n'est pas de bon augure pour un accouchement. Selon la croyance populaire, ceux qui naissent à cette période de l'année ont plus de chances que les autres de se blesser en grandissant, et durant leur croissance cette menace vaut même pour leurs parents. Tao se moque bien que son mari ait patiemment dressé la liste de tous les villageois qui, ayant vu le jour en mai, n'en sont pas moins devenus des membres respectables de leur communauté. Et même si elle a mis au monde la plupart d'entre eux, elle craint tout de même que l'enfant à naître soit l'exception qui confirme la règle.

La vérité, c'est que toutes ces histoires autour du mois de naissance cachent une inquiétude plus profonde chez Tao. Sa carrière de sage-femme a été marquée par plus d'un épilogue tragique. Alors, chaque fois qu'elle rencontre sa belle-fille, elle ne peut s'empêcher de repenser aux heures terribles qu'ont vécues certaines parturientes.

Malgré les progrès récents, la société Han est toujours pénétrée des anciens rituels conditionnant le déroulement des mariages, des naissances et des décès. L'un d'eux préconise qu'une femme enceinte soit installée dans une pièce à part durant le dernier mois de grossesse. Chez les riches, une chambre est réservée exclusivement aux accouchements. Les pauvres, eux, ne peuvent aménager pour cela qu'une cabane de fortune au toit de chaume. Quoi qu'il en soit, une future mère ne peut déroger à cette règle, au point de se voir interdire tout contact avec son mari. Le malheureux n'a d'autre choix que de faire les cent pas devant l'endroit où son épouse est recluse et de prendre des nouvelles par l'intermédiaire d'un tiers.

Voilà pourquoi notre sage-femme a insisté pour que son fils prévoie une chambre supplémentaire dans sa nouvelle demeure. Cette tradition qui sépare le couple à l'approche d'une naissance est si tenace qu'en l'absence d'une pièce dédiée Tao a vu plus d'un conjoint carrément chassé de chez lui ou une épouse enceinte contrainte de s'isoler dans la première bicoque venue, à côté d'un cimetière ou dans les bois.

Le foyer de son cadet possède bien une petite pièce indépendante et l'on a rebattu les oreilles au couple avec ces histoires de séparation : les jeunes gens savent où, quand et comment ils ont le droit de se voir avant l'installation à temps plein de la future maman dans la chambre d'accouchement.

Le fils de Tao a été si bien dressé que lorsqu'il a entendu les premiers cris de sa femme il a filé directement chez sa mère au lieu de se précipiter au chevet de sa compagne.

Ainsi donc, le moment tant redouté est arrivé. En un sens c'est un soulagement, car Tao ne sait pas combien de temps encore elle aurait supporté une telle attente. Elle en ressent même une petite bouffée d'autosatisfaction : elle était si sûre que l'enfant naîtrait cette nuit qu'elle ne s'est même pas déshabillée et qu'elle est restée éveillée avec tout son nécessaire à portée de main.

Au terme du troisième mois de grossesse, elle a demandé à son fils d'accrocher un arc et des flèches à l'entrée de la chambre. À peine arrivée, elle s'assure qu'ils sont bien là. Selon une ancienne coutume, un arc pendu à gauche de la porte assure la naissance d'un garçon, alors qu'une bannière accrochée à droite donne une fille. Tao croit dur comme fer à cette superstition, et le fait qu'elle ne se vérifie même pas une fois sur deux la conforte tout bonnement dans l'idée que les géniteurs sont trop souvent incapables d'accomplir correctement les rituels les plus simples.

Elle espère avoir un autre petit-fils, non seulement pour perpétuer la lignée familiale mais aussi parce que les parents seront exemptés de certaines obligations imposées par l'État et qu'ils bénéficieront d'un allègement fiscal. Elle a tellement envie de voir naître un garçon qu'elle a contraint sa belle-fille à se plier à des pratiques rebutantes, comme avaler des insectes vivants ou boire de l'eau mélangée à de la poudre de pénis de chien séché et à des poils du futur père. La malheureuse a obéi aveuglément parce qu'elle se sent terriblement coupable de n'avoir toujours pas donné le jour à un héritier après trois ans de mariage. C'est d'autant plus contrariant pour elle que l'autre bru de Tao a déjà engendré deux fils en bonne santé sans avoir fourni d'efforts particuliers ni recouru aux décoctions diaboliques de leur belle-mère.

Allongée sur un lit bas, la jeune femme exprime bruyamment sa douleur. Tao voit tout de suite qu'elle n'est pas dans la bonne position et la redresse sans ménagement avant d'attiser le feu dans le poêle. Elle pressent depuis des semaines que ce ne sera pas une naissance facile et il lui faut de l'eau chaude aussi vite que possible. Elle a apporté quantité de linges propres qu'elle pose au bord de la couche, à côté d'une énorme paire de ciseaux des plus inquiétantes.

Il semble que Tao soit arrivée juste à temps, sa belle-fille ayant déjà perdu les eaux. Le liquide amniotique ne va pas tarder à traverser la paillasse et pourrait goutter sur le plancher. Or cela ne se peut pas : les fluides corporels ne doivent jamais toucher le sol, car un homme de la famille pourrait les voir et cela porterait malheur à toute la maisonnée.

Tao évite la catastrophe en prenant de la paille au bout du lit pour la caler sous le bassin et les jambes de sa bru. Quiconque observerait la scène penserait que la sage-femme ignore l'urgence de la situation. Il n'en est rien. Sous la dynastie Han, on a déjà compris que séparer les fluides corporels de l'espace domestique ne pouvait être que bénéfique, sans savoir que l'on réduisait ainsi le risque d'infection bactérienne.

Tao va chercher des cendres dans un seau près de la porte et les étale devant le lit, autant pour conjurer le mauvais sort que pour absorber les liquides malins qui pourraient contaminer les lieux.

Yan, l'heureuse mère des deux petits-fils de la sage-femme, arrive sur ces entrefaites. Elle est aussitôt mise à contribution.

« Place-toi derrière ta belle-sœur et tiens-lui la taille ! » ordonne Tao.

Sa bru est bien plus proche de la délivrance que ce qu'elle croyait : le col de l'utérus est dilaté et commence à saigner. Combien de temps cette petite idiote a-t-elle souffert en silence depuis les premières contractions ? Des heures, semble-t-il.

« Maintenant, attrape ses bras et pousse aussi fort que tu peux ! » dit-elle encore à Yan.

« Et toi, respire à fond ! » intime-t-elle à son autre belle-fille en lui montrant l'exemple.

Agenouillée près du lit, elle pose ses mains sur les jambes de la jeune femme pour l'aider à pousser plus fort. Celle-ci pousse alors un cri interminable et d'une puissance impressionnante.

Yan en est toute retournée. Elle réalise la chance qu'elle a eue d'accoucher assez facilement. Elle aimerait réconforter sa belle-sœur mais se dit qu'elle n'arrivera jamais à se faire entendre, d'autant que les cris de l'épouse ont affolé le mari. Il est en train de piétiner de l'autre côté de la porte et le flot de ses questions angoissées ne fait qu'ajouter au vacarme général.

En réalité, Tao n'en revient pas de voir les choses si bien se dérouler dans un tel brouhaha. C'est un miracle ! On aperçoit déjà le sommet du crâne du bébé. La parturiente accueille la venue au monde imminente de son enfant par un énième hurlement de douleur à vous percer le tympan.

Ses beuglements suscitent une nouvelle salve d'interrogations sur le seuil de la chambre. Elles parviennent beaucoup plus nettement aux trois femmes, car contre toute attente la belle-mère s'est levée et vient d'ouvrir la porte en grand. Les deux autres la regardent, ébahies ; la plus jeune est tellement stupéfaite qu'elle en oublie de brailler l'espace d'un instant.

Tao met en garde son fils alors qu'il s'apprête à pénétrer dans la pièce :

« Toi, tu n'entres pas ! Tu ne regardes même pas ! J'ai dû ouvrir la porte pour aider l'utérus à se dilater et faciliter ainsi la naissance de ton enfant. Mais toi, tu restes où tu es ! C'est bien compris ? »

Puis elle reprend sa place, soulève les genoux de sa belle-fille et se penche en avant.

« Concentre-toi ! lui dit-elle. Quant à toi, Yan, continue de la soutenir. Ça n'est pas le moment de baisser les bras. »

Le front et les vêtements trempés de sueur, Yan préfère se taire, même si le regard qu'elle lance à sa belle-mère en dit long. Sauf que Tao ne fait plus attention à elle. Aussi étonnée que soulagée, la sage-femme dévisage le petit être presque entièrement expulsé de la matrice.

Qui l'aurait cru ? Il n'y a pas une heure qu'on est venu la chercher, et la voilà déjà en train d'essuyer un nouveau-né dont les cris vigoureux témoignent de poumons parfaitement sains. Cet accouchement qui s'annonçait long et difficile s'est déroulé si vite que l'on ne doit pas être loin du record pour une première naissance. Les dieux protègent la famille, c'est certain !

Étendue sur le lit, épuisée, la jeune maman ne semble pas réaliser que la situation aurait pu mal tourner. Le regard absent, elle fixe Tao, qui se prépare à couper puis nouer le cordon ombilical. Ensuite, il n'y a plus qu'à retirer le placenta, mais cela ne pose aucune difficulté après une délivrance aussi facile.

Il est temps maintenant de laver le nouveau-né, de l'envelopper dans des linges propres et de le présenter à sa mère. Le placenta sera conservé avec le cordon dans de la balle de riz. Ils seront enterrés le mois prochain, et ce sera à la sage-femme de déterminer le jour le plus propice afin que le nourrisson demeure en bonne santé.

Il va pleurer quand elle va le baigner et la mère fera probablement la moue lorsque Tao lui ordonnera de boire un peu de l'eau du bain ; mais vu que son régime a donné d'aussi bons résultats, elle ne s'attend pas à une grande résistance. Surtout qu'elle va expliquer à sa bru que cette eau est destinée à lui redonner des forces.

Son fils, lui, est toujours sur le pas de la porte.

« Alors, mère, c'est une fille ou un garçon ? » hasarde-t-il.

Tao regarde d'un œil noir l'arc et les flèches sur le mur, mais elle est trop heureuse pour se demander ce qui n'a pas fonctionné dans le rituel.

« C'est une jolie petite fille ! » répond-elle joyeusement.

Des hauts et des bas démographiques

Si l'on se réfère aux recensements, la population Han a presque triplé entre 202 et 130 av. J.-C., passant de 13 à 36 millions d'habitants environ. Elle est redescendue à 32 millions à la fin du règne de Wudi, du fait de ses nombreuses campagnes militaires, puis elle a de nouveau augmenté pour atteindre plus de 59 millions en moins d'un siècle (86 av. J.-C. – 2 ap. J.-C.)

寅 10e HEURE DE LA NUIT

(03.00 - 04.00, première partie de *yin*)

LE PALEFRENIER PRÉPARE SES DOLÉANCES

Le calme est revenu dans les écuries tandis que Lu compte les chevaux qui lui restent. Il secoue la tête, atterré par le nombre de stalles vides. Une légère brise apporte la douce odeur du foin entreposé dehors. Arrivé au bout de l'allée centrale, il contemple les dégâts de l'autre côté de la cour. C'est la troisième fois ce mois-ci que des voleurs défoncent la barrière. Le palefrenier leur en veut amèrement. Ses camarades et lui vont devoir la réparer de nouveau, mais ce n'est pas le pire.

Le pire, c'est que ces marauds se gênent de moins en moins et que les autorités ne font rien.

Il observe son ombre projetée sur le sol à la lueur de la torche de Tsao, qui vient de surgir de l'obscurité. Lu regarde la flamme d'un mauvais œil à cause de tout ce foin qui pourrait prendre feu, mais il apprécie que son collègue – un gaillard bien charpenté – se soit précipité à la première alerte avec une source de lumière. Si minces qu'aient été leurs chances de surprendre des traînards, ils en auraient eu besoin de toute façon.

« Combien de bêtes ? » s'enquiert calmement Tsao.

Pour toute réponse, Lu lève trois doigts. Il est rouge de colère : on leur en a déjà dérobé deux la semaine dernière. S'agit-il des mêmes hommes et ont-ils soudoyé les gardiens ? Il faut être aux abois ou particulièrement sûr de soi pour commettre un forfait puni de mort, ce qu'est précisément le vol de chevaux appartenant à l'État. Et puis, sans corruption parmi les vigiles, difficile de réussir son coup !

Chevaux en terre cuite (206 av. J.-C – 9 ap. J.-C.).

Personne n'achètera une monture de provenance inconnue : les peines encourues pour le trafic de chevaux volés sont presque aussi lourdes que pour le vol lui-même. Par conséquent, si les scélérats essaient de vendre ceux qui viennent de disparaître, ils seront vite dénoncés et arrêtés. Non… Il y a fort à parier qu'en ce moment même les malheureuses bêtes sont conduites dans une boucherie, au fin fond d'une ruelle, et que demain elles auront déjà été débitées en quartiers. Mais si on s'intéressait seulement à leur viande, pourquoi ne pas avoir choisi les destriers des écuries voisines ? Les vieux bourrins emmenés cette nuit étaient destinés aux sacrifices rituels et le peu de chair qui recouvrait leurs os n'était sans doute que de la carne.

En tout cas, pour Lu une chose est sûre : quelqu'un a été payé afin de faciliter la tâche aux brigands. Il est probable qu'en cet instant un gardien se rassure à l'idée qu'il n'a pas fait grand mal en laissant les intrus s'emparer d'animaux condamnés de toute façon.

Récemment, Lu a obtenu une promotion, mais il se dit qu'il n'aurait jamais dû l'accepter. Les chevaux sont toute sa vie, il s'en occupe depuis toujours, et les massacres incessants de ses pensionnaires le rendent malade. Car la majorité d'entre eux ne seront pas employés dans la cavalerie, ni même pour les labours ou les attelages. Ils ne sont sur cette Terre que pour servir d'offrande aux dieux et mourir sur les autels du temple d'État voisin. Dans certains cas, seules quelques bêtes sont abattues ; mais parfois, la boucherie peut durer un après-midi entier, comme l'autre jour, lors d'une cérémonie célébrée en présence de plusieurs membres de la famille impériale.

Lu revoit la scène. Debout en plein soleil, il a regardé les chevaux se faire massacrer un par un pour honorer les ancêtres de l'empereur. Toute la soirée, la fumée des bûchers a flotté au-dessus du haras. Il a dû envoyer de jeunes valets d'écurie faire des rondes pour s'assurer que les étincelles et les braises qui volaient au vent ne provoquaient pas de départs de feu.

Quel carnage ! Et tout ça pour rien ! Lu n'est pas particulièrement religieux. Il aime ses bêtes plus que les dieux. Et s'il comprend la nécessité d'un sacrifice de temps à autre, il sait bien que l'extermination de milliers d'équidés plusieurs fois dans l'année représente un véritable gâchis dans un pays qui en manque cruellement.

Mais ce sont sans doute les expéditions militaires qui sont les plus coûteuses en chevaux. Lors d'une première offensive contre le royaume de Dayuan, dans la vallée de Ferghana (104 av. J.-C.), plus de 30 000 furent réquisitionnés – et autant d'ânes, de mules et de bœufs. Bien peu survécurent parmi les montures comme parmi les hommes, alors même que l'empereur Wudi était parti en guerre pour s'emparer de pur-sang.

Afin de faire face aux besoins de l'armée et, plus largement, au développement des transports, l'État encourage les éleveurs privés par diverses mesures, dont l'exemption de travaux forcés. La plupart des chevaux d'État proviennent cependant des écuries royales et des haras impériaux disséminés aux quatre coins de l'Empire. À eux seuls, ceux de Weiyang, Chenghua, Qima, Luling et Taoyu abritent pas moins de 10 000 bêtes chacun, auxquelles il faut ajouter celles des commanderies qui gèrent leurs propres écuries. Au total, l'État possède entre 300 000 à 400 000 chevaux – un chiffre hallucinant, bien au-delà de tout ce que peut imaginer Lu.

Le nombre de ceux qui sont immolés au cours des célébrations religieuses défie lui aussi l'entendement. On recense 36 centres d'élevage gouvernementaux dans la seule province où réside Lu, ce qui donne une idée de la quantité de chevaux sacrifiés dans tout le pays. Des milliers et des milliers…

L'administration des chevaux

Les Han occidentaux comprirent très tôt l'importance d'unités de cavalerie dotées de pur-sang dans une guerre de mouvement. En conséquence, ils acquirent des étalons en grand nombre auprès de peuples nomades (Xiongnu, Tayuen, Kangju, Wusun) et de puissances voisines dans le cadre de la politique d'apaisement du *hequin*, qui favorisait les échanges commerciaux et les mariages.

L'introduction de pur-sang tels que les chevaux de Ferghana fut suivie de lois rigoureuses afin que les précieux étalons ne quittent pas le territoire chinois. L'empereur Zhao, par exemple, ordonna par décret qu'aucune monture de plus de 1,50 mètre au garrot ne franchisse les frontières de l'Empire.

Lu est révolté à l'idée qu'un fonctionnaire, quelque part dans un bureau, puisse décider qu'il ne sert à rien d'engraisser des canassons qui seront envoyés à la mort. Le fourrage livré ces derniers temps est d'une qualité médiocre, c'est évident. Il y a deux ou trois jours, notre palefrenier a inspecté une livraison et y a trouvé de l'herbe sèche plutôt qu'un bon foin de blé ou de millet.

Ses chevaux maigrissent à vue d'œil. Après bien des hésitations, il s'est décidé à le mentionner dans le rapport qu'il envoie régulièrement à l'administration, rapport dans lequel il compte aussi se plaindre des vols à répétition. En vérité, il ne s'attend pas à ce que ses efforts changent grand-chose, mais un contrôleur finira peut-être par tomber sur ses doléances et elles viendront alors s'ajouter à la liste de plus en plus longue des manquements constatés.

Ce n'est certainement pas pour ce genre de travail qu'il est devenu palefrenier. Tsao et lui sont appréciés notamment comme dresseurs, au point que les éleveurs du centre voisin font régulièrement appel à eux, mais Lu a surtout bâti sa réputation dans un haras militaire où il sélectionnait avec succès des pur-sang pour la reproduction.

« Le secret, quand on examine un cheval, c'est de le regarder droit dans les yeux, répétait-il souvent, citant un principe enseigné par son vieux maître. L'examen classique concerne la taille de l'animal, ses proportions, la coordination de ses membres ou encore son poil, mais il faut tenir compte aussi de la mobilité des yeux, et même de la forme des cils. »

Malheureusement pour Tsao et Lu, leurs compétences sont de peu d'utilité dans leur emploi actuel. Il semble qu'en matière d'équidés les dieux se contentent de deuxième choix, et c'est un euphémisme. À voir leur robe, leur allure et leur taille, ce ne sont décidément que de pauvres bourrins. Et comme personne ne s'attend à ce que les palefreniers les métamorphosent en pur-sang, qui pourrait s'inquiéter de donner à leurs pensionnaires un fourrage de qualité ?

Mais revenons au vol de cette nuit. Et puisque Tsao a pris sa torche, autant en faire bon usage, se dit Lu avant de demander à son collègue de l'accompagner tandis qu'il repart vers les stalles.

Si les deux hommes sont aussi compétents l'un que l'autre dans leur domaine, ils sont tellement différents physiquement que c'en est presque comique. Lu est petit et mince ; il a les traits prématurément vieillis et très expressifs. Tsao, lui, est une force de la nature ; sa carrure est impressionnante et son visage reste le plus souvent fermé. Lorsque quelqu'un s'avise de les comparer, Lu observe avec malice que la plupart de ses ancêtres étaient grands et que lui-même n'a pas encore achevé sa croissance.

Leurs chevaux ne remporteront jamais de premier prix, mais les deux palefreniers ont tissé avec eux des liens étroits au fil du temps. Parmi les pauvres bêtes dont ils sont responsables, un poulain issu d'un pur-sang semble faire exception et mérite un examen poussé, car pas plus que ses congénères il n'a été nourri correctement ces derniers jours. Tout à l'heure, il était couché, recroquevillé sur lui-même dans un coin de la stalle.

Lu s'accroupit et le regarde droit dans les yeux. Bien que l'animal soit un peu effrayé par l'homme qui se tient au-dessus de lui, ses grands yeux bombés sont toujours aussi vifs. De larges naseaux aspirent l'air bruyamment. Hardiment piquées en avant, les petites oreilles pointues semblent en alerte. Un tel poulain n'a pas sa place dans cette écurie, mais les deux palefreniers ne vont sûrement pas lui chercher un autre refuge. L'important, c'est qu'il aille bien. Satisfait, Lu fait signe à Tsao que tout va bien.

Les critères classiques d'évaluation d'un pur-sang

Le *Xiangma jing* (*Traité de physiognomonie du cheval*) est un long texte rédigé sur une bannière de soie. Il a été retrouvé dans la tombe n° 3 du site de Mawangdui. La sépulture, qui serait celle de Li Xi, deuxième marquis de Dai, abritait une autre bannière funéraire en soie, trois cartes (également sur soie) et des centaines d'objets. À ce jour, on ignore si le document qui nous est parvenu représente à peu près la totalité du traité ou s'il n'en représente qu'un fragment. Sa découverte a cependant marqué une avancée considérable, car elle nous a permis de comprendre l'ampleur du savoir des Han en matière de chevaux – de l'anatomie aux techniques d'élevage en passant par les critères d'évaluation.

Le cheval d'or de Maoling compte parmi les offrandes retrouvées dans la tombe de Pingyang, sœur de l'empereur Wudi. Il représente l'une des plus belles races de chevaux importées par celui-ci.

« C'est vrai, les chevaux aux yeux très bombés sont de bons coureurs et ceux qui en ont de petits sont lents. Mais comment expliquer alors que certaines montures aux yeux très bombés courent mal ? »

Tsao vient de citer le *Xiangma jing*, un grand classique de la physiognomonie équine.

Lu enchaîne avec un autre extrait de ce livre :

« Si les yeux d'un cheval bougent avec vivacité mais que lui-même ne peut courir normalement, qu'est-ce que cela signifie ? Qu'il ne peut pas cligner des yeux et que les vibrisses obstruent la vision ! »

Et de poursuivre en puisant dans le même traité :

« Certains chevaux pourraient être d'excellents reproducteurs mais ne le deviennent pas. Pourquoi ? Parce que leurs conditions de vie ne sont pas adaptées. »

Cette évidence le ramène au misérable fourrage qu'il vient de recevoir et le fait sortir de ses gonds :

« Que faisons-nous ici, Tsao ? Nous perdons notre temps ! »

Pris de court devant tant d'amertume, l'autre temporise en répondant par une autre question :

« Tu savais qu'il existe aussi un équivalent du *Xiangma jing* pour les chiens ? Les oreilles, le poitrail et les flancs : voilà ce qu'il faut examiner en priorité chez eux. Les yeux sont secondaires, mais ça ne me gênerait pas de juger un cheval simplement sur ses oreilles ou sa poitrine. Je trouve bien triste d'examiner les yeux confiants d'un poulain comme celui-ci, quand on sait qu'il est condamné à mourir sur l'autel du sacrifice.

– Tu imagines élever des chiens dans les conditions qui sont les siennes ? réplique Lu. Il paraît que dans la capitale ceux de la cour impériale ont droit à de beaux chenils tout près du palais. Eux au moins, on les bichonne ! »

Tsao connaît bien son compagnon et sait que mieux vaut ne pas en rajouter lorsqu'il se laisse emporter par sa verve.

On ne peut plus contrarié désormais, Lu réécrit dans sa tête la lettre qu'il a l'intention d'adresser à ses supérieurs. Non seulement affamer ses chevaux est inutilement cruel, mais c'est une fausse économie. Il entend rappeler avec force à son administration l'impact du fléau qui a frappé le haras l'an dernier. Les chevaux étant déjà affaiblis par la mauvaise alimentation, il en a résulté une véritable hécatombe. On a certes demandé l'ouverture d'une enquête et la permission de pratiquer des autopsies afin de comprendre l'origine du mal ; mais pour des raisons que Lu devine aisément, l'autorisation a été donnée si tardivement que les carcasses étaient dans un état de décomposition trop avancé quand enfin on aurait pu les étudier.

Les deux palefreniers ont craint un moment de servir de boucs émissaires. En prévision de leur défense, Lu a même préparé des copies de ses rapports sur les déplorables conditions d'élevage dans son écurie. Mais, soit que les inspecteurs en aient déjà eu connaissance, soit qu'ils aient considéré le spectacle de l'agonie des bêtes comme une punition suffisante pour Tsao et Lu, toujours est-il que ces derniers n'ont pas été inquiétés et qu'ils n'ont même jamais été informés du résultat de toutes ces investigations.

Pour Lu, la pire chose a été de se voir convoquer avec ses collègues dans un haras voisin pour une séance de prière destinée à remercier le ciel d'avoir enfin chassé la maladie. À un moment donné, l'officiant a débité toute une série de formules afin qu'à l'avenir les chevaux soient plus robustes. Chacune de ses incantations révélait une méconnaissance flagrante de la morphologie équine. Comme Tsao l'a fait remarquer ensuite avec humour, les prières concernaient peut-être les chevaux, mais ce n'était là qu'un tas d'âneries !

Cette tragédie a au moins permis à Lu de rappeler à ses supérieurs que si l'on continue de lésiner sur les rations des animaux ils seront encore plus vulnérables. Et surtout, songe-t-il, les chefs ont réussi à mettre cette épidémie sur le compte de la malchance, mais la prochaine risque fort de soulever des questions très gênantes pour eux. Il soupçonne en effet certaines personnes de se remplir les poches en fournissant un foin immonde alors qu'elles sont payées pour livrer du fourrage de bonne qualité.

Ah ! Si seulement il pouvait trouver le moyen de confirmer ses doutes ! Il serait alors en mesure de garantir une alimentation décente aux chevaux ainsi qu'à ceux qui en prennent soin, car eux aussi se voient rarement allouer les vivres que leur doivent les bureaux du grand écuyer.

« On nous traite comme nos bêtes, peut-être même encore plus mal ! lance Lu à Tsao. Tout vaillants qu'ils soient, les soldats finissent par tomber malades quand ils n'ont pas de quoi reprendre des forces, et les chevaux meurent avant l'heure quand on ne leur donne pas de quoi se nourrir correctement. Où est la différence avec nous ? »

Mais ce soir Tsao n'est pas d'humeur à entendre les jérémiades de son compagnon. Ça tombe bien, car celui-ci s'éloigne vers les stalles du fond, où se trouve le père du poulain – le seul vrai pur-sang en ces lieux. Chouchouter ce bel étalon et lui offrir des petites douceurs, voilà qui va calmer Lu en attendant le lever du jour.

寅 11e HEURE DE LA NUIT

(04.00 - 05.00, seconde partie de *yin*)

LES FEMMES DE LA MAISONNÉE S'AFFAIRENT À LA MEULE

Le ciel s'éclaire à peine aux premières lueurs de l'aube lorsque les trois femmes se lèvent pour démarrer la journée, un peu plus tôt qu'à l'ordinaire. Lan, sa belle-mère et sa fille, Mei, représentent trois générations de la famille Zhu. Ce matin, elles ont encore mis un point d'honneur à être les premières debout dans le voisinage. Nous sommes au début du mois de mai, en principe la période de vaches maigres de l'année où l'on commence à racler le fond du dernier silo à grains.

Mais ce printemps le trio fait face à un problème bien plus agréable à résoudre. Grâce à la récolte particulièrement abondante de l'an passé, les réserves de blé restent considérables. De plus, celui d'hiver a été moissonné tôt. Alors, une fois n'est pas coutume, les Zhu se retrouvent avec plus de grain qu'ils ne peuvent en stocker. Il leur faut donc transformer le surplus de l'année dernière en farine et faire de la place dans les silos pour le blé d'hiver. Voilà pourquoi les trois femmes se lèvent avec le soleil ces jours-ci.

Lan et les autres paysans du coin ont bien conscience de la chance qu'ils ont d'être autosuffisants. En effet, plusieurs provinces ont été frappées par des catastrophes naturelles ; ailleurs, ce sont des techniques agricoles trop rudimentaires qui expliquent les mauvais rendements, quand elles n'ont pas carrément ruiné toute la récolte. Malgré les efforts de l'administration centrale et la distribution de grain puisé dans les greniers de l'État, le prix des céréales a grimpé en flèche et la crise a tourné à la catastrophe. Les populations affamées en ont voulu aux fonctionnaires coupés de la réalité qui leur suggéraient de faire bouillir du bois pour le manger – une idée stupide qu'ils avaient baptisée du nom tout aussi stupide de *mu lao*, « fromage de bois ».

De tous les membres du clan, la belle-mère de Lan est la mieux placée pour comprendre un tel drame. Les souvenirs funestes des jours de disette la hantent depuis son enfance. De fait, avant de se lancer dans la culture du blé d'hiver les agriculteurs de la région étaient trop dépendants du millet et voyaient leurs réserves épuisées dès le mois de mai.

Cette nouvelle pratique a totalement changé la donne et l'on peut désormais refaire le plein avec une seconde récolte à la fin du printemps. Il a fallu du temps pour mettre au point la technique la mieux adaptée à ce grain d'un genre nouveau dans ces contrées. Au début, on a voulu lui appliquer la bonne vieille méthode du pilon et du mortier. Une fois pilé, on le faisait bouillir et on le transformait en une sorte de gruau qui contenait encore beaucoup de résidus de balle. La mixture obtenue était si infâme qu'elle n'était bonne qu'à nourrir les barbares et les petits paysans, comme on disait alors. Combien de fois la belle-mère de Lan a-t-elle ressassé cette histoire de nourriture infecte tandis que sa petite-fille faisait semblant de l'écouter !

Frissonnant légèrement dans la lueur grise de l'aube naissante, les trois femmes se dirigent vers la meule à grain rotative – une invention qui leur a changé la vie. Si un paysan se demande ce que l'État a jamais fait pour lui, force est de reconnaître que la meule tournante en pierre est une partie non négligeable de la réponse.

Le jour où le gouvernement central a compris que ce système mis au point à la cour impériale allait permettre de réduire le blé en une fine farine, il a réalisé qu'il possédait là une technologie révolutionnaire. On a envoyé des ingénieurs aux quatre coins du pays pour expliquer le fonctionnement de ce nouvel instrument de mouture. En moins d'une décennie, le blé est devenu l'ingrédient principal du pain, des nouilles et des gâteaux, après avoir été la base d'une bouillie grossière.

La famille Zhu a installé sa meule au milieu de la cour, sous un abri rudimentaire. Chaque fois que la grand-mère passe devant, elle touche les pierres qui ont transformé sa vie.

« On devrait élever un temple en l'honneur de celui qui a inventé ça ! aime-t-elle à répéter avant d'ajouter à l'attention de Lan : Et quand je mourrai, n'oubliez pas d'enterrer une de ces choses avec moi ! »

MODÈLE EN TERRE CUITE REPRÉSENTANT UN PAYSAN EN TRAIN D'ACTIONNER UN PILON À BASCULE À CÔTÉ D'UNE MEULE ROTATIVE (IIᴱ SIÈCLE AV. J.-C.).

À côté de la meule se trouvent un mortier et un pilon, mais la méthode a été grandement améliorée depuis les jeunes années de l'aïeule. Le mortier des Zhu se présente comme une petite cuve en pierre légèrement enfoncée dans le sol. Le pilon est constitué d'une longue tige de bois en L qui prend appui sur une sorte de gouttière dans l'axe de la cuve et que l'on soulève grâce à un levier.

Les trois femmes forment une équipe bien rodée. Mei – ou plutôt « la gamine », comme se plaît à l'appeler Lan – est affectée au décorticage. C'est sa première tâche de la matinée. Elle actionne le pilon à bascule de façon que le petit côté de la tige en L casse la balle, c'est-à-dire l'enveloppe du grain. Sa mère récupère le blé pilé dans la cuve et procède au vannage à l'aide d'un grand panier plat en osier (van). Pour séparer la balle du grain, elle projette le blé en l'air en veillant à ne pas y aller trop fort. Les balles, plus légères, sont emportées par le vent produit en agitant le van ; les grains, plus lourds, retombent dedans.

Lorsque ceux-ci sont débarrassés d'une bonne partie de leur enveloppe et de la poussière, Lan les passe à sa belle-mère, laquelle les jette entre les pierres de la meule qu'elle fait tourner.

La farine de blé

Daté du Iᵉʳ siècle avant notre ère, le *Jijiu pian* est une sorte de dictionnaire et de méthode d'apprentissage des caractères chinois dans lequel le blé est qualifié de « nourriture pour les barbares et les petits paysans ». Bien sûr, le régime alimentaire de l'aristocratie était plus élaboré que celui du peuple. Certains nobles employaient même un *tangguan* – un homme qui veillait à la fabrication d'une fine farine de riz, de millet ou de blé. Toutefois, les innombrables meules découvertes par les archéologues révèlent que le matériel nécessaire à l'obtention d'une farine de qualité n'était pas réservé aux seules élites. C'est ainsi que sous la dynastie Han le blé finit par prendre une place prépondérante, au point de modifier profondément l'alimentation de toute la population.

La bru pourrait fort bien se passer de la vieille femme, mais celle-ci insiste pour se rendre utile et reste sourde aux conseils du genre : « Vous devriez vous reposer à l'intérieur ou vous contenter de surveiller le travail. » C'est le membre le plus têtu de la famille. Après toutes ces années, elle éprouve toujours autant de plaisir à travailler à la meule pour fabriquer une fine farine à partir du blé tant méprisé autrefois.

Ce matin, leur petite chaîne de production domestique est arrêtée dès la première étape. Le pilonnage intensif de la veille a fini par désaxer le pilon. Mei a beau lever et abaisser le levier, la tige ne fait que frapper le bord de la cuve, laissant les grains intacts.

L'adolescente force sur le bras pour le remettre dans l'axe, mais Lan sait que le mécanisme ne fonctionnera pas tant que son mari ne l'aura pas réparé correctement.

« Au lieu de t'échiner pour rien, tu ferais mieux d'utiliser l'ancien mortier », explique-t-elle à sa fille.

Mei obéit à contrecœur et cela se comprend : elle va devoir piler le blé comme les brutes que sont les barbares du Nord. Non seulement le pilon en pierre pèse au moins cinq kilos mais il faut le lever assez haut pour obtenir un résultat convenable.

Lan pousse un long soupir, consciente que ce problème va ralentir tout le monde, car le pilonnage manuel est beaucoup moins efficace. Avec le modèle à bascule, Mei peut écraser deux pleines poignées de grains à chaque fois (soit environ un demi-kilo). Maintenant, elle va devoir travailler dur tout en sachant qu'elle ne pourra pas tenir le rythme habituel. La gamine va vite se fatiguer, se dit sa mère tandis qu'elle fixe un tamis au maillage assez lâche sur le van.

Une fois que Mei en a terminé avec son premier tas de grains, Lan rapproche le lourd mortier du panier en le faisant rouler sur le côté, puis elle le maintient penché afin que sa fille ait les mains libres pour transvaser le grain pilé. Mei va maintenant pouvoir s'entraîner au vannage. Elle sait qu'elle doit garder les jambes serrées, les pieds tournés vers l'extérieur et les bras grand ouverts autour du panier. Ensuite, elle n'a plus qu'à faire sauter les grains en soulevant le van d'un mouvement des genoux. Ce geste qui paraît simple en théorie demande beaucoup d'entraînement pour être exécuté à la perfection.

Mei a les bras musclés, mais ce n'est pas le cas de ses jambes et de ses avant-bras. Elle a du mal à soulever le tamis sans écarter les cuisses. Voilà déjà une minute qu'elle le secoue avec ardeur. Résultat : presque tous les fragments de balle sont restés coincés dedans et la moitié des grains s'est dispersée sur la terre battue !

Sa maladresse n'est pas pour déplaire à la volaille, qui se rue sur ce délicieux petit déjeuner de céréales. Les jours de mouture sont une fête pour les poules qui ont coutume de déambuler dans la cour. Les voici agglutinées autour de Mei dans un intarissable concert de caquets afin de se disputer le butin tombé du van. C'en est trop pour la grand-mère, qui les chasse à grand renfort de jurons stridents et donne des coups de pied à celles qui ne s'écartent pas assez vite de son chemin. Le souvenir de la faim est trop ancré dans sa mémoire pour qu'elle laisse se perdre ne serait-ce qu'une once de grain.

Lan ramasse celui qui a échappé à Mei et le repasse au tamis, jouant habilement de ses poignets pour que la poussière de la cour disparaisse à travers les mailles. Elle se revoit adolescente, aux prises avec le van récalcitrant, et encourage sa fille d'une petite tape sur l'épaule avant de repartir vers la meule rotative pour commencer à moudre.

On actionne cette dernière à l'aide d'un bras fixé sur la pierre supérieure. Au fur et à mesure que Lan pousse lentement celui-ci en tournant autour de la meule, la grand-mère jette le blé tamisé dans une large rainure creusée sur le dessus. Au bout de quelques tours, le craquement des grains broyés s'atténue et le bras offre moins de résistance. Lorsqu'enfin tout est réduit en farine, Lan s'arrête et se fait aider pour soulever la pierre supérieure et la retourner sur le sol.

Munie d'un deuxième crible en bambou au maillage plus serré que le premier, la grand-mère récupère alors la mouture dans les stries de la partie inférieure et tout ce qui est resté collé un peu partout sur les deux pierres. Quant à Lan, elle s'empare d'un troisième van.

« Pourquoi tamiser de nouveau la farine ? s'étonne Mei après avoir constaté que le résultat obtenu permettrait déjà de faire du bon pain.

– N'oublie pas que demain est le jour où l'on doit offrir les premiers fruits de la moisson à nos ancêtres. Les gâteaux et les petits pains que nous allons préparer pour eux doivent être aussi savoureux que possible », rétorque sa mère.

De toute façon, un seul tamisage suffit rarement. Lan se souvient des meules de sa région d'origine, dont les larges rainures creusées dans la pierre partaient du centre vers l'extérieur. Dans ces conditions, pas étonnant que le grain à moitié moulu reste coincé dedans. La famille Zhu, elle, possède un modèle perfectionné dans lequel les rayons en étoile s'entrecoupent et forment des stries plus fines. Mais cette amélioration n'a pas résolu tous les problèmes, de sorte qu'il faut repasser la mouture à la meule et au tamis plusieurs fois pour la rendre la plus fine possible, en plus d'éliminer les résidus de balle, la poussière et d'éventuels éclats de granit.

Il n'est pas rare de retrouver des grains de sable dans les aliments préparés avec une farine de blé grossière. En témoigne une dent cassée de Lan. Sa belle-mère n'a pas ce problème, c'est sûr : elle n'a presque plus de dents ! La bru garde ses réflexions pour elle, mais elle voudrait mettre de côté un peu de farine extrafine afin de cuire un pain plus moelleux pour la vieille dame. Elle a appris en secret auprès d'autres femmes du village une nouvelle technique de fermentation qui donne une mie tendre et facile à mâcher.

« C'est beau, toutes ces nouveautés ! » laisse-t-elle échapper dans un soupir.

Mais sa fille l'arrache à ses pensées en soulevant une contradiction : si les offrandes sont destinées à remercier les dieux pour la récolte abondante qui vient d'avoir lieu, ne devrait-on pas utiliser ce blé-là plutôt que celui de l'an passé ?

« C'est juste, répond la grand-mère. Nous devrions faire ça. Mais nous devons honorer nos ancêtres avec les meilleurs fruits de la terre. Le nouveau grain n'est pas encore utilisable. Il doit sécher, car souviens-toi des fortes pluies pendant la moisson. Alors demain nous ferons bien bouillir du blé de l'année pour l'offrir à nos aïeux dans notre plus belle coupe, et en compensation de cette nourriture grossière nous allons moudre ce grain plus ancien aussi finement que possible pour leur confectionner un gâteau que nous décorerons de notre mieux. »

Lan est debout sous l'abri en train de passer une dernière fois la farine au tamis quand un autre problème lui saute aux yeux. Elle appelle sa belle-mère, le sourcil froncé et la mine inquiète devant le tas de farine en train de grossir sur la toile étalée à ses pieds. De minuscules insectes en émergent. Ils ont réussi à échapper au pilon et à la meule ! Les cadavres de quelques congénères moins chanceux se profilent sur la poudre blanche.

Il fait bien trop sombre pour les yeux fatigués de l'aïeule. Lan ramasse une poignée de farine et la lui colle sous le nez.

« Et alors ? » La grand-mère ne voit pas où est le problème et hausse les épaules. « Ils se seront introduits dans les silos quand on les a laissés ouverts après les dernières pluies.

– C'est vrai, reconnaît sa belle-fille.

– Et puis, si on ne peut pas utiliser cette farine pour nos ancêtres, elle sera assez bonne pour la cuisine de tous les jours. Les petites bêtes ne mangent pas les grosses, que je sache ! »

Par-dessus l'épaule de la vieille femme, Lan voit le visage de Mei se décomposer. La gamine gesticule en silence, invitant sa mère à réagir, mais cette dernière l'ignore et change de sujet.

Il leur faut en effet régler la question des offrandes du lendemain. Qui sait ? La présence d'insectes est peut-être le signe qu'utiliser le grain de l'an passé était une erreur. D'un commun accord, les trois paysannes décident de se rabattre uniquement sur le blé humide de cette année et de le faire sécher dans l'âtre avant de le moudre. Bien sûr, cela implique plus de travail pour tout le monde, mais elles ne voient pas d'autre solution.

Lan charge sa fille et sa belle-mère de réorganiser les corvées ménagères afin de dégager du temps pour cette tâche supplémentaire, puis elle retourne à la maison. Les autres membres du foyer sont sur le point de se lever. Elle va devoir préparer le petit déjeuner et surtout réfléchir au moyen de persuader sa fille de se nourrir dans les prochains jours malgré les petits visiteurs dans la farine.

卯 12e HEURE DE LA NUIT

(05.00 - 06.00, première partie de *mao*)

LE BRONZIER CONSULTE UN COLLÈGUE

Huang a préparé son établi pour le travail de la matinée et s'en va voir Long. Celui-ci est si occupé à polir sa règle de bronze qu'il ne remarque même pas l'arrivée de son ami. Il faut dire que Long doit sa réputation à sa méticulosité, et la précision des mesures graduées qui sont gravées sur sa règle coudée à échelles multiples n'y est pas étrangère. Quand bien même il aurait vu son collègue entrer, il n'aurait pas interrompu sa tâche.

Huang s'approche et lit l'inscription peinte sur le grand côté de la règle : *jiu shi* (« quatre-vingt-dix »). Certains artisans doivent remplacer leurs outils tous les deux ou trois mois, mais cette règle-là n'a pas quitté son propriétaire depuis plus d'une décennie. Malgré l'usure, elle brille comme un sou neuf. Huang sait qu'un tel éclat vient aussi de l'alliage qui la compose : sa teneur en étain est si faible que le cuivre est presque pur. En contrepartie, elle se tord facilement. Il faut entendre Long jurer par tous les diables à cause du temps perdu à frapper le métal pour le redresser ! Mais ce n'est pas le plus ennuyeux : à l'usage, les graduations calibrées avec soin ont tendance à s'effacer. Il lui faut alors graver de nouveau les minuscules encoches à la pointe d'un couteau en fer et polir la surface incisée avec un linge imprégné de graisse animale.

La règle de Huang est en bois. Elle donne des mesures assez précises, ne se déforme pas et se remplace aisément quand elle casse. Il faut dire qu'il prend celle de Long pour étalon, reportant patiemment une petite croix toutes les cinq encoches (c'est-à-dire tous les 2,5 centimètres). Par contre, il ne va pas jusqu'à reproduire les superbes figures géométriques au revers : sa règle n'en vaut pas la peine. Mais la prochaine sera peut-être en os. L'autre jour il en a vu une ornée de jolies scènes gravées, et il aimerait bien trouver un modèle de ce genre.

EMPREINTE À L'ENCRE D'UNE DALLE CISELÉE (151 AP. J.-C.). ON DISTINGUE DEUX GRANDES FIGURES DE LA MYTHOLOGIE CHINOISE, LE DIEU FUXI ET SA SŒUR NUWA, TENANT À LA MAIN UNE ÉQUERRE ET UNE TOISE.

Huang et Long sont spécialisés dans la fabrication de miroirs en bronze. Beaucoup de leurs semblables utilisent une règle en métal richement décorée quand une simple règle en bois suffirait à tracer les motifs au dos du miroir. Une belle règle est avant tout une marque de prestige qui permet à un artisan de se distinguer dans les ateliers impériaux comme celui où les deux hommes travaillent depuis toujours.

À leurs débuts, le bronze était monopole d'État, mais depuis peu la situation a évolué et l'Empire a lâché du lest en ce domaine, tout comme pour le sel et le fer. Grands seigneurs et riches marchands ont flairé les bonnes affaires, à commencer par le marché des produits de luxe dont font justement partie les miroirs fabriqués par Huang et Long.

Stimulée par un assouplissement des contrôles et par des avancées technologiques, l'industrie bronzière a pris un essor considérable. L'époque où elle se résumait à la production de vases rituels sous le contrôle des autorités est bel et bien révolue. La multiplication des ateliers privés a ouvert de nouvelles perspectives. En outre, des commerçants aisés financent les manufactures impériales, ce qui leur permet de proposer des pièces uniques à leur clientèle. Naturellement, les officines privées cherchent à débaucher les ouvriers des fabriques d'État. Parallèlement, d'autres bronziers spécialisés dans les miroirs ont monté leur propre affaire. La plupart de ces entrepreneurs ont joliment prospéré et il ne se passe pas un mois sans que Huang et Long reçoivent une proposition alléchante.

Jusqu'à présent, le premier a réussi à persuader le second de ne pas quitter sa place en lui rappelant qu'au fil des décennies le marché du bronze a connu des hauts et des bas, en particulier celui des miroirs. Il faudrait être stupide pour renoncer à la sécurité de l'emploi en ce moment : la demande est si forte qu'elle finira inévitablement par s'effondrer, ce qui entraînera bien des renvois. De toute façon, comme Huang se plaît à le dire, être riche signifie seulement avoir plus d'argent. Dans leur société hiérarchisée, un artisan ne sera toujours qu'un artisan. Jamais il ne pourra accéder aux privilèges de ceux qui sont mieux placés que lui sur l'échelle sociale.

Après le travail, les deux hommes se retrouvent parfois devant un ou deux gobelets de vin de riz et se mettent invariablement à discuter de leur statut. Difficile en effet de comprendre la position de l'État vis-à-vis des ouvriers qualifiés, qui sont incapables d'écrire de la poésie et qui pourtant ont beaucoup plus de valeur pour l'économie que bien des lettrés. Huang se méfie des récents changements. « C'est pas bon, tout ça, pas bon du tout ! » répète-t-il sans cesse en secouant la tête comme un vieillard sénile. Long est plus optimiste : n'ont-ils pas plus d'espace depuis le départ de certains collègues ? Sans compter que pour garder les autres, la direction a considérablement amélioré leurs conditions de travail. C'est donc une période faste pour les artisans !

Ce matin, Huang est venu demander conseil à son ami. Il a reçu des consignes précises de son patron pour la commande à laquelle il doit s'attaquer demain. En bon ouvrier qu'il est, il n'aime pas recevoir des ordres de la part d'un homme qui n'a jamais fabriqué un miroir de sa vie, surtout quand les instructions n'ont aucun sens. Afin d'obtenir une teinte aussi proche que possible du blanc argenté, très prisé ces temps-ci, le bronzier a été sommé en effet de réaliser un alliage à teneur égale en cuivre et en étain – une formule qui selon lui mène droit à la catastrophe.

L'héritage des ateliers royaux

Rédigé dans l'État de Qi pendant la période des Royaumes combattants (vers le ve siècle av. J.-C.), le *Kao Gong Ji* (*Mémorial des artisans*) est la première description détaillée des arts et métiers dans la Chine ancienne. Ces archives encyclopédiques rapportent la manière dont vivaient les rois, les princes, les fonctionnaires, les artisans, les marchands, les agriculteurs et même les ouvrières. La section sur l'artisanat répertorie sept types de travaux pour les menuisiers (telle la fabrication de perches), six pour les ouvriers de la métallurgie (dont la fonderie de cloches), cinq pour ceux du cuir (comme la réalisation de tambours) et ainsi de suite pour le travail du jade, la broderie, la poterie ou d'autres activités encore. Le *Kao Gong Ji* eut une profonde influence sur les artisans des ateliers impériaux sous la dynastie Han. Concernant les produits manufacturés en bronze, par exemple, il propose six formules d'alliage (*liu ji*) qui correspondent largement à la composition chimique des objets métalliques exhumés par les archéologues.

Long confirme ses inquiétudes :

« Ne l'écoute pas ! J'ai déjà appliqué plusieurs fois ces proportions. Le résultat sera bien une teinte brillante qui pourra passer pour du blanc si on n'y regarde pas de trop près, mais tu n'auras guère le temps d'admirer la chose : ces miroirs sont extrêmement fragiles et au moindre choc ils se brisent en mille morceaux ! »

Long est le roi de l'expérimentation. Tout en discutant, il se lève et descend de son étagère une grande caisse en bois dans laquelle il conserve une trace de chacun de ses essais, raté ou réussi – une sorte de guide de référence, en somme. Il a déjà rempli deux « coffres à trésors » comme celui-ci, pour reprendre son expression, et finit toujours par trouver un exemple d'alliage en rapport avec ses explications. C'est d'ailleurs l'une des raisons pour lesquelles Huang aime venir s'asseoir à côté de son camarade et parler boutique avec lui.

Long farfouille dans son tas de ferraille et en sort un morceau de miroir brisé.

« Regarde ! dit-il. Le responsable de ton atelier ignore sûrement que pour obtenir un beau rendu des motifs décoratifs au revers il faut ajouter un peu de plomb afin d'améliorer la fluidité de l'alliage. Ce qui signifie que pour suivre ses instructions, il te faut un alliage composé pour moitié d'étain mais pas tout à fait non plus. Je suppose qu'il ne t'a pas expliqué comment accomplir ce tour de force qui relève de l'impossible ? »

Huang n'a pas commencé le travail qu'il déteste déjà cette maudite commande. Il montre à Long l'ébauche en cuir qu'il a apportée : un dragon ! Autant dire qu'il n'est pas au bout de ses peines, à voir le nombre de lignes qui figurent l'animal.

Deux moules sont nécessaires à la réalisation d'un miroir en bronze : le premier pour la face, l'autre pour le revers, la partie la plus ardue. En principe, un bon alliage est synonyme de beau miroir, mais la finesse du tracé sur le moule ne ressort pas toujours très bien sur le produit fini et le résultat obtenu ne donne alors qu'une vague idée de l'ornement de départ. Pour réussir de tels décors, il faut bien évaluer le vide entre les deux moules afin que le métal en fusion soit réparti uniformément et refroidisse partout à la même vitesse. À vrai dire, le travail des bronziers est un art pavé d'incertitudes :

ils pourront avoir suivi strictement le processus de fabrication et se retrouver néanmoins avec un objet plein de défauts.

Fort de ses années d'expérience, Huang ne doute pas qu'il réussira le moulage du dragon, malgré la multitude de traits particulièrement fins, mais la tâche sera longue et fastidieuse. De plus, ce style était en vogue il y a vingt ans. Aujourd'hui, la mode est aux motifs géométriques symétriques caractéristiques des miroirs *bójù*, à son avis bien plus inspirants, esthétiques et faciles à réaliser.

Ils rappellent à Huang l'édifice cultuel (*mingtang*) et le fossé annulaire (*biyong*) que l'on peut voir au sud de Chang'an : un carré à l'intérieur d'un cercle. D'après ce qu'on lui a dit, les architectes ont repris cette configuration à l'intérieur du bâtiment, mais en tant que modeste artisan il n'a jamais eu l'autorisation d'y pénétrer. Le modèle est si répandu à présent qu'on le retrouve même sur certaines pièces de monnaie.

MIROIR EN BRONZE À DÉCOR GÉOMÉTRIQUE.

Pendant que Huang réfléchit à tout cela, Long replonge la main dans son coffre à trésors et en extirpe un moule qu'il a utilisé quelques jours auparavant. L'objet est cassé, bien sûr, car les moules en terre cuite ne servent qu'une fois. Un artisan ordinaire l'aurait d'ailleurs réduit en miettes, à peine le travail terminé. Il n'y a qu'un perfectionniste tel que Long pour conserver les deux moitiés afin de s'y référer lors de futures créations, se dit Huang tandis qu'il assemble les fragments.

Malgré les légères marques d'oxydation dues aux scories, on voit nettement le décor se dessiner en creux dans la terre cuite jaune orangé, avec le bouton hémisphérique au centre du motif symétrique. La plupart des moules sont constitués d'une pâte d'argile sableuse et poreuse. Huang remarque que celui de Long présente des vides répartis uniformément : il y avait là de la balle de riz incluse dans le moule pour améliorer sa perméabilité à l'air durant le coulage, et elle a été brûlée par le métal en fusion.

C'est grâce à un travail aussi soigné que Huang et Long se voient confier une grande partie des commandes personnalisées des ateliers. Les ouvriers chargés de la production en série n'ont pas besoin d'un tel savoir-faire. Le directeur leur donne simplement la matrice du modèle en question ; après quoi, tout ce qu'ils ont à faire est de préparer leur argile et de fabriquer un moule à partir de cette matrice. N'étant pas endommagée, elle peut être réutilisée autant de fois que nécessaire. Après le coulage, il suffit d'effectuer quelques retouches et le tour est joué. Mais le moule en creux que Huang tient devant lui est d'une qualité bien supérieure, et il faut vraiment le regarder de près pour en apprécier les détails.

Les miroirs *bójù*

Les miroirs à motif *bójù* doivent leur nom courant de miroirs à décors TLV aux symboles évoquant nos lettres T, L et V. Bien qu'on en ait découvert dans une tombe remontant à 104 av. J.-C., ce n'est que sous le règne de Wang Mang que ce style s'est répandu. On pense de plus en plus que l'usurpateur avait fait de ces objets du quotidien des instruments de propagande. Certains miroirs TLV portent en effet des inscriptions glorifiant les hauts faits de l'empereur, tels que la soumission des barbares Xiongnu ou l'édification d'un *mingtang* – « palais des lumières » ceint d'un fossé annulaire (*biyong*) et destiné à diverses cérémonies.

Fouillant de nouveau dans son coffre à trésors, Long sort un autre miroir qu'il brandit fièrement sous le nez de Huang. Il avoue avoir tardé à le lui montrer, car il doit encore peaufiner quelques détails et en polir le dos. Ce modèle permet à Huang de visualiser le motif au lieu de le déduire à partir du moule.

Douze petits mamelons bordent les côtés intérieurs du carré, huit autres les côtés extérieurs. Comme Long se plaît à le répéter, tout l'art des miroirs à décors TLV consiste à jouer avec les oppositions entre cercles et carrés. Celui-ci est une pure merveille, tant par la finesse de l'exécution que par la complexité du motif auquel l'artisan a conféré une dimension supplémentaire en soulignant le bord intérieur de l'anneau de minuscules triangles pointés vers le haut. C'est parce qu'il aime produire des œuvres de cette qualité qu'il est obsédé par sa règle en bronze.

Celle-ci enfin polie, Long va pouvoir s'attaquer au moule qu'il a prévu de réaliser aujourd'hui. C'est un modèle ordinaire qui ne lui prendra pas longtemps.

Huang, lui, va devoir trouver les mots justes pour expliquer à son patron que mélanger à parts égales de l'étain et du cuivre donnera bien du blanc argenté mais pas un miroir résistant. Sachant qu'il ne reverra pas son supérieur de la matinée, il prend le temps de s'asseoir pour regarder son collègue à l'œuvre.

Long se dirige vers le puits situé devant l'atelier et remplit une bouteille d'eau qu'il vide dans une petite fosse pleine d'un mélange d'argile et de sable blanc assez fin. Après avoir malaxé le tout, il dépose la pâte obtenue sur son plan de travail et va chercher une matrice dans son coffre à trésors. De toute évidence, elle a déjà beaucoup servi, mais elle est encore en bon état grâce à la méticulosité légendaire de son propriétaire. Alors que la plupart finissent par présenter des trous, des égratignures et d'autres imperfections en surface, celle-ci est parfaitement lisse et ne conserve aucune trace d'argile.

Long commence à verser la pâte dans la matrice. Le temps qu'elle sèche, il va sûrement préparer le four pour la cuisson du moule, se dit Huang. Mais non ! Son ami se met à étaler une fine couche d'un matériau noir sur la partie correspondant à la face réfléchissante du miroir.

« Qu'est-ce que c'est ? demande l'autre.

– Selon moi, il y a deux conditions essentielles pour bien couler une pièce en bronze, répond Long. La première, c'est de faire cuire le moule à la bonne température ; la seconde, une fois qu'il a refroidi et que l'on s'apprête à l'utiliser, c'est de le préchauffer avant de verser le métal en fusion. De cette façon, on est sûr que l'alliage refroidira correctement et se rétractera sans faire de bulles. Récemment, j'ai entendu dire qu'avec une couche d'un matériau réfractaire dans le moule en terre cuite on a plus de chances, au moment de le casser pour dégager l'objet, que celui-ci reste entier. L'autre jour, j'ai abîmé un miroir en bronze parce que de la terre cuite était restée collée dessus. Je vais tester cette astuce sur une pièce que je pourrai refaire facilement si j'ai commis une erreur. Et si ça réussit, j'appliquerai la méthode à des modèles personnalisés qui valent plus cher. »

Huang réfléchit. Ce ne serait pas une mauvaise idée de tenter la chose avec le miroir à décor de dragon demandé par son directeur. Il décide de retourner à son établi pour s'attaquer aux ébauches de son motif.

« Repasse demain ! Tu verras le résultat ! » lui crie Long tandis qu'il s'éloigne.

卯 1re HEURE DU JOUR

(06.00 - 07.00, seconde partie de *mao*)

L'OUVRIER DU CANAL EST NOSTALGIQUE

La barge progresse lentement à contre-courant tandis que Tian la propulse en amont avec sa longue perche de navigation. De chaque côté du bateau, des travailleurs munis de pelles au manche interminable raclent l'épaisse couche d'argile au fond du canal. Ils ponctuent leurs efforts de *yin-ya !* qui évoquent au pilote une querelle entre jeunes coqs. Leur litanie se perd en écho dans la brume, rythmée par le claquement des pelletées de vase qu'ils balancent dans les paniers en bambou alignés sur le pont.

Nous ne sommes qu'au mois de mai, pourtant Tian et ses compagnons sont déjà en plein curage. Les courants générés par les tempêtes en hiver et les orages en été brassent les embâcles et sédiments du fleuve Jaune et de la rivière Wei, lesquels se déposent ensuite au fond des eaux plus calmes de cette portion du canal.

Aucun membre de l'équipe n'a protesté quand le superviseur a demandé que l'on commence l'opération plus tôt cette année, car tous savent d'expérience que c'est dans leur intérêt. Plus la navigation sera fluide sur leur tronçon, moins il y aura de risques de voir une embarcation s'enliser et bloquer les autres derrière elle. Cela signifie aussi moins d'urgences et de paniques générales à gérer pour Tian et ses hommes.

Dans tout l'Empire, les transports reposent essentiellement sur les voies d'eau. Nuit et jour, des milliers de barges et de bateaux remontent et descendent canaux, fleuves et rivières, chargés de passagers, de vivres, de matériaux de construction et de marchandises en tous genres. Tian est fier de son travail. Il n'est certes que l'infime rouage d'une immense machine, mais cette machine assure la bonne marche du pays. À toute heure, des centaines et des centaines de travailleurs comme lui s'affairent sur les cours d'eau artificiels, dégagent les obstacles, remorquent les embarcations en difficulté, récupèrent la cargaison de celles qui ont chaviré avant de tirer les épaves sur la rive.

De même que l'on distingue plusieurs sortes de canaux, on distingue plusieurs catégories d'ouvriers. Tian ne remerciera jamais assez le ciel de ne pas compter parmi les malheureux enrôlés pour Dizhu. La Porte de l'enfer : c'est ainsi qu'ils ont surnommé le passage étroit qui annonce les gorges de Sanmen. À cet endroit, le fleuve Jaune forme un coude et ses eaux viennent se briser contre un affleurement rocheux. Malgré les efforts pour canaliser le fleuve et maîtriser les rapides, des courants invisibles en surface engloutissent régulièrement les bateaux et leurs équipages. « A heurté le récif et sombré corps et biens, aspiré par le tourbillon. »

Les pauvres diables de Dizhu ont répété si souvent cette épitaphe laconique qu'elle en est presque devenue un signe de ralliement.

L'exploitation de ce redoutable tronçon qui demeure l'une des voies navigables les plus chargées du gigantesque réseau couvrant le territoire n'est pas plus sûre pour les ouvriers que pour les bateliers. Tian peut en témoigner. Année après année, un parent à lui s'était débrouillé pour y échapper. Hélas, face à la demande de main-d'œuvre, le magistrat local a fini par ordonner la conscription. Le pauvre n'a tenu que quelques mois avant de glisser sur les pierres d'un chemin, au bord de la falaise surplombant le passage, et bien sûr son corps n'a pas été repêché.

Percer ou aménager une voie d'eau est un travail dur et dangereux. Condamnés ou conscrits pour la plupart, des milliers d'hommes ont péri pendant la construction du canal de Dizhu, alors qu'ils creusaient d'étroits sentiers dans les parois rocheuses, en équilibre précaire sur des ponts de fortune au-dessus des flots tumultueux. Et ce n'est là qu'un exemple parmi tant d'autres !

Tian vit dans un camp, un peu plus loin à l'ouest, sur une terrasse alluviale dominant la plaine inondable qui borde la rivière Wei. Autant le fleuve Jaune est traître à cause de ses rapides, autant son affluent peut sembler paresseux. Au niveau du camp, la distance à vol d'oiseau entre la Wei et le point de confluence n'est que d'une centaine de *li* (soit quelque 4 kilomètres), mais si l'on suit le cours d'eau elle est presque multipliée par dix à cause des méandres. Les eaux lentes de la rivière se chargent facilement de sédiments qui entravent la navigation, et ses courbes voluptueuses créent des courants imprévisibles ou des bancs de vase mouvants qui présentent une menace constante.

La Wei est cependant un axe vital entre les provinces prospères de l'Est et Chang'an, la capitale. Chaque jour, des centaines d'embarcations acheminent vers la ville des denrées agricoles, divers matériaux et un grand nombre d'objets manufacturés. C'est pourquoi, il y a plus d'un siècle, l'empereur Wudi a cédé aux demandes pressantes des fonctionnaires chargés des transports en ordonnant le percement d'une voie d'eau qui éviterait aux bateaux de marchandises le risque d'enlisement dans les méandres de la rivière.

Tian explique avec fierté aux étrangers que trois ans ont suffi pour creuser « son » canal. Des dizaines de milliers de travailleurs ont été envoyés sur place de gré ou de force pour mener à bien le chantier. La distance de navigation a été considérablement raccourcie, passant de 900 *li* (soit un peu plus de 370 kilomètres) sur les eaux sournoises de la rivière à 300 *li* (125 kilomètres) sur le canal de Guangzhong. En prime, le nouvel ouvrage a permis d'étendre l'irrigation sur plusieurs centaines de milliers d'hectares de terres arables le long des rives de la Wei. Des employés comme Tian sont chargés de veiller à ce que les barges passent sans encombre, assurant ainsi une circulation fluide. Son équipe est responsable d'un tronçon de 11 *li* (4,5 kilomètres).

Lui fait partie de ceux qui sont montés dans le Nord pour l'entretien du canal. Avant cela, il travaillait dans un chantier naval du district de Mengjin, à Chengzhou, au bord du fleuve Jaune. Ce nouvel emploi l'a rapproché de son village natal. De plus, il a été recruté comme *chuansigong*. Aussi ronflant que puisse paraître son grade, il n'échappe nullement au dur labeur que l'on attend d'un employé du canal. Le dévasage et le curage font partie de ses tâches habituelles. À l'occasion, il doit même aider à décharger les barges à quai.

Il n'est pas rare non plus que Tian et ses hommes soient tirés de leur sommeil au beau milieu de la nuit parce qu'un incapable a enfoncé la berge ou s'est échoué sur un banc de vase. Dans ce cas, soit ils sortent leur propre barge pour remorquer le bateau en difficulté, soit ils sont obligés de patauger dans l'eau et de dégager l'argile gluante à la pelle pour ramener l'embarcation dans le chenal de navigation d'un canal qui fait tout de même 80 mètres de large.

Son expérience a valu récemment à Tian une promotion : désormais, il est aussi pilote. Pour l'heure, alors que les ouvriers s'apprêtent à monter à bord, chacun part du principe que c'est lui qui va empoigner la longue perche de bambou employée à la fois pour diriger et propulser la barge. Il conserve un aviron plus court sous son banc, au cas où il lui faudrait augmenter la force de propulsion. Il aime ce travail mais ne serait pas contre une petite augmentation de salaire à la hauteur de ses nouvelles responsabilités.

CE MODÈLE EN TERRE CUITE EST L'UN DES PREMIERS EXEMPLES DE BATEAU AVEC GOUVERNAIL, UNE INVENTION MAJEURE DES HAN ORIENTAUX.

L'équipe s'est mise à l'ouvrage très tôt ce matin. Enveloppée par le brouillard, elle s'est retrouvée au niveau d'une traverse de dérivation. Constituées de brindilles et de longues herbes recouvertes de terre brune, ces levées servent à rehausser le niveau de l'eau et à dériver son cours. Il faut savoir que l'une des caractéristiques du canal de Guangzhong est un chenal secondaire qui rejoint la Wei au nord-ouest et fait gagner un temps précieux aux barges montantes. C'est un système ingénieux. Tian se dit souvent que les inventeurs de cette merveille d'ingénierie hydraulique mériteraient bien plus de reconnaissance. Après tout, voici une gigantesque rivière domptée au profit des populations de l'Empire ; car en plus de jouer un rôle essentiel dans les domaines de l'irrigation et des transports, le canal permet de limiter les crues catastrophiques qui ont détruit les récoltes de tant de cultivateurs au cours des générations précédentes.

Les traverses de dérivation servent parfois de jetée de fortune, comme c'est le cas maintenant pour Tian et son groupe. Leur barge était amarrée en aval. Le brouillard matinal était si dense que le pilote a failli tomber quand il est allé retirer la corde de chanvre du gros poteau en bois. Bien que les courants proches du mouillage soient plus prévisibles grâce aux levées, il est arrivé qu'une fois détaché le bateau soit emporté par des flots capricieux.

Tian ne quitte pas des yeux les hommes qui remplissent de vase les paniers de bambou. Ils travaillent vite, bien que leur tâche soit des plus pénibles. Le pilote sait d'expérience que s'ils se retrouvaient tous du même côté la barge chavirerait. Il sait aussi que dans ce cas il ne serait pas jugé responsable, mais il n'a sûrement pas envie de voir ça et n'hésite pas à user de sa perche pour que chacun reste à peu près à sa place sur le pont.

Les ouvriers ont déjà curé toute la partie en amont. Tian perche la barge vers l'aval, là où les eaux sont moins profondes. Elle atteint la levée et les gars sautent à l'eau pour récupérer les paniers que leur tend leur chef.

Inventions hydrauliques

Gouverneur de l'État de Shu pendant la période des Royaumes combattants, Li Bing (vers le IIIe siècle av. J.-C.) est peut-être le plus grand ingénieur hydraulique de l'histoire chinoise. On lui doit la conception du célèbre complexe de Dujiangyan, sur le fleuve Min. Une telle prouesse technique a permis de contrôler les crues et d'irriguer les rizières de la plaine de Chengdu pendant plusieurs centaines d'années. Elle contribue aujourd'hui encore à l'irrigation d'une vaste zone dans le Sichuan.

L'argile est une malédiction au fond du canal mais une ressource précieuse pour certaines activités, c'est pourquoi d'autres travailleurs viendront bientôt la récupérer. Ce qu'ils en feront, Tian ne veut pas le savoir : la vase n'entrave plus la navigation sur son tronçon et c'est la seule chose qui l'intéresse.

La barge remonte à nouveau le courant. Le soleil commence à percer. Du haut de la poupe d'où il manœuvre, le pilote repère la silhouette imposante d'un navire dans le brouillard qui tend à se dissiper. D'un œil expert, il en évalue rapidement le tonnage et la longueur. D'après son expérience en matière de construction navale, il s'agit probablement de l'un des cinq navires *zhang* de l'Empire : des bâtiments de 11 à 12 mètres de long et de largeur variable, les plus gros pouvant transporter jusqu'à 500 *dan* (16 tonnes) de céréales et autres marchandises.

Le chant des rameurs monte dans la brume. À les entendre, on devine qu'ils sont nombreux. Tian distingue bientôt huit jeux de rames qui prennent appui sur des tolets enfoncés dans la coque. En bon observateur, il remarque aussi à la poupe un dispositif qui doit être le gouvernail. Il s'agit d'une invention récente qui permet de contrôler la direction. Il ouvre grand les yeux, intrigué. Il en a entendu parler mais n'en avait encore jamais vu à l'œuvre. Comment ne pas être impressionné par la bonne tenue du *zhang*, qui réussit à maintenir son cap malgré la cadence imprimée par le capitaine.

« Ce bâtiment sort probablement des chantiers navals du Sud, dit Tian aux autres tandis que le cargo les croise à pleine vitesse. Ils sont forts, là-bas. Ils construisent de bons bateaux, et rapides avec ça !

– Aurais-tu la nostalgie de ton ancien métier ? » le taquine un ouvrier.

Avant qu'il n'ait eu le temps de répondre, les vagues d'étrave de leur voisin viennent frapper leur coque suffisamment fort pour les faire tanguer et les propulser rapidement vers la berge. Ils sautent sur la terre ferme pour alléger le poids de la barge, tandis que le navire marchand disparaît dans le brouillard.

Tian décrit alors à ses compagnons les différents types de bateaux auxquels il a travaillé à Chengzhou. Le plus impressionnant était le *lou chouan* : le navire-château à cinq ponts. Il y avait aussi un bâtiment de combat avec une armature métallique et une drôle d'embarcation constituée en réalité de deux longues barques à fond plat arrimées bord à bord. Les souvenirs se bousculent dans sa mémoire, quand tout à coup il remarque les coups d'œil inquiets échangés entre ses auditeurs. Il s'empresse de les rassurer :

« Bien sûr que le bon vieux temps du chantier naval me manque ! Ça ne m'empêche pas d'être content de ce que je fais aujourd'hui. Notre travail n'est-il pas important ? »

La tâche est d'ailleurs loin d'être terminée. Les hommes sortent leur gourde, avalent un peu d'eau fraîche et se remettent au boulot sans s'écarter de la berge. Les *yin-ya !* reprennent au rythme des pelletées de vase gluante remontées du fond du canal.

Mais ce chant est interrompu par un craquement. Un manche vient de se briser, laissant la tête de la pelle enlisée là-dessous. Tout le monde s'arrête pour examiner les dégâts. Tian, lui, regarde ses ouvriers, mais personne ne semble prêt à bouger. Il est vrai que les autorités finiront par la remplacer ; mais elle est en fer, or les pièces en fer tardent à arriver… quand elles arrivent.

Les pelles qu'on utilise dans le canal ne sont pas des pelles ordinaires : elles ont été conçues spécialement pour les fonds argileux et sont dotées de deux griffes qui cassent le limon. Il faut les affûter soigneusement, c'est pourquoi les remonter est une corvée aussi pénible que dangereuse.

Ce n'est pas à Tian d'aller récupérer le bout de métal, mais à chaque seconde passée à discuter la barge s'en éloigne et le rend plus difficile à repérer. En désespoir de cause, il décide d'aller le repêcher lui-même. Il fera la leçon à son équipe plus tard.

Bien qu'elle soit peu profonde, l'eau est abominablement froide. De plus, Tian a oublié de relever les jambes de son pantalon ; du coup, elles vont ressortir couvertes d'argile. Le plus difficile est d'arracher ses pieds de ce lit gluant au fur et à mesure qu'il avance dans la vase. Il progresse lentement et doit éviter de se blesser en heurtant le morceau de ferraille. Par chance, il ne tarde pas à le retrouver. Sans un mot, il le balance sur la barge et pousse celle-ci vers la berge.

L'un des hommes part chercher une nouvelle pelle au camp, Tian et les autres déchargent les paniers pleins de vase et reprennent leur souffle. En allant se laver au bord du canal, le pilote aperçoit un autre navire qui descend vers eux et se tord le cou pour mieux voir. Ses camarades attendent son commentaire. Mais cette fois il reste silencieux, ses yeux sombres empreints de nostalgie et perdus dans le lointain.

辰 2e HEURE DU JOUR

(07.00 - 08.00, première partie de *chen*)

LE MAÎTRE COMMENCE LA CLASSE

Le Maître dit : « Se pénétrer, en les méditant, des choses connues, apprendre sans cesse du nouveau et enseigner sans relâche : cela du moins, l'ai-je fait[1] *? »*

La meilleure place dans la classe est orientée à l'est, vers le soleil du matin. Le jour s'est levé il y a plus d'une heure maintenant et la pièce est déjà inondée de lumière. Bien entendu, cette position de choix est occupée par le professeur, installé sur une estrade qui renforce un peu plus son autorité. Du haut de son piédestal, Wen observe les adolescents d'un air revêche. Leurs yeux

1. *Entretiens de Confucius,* Livre VII, 2, « Du Maître ». Toutes les citations du *Lunyu* sont extraites de la traduction d'Anne Cheng, Paris, Seuil, « Points / Sagesse », 1981. *(N.d.T.)*

troubles et leur mine fatiguée témoignent sans équivoque d'un manque de sommeil et des excès de boisson de la veille.

Ce n'est pas la première fois que cela se produit, se dit-il, ni même la première fois depuis un mois. Il est responsable de l'école du chef-lieu de la commanderie de Runan. Offrant une alternative à l'Académie impériale (*taixue*) située dans la capitale, les établissements publics sont financés et parrainés à différents niveaux, de l'empereur aux gouverneurs. La plupart des élèves de Wen sont donc issus de familles riches ou en lien avec l'élite politique et aristocratique de la commanderie.

Hier, ces futurs fonctionnaires se sont joints à la noblesse locale lors d'une énième soirée au cours de laquelle ils se sont entraînés pour le *sheli*, le concours rituel de tir à l'arc qui doit se tenir bientôt. Wen sait pertinemment que le vin coule à flots durant ces séances, mais il n'est pas hostile à de telles mondanités : elles sont importantes pour le moral des jeunes gens dont il a la charge, et puis elle les habitue à bien se comporter en société. D'ailleurs, si lui-même avait été invité, il les aurait volontiers aidés à installer la cible et à s'entraîner. Mais n'ayant pas été convié, il a passé la soirée chez lui sous le sceau de la bienséance et de la sobriété en compagnie de son épouse. C'est peut-être pour cela que tous ces visages éteints l'agacent particulièrement ce matin. Non mais, regardez-les ! De vrais sauvageons ! Ils n'arrivent même pas à se tenir droit, ils ont l'œil vitreux et le chapeau de travers.

Toutes les frustrations de l'enseignant remontent à la surface. Se levant d'un bond, il descend de son estrade et se précipite vers un grand panneau sur lequel est peint un épisode de la vie de Confucius. Le rire étouffé de l'un des garçons lui rappelle que courir va à l'encontre du code de bonne conduite qu'il essaie de leur faire entrer dans le crâne. Du coup il s'arrête net, puis il repart d'une démarche affectée vers l'image.

Elle représente la célèbre rencontre entre Laozi et Confucius, lorsque celui-ci s'est rendu à la cour des Zhou pour y étudier leurs rites. Saisissante de réalisme, une seconde peinture, au dos du panneau, figure le même Confucius interrogeant un enfant. Les deux scènes restituent à merveille l'attitude humble du penseur envers l'éducation.

Wen s'adresse à son auditoire sur un ton particulièrement théâtral :

« Observez le Sage : il est vêtu avec soin, son couvre-chef est bien en place et son attitude est celle d'un homme droit ! »

Aussitôt après, il cite le Maître avec colère :

Dans un hameau de dix foyers, vous êtes sûr de trouver quelqu'un comme moi, loyal et digne de foi ; mais qu'il y en ait d'aussi désireux d'apprendre, je ne le pense pas.

Ces garnements ne comprennent-ils pas que s'instruire est un privilège auquel même le grand Confucius aspirait ?

Le professeur se retourne vers la classe, sachant pertinemment que pendant qu'il parlait certains grimaçaient derrière son dos et que d'autres mimaient ses propos en forçant sur l'articulation. Tous le regardent d'un air innocent tandis qu'il fulmine intérieurement, frustré de devoir se retenir. Avec quel plaisir il donnerait à chacun une bonne correction, une raclée mémorable, histoire d'obtenir l'attention de cette engeance irrespectueuse et indisciplinée qu'il tente d'éduquer ! Il serait en droit de le faire, mais sa femme l'en a toujours dissuadé, lui rappelant que certains de ces adolescents occuperont plus tard de hautes fonctions : l'élève battu d'aujourd'hui pourrait bien être le bureaucrate rancunier de demain…

Aussi rustres que soient les poulains de Wen, plusieurs d'entre eux feront nécessairement partie un jour du corps des *boshi* à la cour impériale. Aussi leur maître est-il avisé d'écouter son épouse.

Boshi et *wushing boshi*

Avant de devenir le titre officiel des « lettrés au vaste savoir » sous la dynastie Qin, le terme *boshi* désignait simplement les érudits. L'empereur Wudi, qui souhaitait promouvoir l'enseignement des canons confucéens, créa en 136 avant notre ère la charge de *wushing boshi* (« docteurs ») pour les lettrés pénétrés d'une connaissance approfondie des Cinq Classiques : le *Shijing* (*Livre des odes*), le *Shangshu* (*Livre des documents*), le *Li* (*Livre des rites*), le *Yi* (*Livre des mutations*) et le *Chunqiu* (*Chronique des Printemps et Automnes*). Ce statut permit à de plus en plus d'érudits d'accéder aux postes de fonctionnaires et entraîna une réforme du système de sélection, lequel finit par ne plus concerner que les étudiants et lettrés confucéens.

Lui-même a remarqué que les autorités avaient une préférence pour les fonctionnaires ayant fréquenté les écoles confucéennes comme la sienne, et c'est pour cette raison que de telles institutions prospèrent dans les royaumes et commanderies de l'Empire. La région où exerce Wen fournit à elle seule beaucoup d'hommes pour occuper de très hautes charges à la cour.

L'empereur actuel a affiné le système de recrutement – une mesure positive, selon Wen, bien que son expérience prouve que l'on peut encore l'améliorer. Wang Mang a aussi allongé la liste des canons au programme et créé davantage de chaires pour les *boshi*.

Wen et ses confrères n'ignorent pas que la relation de maître à élève est en train de changer. Lui-même doit s'adapter aux orientations fixées par l'État en la matière. Comme le dit Confucius : *L'artisan qui veut se perfectionner dans son art doit d'abord aiguiser ses outils.* Il a d'ailleurs prévu d'apprendre d'autres Classiques en dehors du traditionnel *Shijing* et du *Shangshu*, dès qu'il aura du temps libre, car il est convaincu qu'une parfaite connaissance de la pensée de Confucius peut profondément modeler la conscience d'un individu et renforcer son intégrité.

En théorie, grâce à la nouvelle politique de l'empereur et au système d'examens, Wen peut maintenant former beaucoup plus d'éléments, en espérant que plus tard ils auront une influence bénéfique sur la bureaucratie impériale. En pratique, enseigner à des garçons d'une quinzaine d'années n'est pas de tout repos et leur inculquer une once de sagesse confucéenne se traduit le plus souvent par un bon mal de tête chez leur professeur.

Parmi les plus âgés, certains se montrent de plus en plus indisciplinés. Dès que Wen leur tourne le dos, ils s'envoient des objets d'un bout à l'autre de la salle de classe, s'adonnent à des jeux dangereux et brisent les pierres à encre, quand ils ne s'éclaboussent pas de cette même encre. En général, le maître ravale sa colère derrière un masque d'impassibilité. Personne n'a oublié cependant le jour où il a explosé parce que ces garnements étaient allés trop loin en voulant repeindre l'image de Confucius et du duc de Zhou, sur le mur.

Les performances intellectuelles des quinze élèves de l'école sont extrêmement variables. Le jeune Meng, par exemple, est un modèle d'excellence. Lorsque Wen pose une question sur les Classiques, il est toujours le premier à lever le doigt pour répondre. Sa diction est impressionnante quand il récite le *Commentaire de maître Zuo* (*Zuozhuan*). L'enseignant fonde de grands espoirs sur cet élément à qui il va faire lire ce matin un passage des *Entretiens* de Confucius (*Lunyu*).

PIERRE À ENCRE ET SON BOÎTIER EN LAQUE.

Voilà pourquoi il a décidé de commencer la journée par le jeu des citations (*shece*), au lieu d'attendre la fin du cours comme à son habitude. Hier soir, tandis que les adolescents se divertissaient, il a soigneusement rédigé dix questions sur des tablettes de bois qu'il a recouvertes d'autres tablettes et placées à côté de l'estrade.

« Vous avez étudié et révisé le *Lunyu* depuis assez longtemps. Aujourd'hui, nous allons voir ce que vous avez retenu des entretiens entre le Sage et ses disciples, et quelle brillante interprétation vous aller en donner. »

Wen s'attendait à ce que la classe applaudisse à cette annonce, comme elle le fait normalement lorsqu'il lui propose de jouer au *shece*. À sa grande déception, personne n'est motivé. Alors il lorgne du côté de Meng, sur lequel il peut généralement compter pour accueillir ses suggestions avec enthousiasme, mais cette fois celui-ci baisse la tête et détourne le regard.

Quoi qu'il en soit, si quelqu'un doit débuter le jeu dans les règles, c'est bien Meng. Son professeur l'invite à venir choisir une tablette au bord de l'estrade et à lire à voix haute la citation du *Lunyu*.

« Chapitre Xue'er : "De l'étude". Interprétez le passage : "Maître Zeng dit : *Tous les jours, je m'examine sur trois points…*" »

Meng poursuit de mémoire :

Dans les affaires que j'ai traitées pour autrui, ai-je bien fait tout mon possible ? Dans mes rapports avec mes amis, ai-je toujours été sincère ? Enfin, n'ai-je pas manqué de pratiquer les leçons du Maître ?

Après quoi, le bon élève décide de présenter l'interprétation à laquelle il a réfléchi :

« Dans ce passage, le Maître fait référence à l'enseignement, à l'amitié et aux hommes de bien. »

Wen semble quelque peu surpris par cette évocation des « hommes de bien » mais encourage Meng à poursuivre d'un hochement de tête.

« Un homme de bien aspire au savoir. C'est par l'instruction qu'il parvient au *dao* (la Voix) et au *ren* (la déférence, la grandeur d'âme, l'honnêteté, la diligence et la générosité). Comme je l'ai lu au chapitre Yang Huo, "De la décadence", le Maître dit :

Le Souverain qui progresse dans la Voie aime tous les hommes ; le peuple qui progresse dans la Voie est facile à gouverner. »

Wen est satisfait de la réponse et estime que le commentaire est solide, concis et éloquent.

Il est particulièrement impressionné par la citation tirée du chapitre Yang Huo, qu'il n'a pas encore abordé en classe, et décide d'aller plus loin, tant pour mettre Meng à l'épreuve que pour éclairer ses camarades.

« Que peux-tu dire de l'amitié et du fait d'être un homme de bien ? En quoi est-ce important ? »

Le jeune garçon réfléchit un instant avant de répondre :

« Maître Zeng dit : *L'homme de bien, grâce à sa culture, se vaut des amis et, à travers l'amitié, fait prévaloir le* ren. »

Tandis que Meng regagne sa place, Wen s'adresse à ses condisciples :

« Confucius dit que l'homme de bien a du respect pour trois choses : les décrets du ciel, les hommes éminents et les paroles du Sage. Le Maître ajoute qu'il craint aussi trois pertes… »

Son commentaire est brusquement interrompu par un claquement sec. Un flacon en bronze est tombé par terre, le couvercle s'en est détaché, et voilà qu'un élève se met à ramper sur les genoux pour les récupérer avant qu'ils n'aient traversé toute la pièce. Personne ne bronche. Wen regarde le fautif les ramasser, replacer tranquillement le couvercle sur le flacon puis reposer le tout sur une étagère. Il ne lui demande pas ce qui s'est passé, car ce n'est pas la première fois que ce chenapan est pris à s'amuser avec des objets de la classe, et se contente de l'inviter à venir tirer une tablette pour en lire le texte.

« Maître Zeng dit : *Que le Souverain rende… ses derniers devoirs à ses parents, qu'il accomplisse… les sacrifices pour ses ancêtres de… toute son âme, et le peuple retrouvera… la grande vertu.* »

La diction est correcte, bien qu'elle manque de fluidité. L'enseignant attend de voir quelle interprétation le garnement va en donner, mais ce dernier a manifestement épuisé ses capacités intellectuelles et reste planté là, muet, tout en se grattant la tête.

« Le Sage craint trois pertes, enchaîne Wen. L'une d'elles survient lorsqu'il parcourt les royaumes et découvre à son retour qu'il a perdu ses parents. L'arbre veut rester immobile, pourtant le vent continue de souffler ; le fils veut accomplir son devoir envers sa mère et son père, mais ils ne sont plus à ses côtés. »

Il est content d'avoir eu l'occasion de mentionner ce point dans sa leçon. Le gouvernement tient à ce que les maîtres insistent sur la notion de piété filiale. Wen et ses collègues sont bien d'accord : si les futurs *boshi* doivent se montrer plus respectueux envers leurs géniteurs, ce doit être en référence aux textes des Classiques sur le sujet.

Pour enfoncer ça dans le crâne de ses auditeurs, il leur demande de copier la phrase sur leurs fiches de bambou et de l'apprendre par cœur. (Il a abandonné depuis longtemps toute idée de subtilité en la matière.)

Quelques secondes à peine se sont écoulées quand le silence studieux est rompu par un bris d'objet. Dans la rangée du milieu, quelqu'un a cassé le support de sa pierre à encre et le liquide noir se répand sur ses manches. Loin de l'aider comme il essaie de le faire croire, son voisin ne fait qu'aggraver la situation en renversant l'encrier sur la natte qui protège le sol.

Le professeur contemple les dégâts. Il remarque que la pierre, désormais inutilisable, s'ornait d'une jolie sculpture en forme d'animal. Les élèves apportent leurs propres instruments d'écriture à l'école et les fils de famille disposent souvent d'un matériel de grande valeur. Wen aurait été fier de posséder une pierre aussi belle ; ça lui fait mal au cœur qu'elle ait été manipulée avec autant de désinvolture. Prenant sur lui pour garder son calme, il demande au garçon de partager celle de son compère. Il ne veut pas que ces deux-là soient en retard sur le reste de la classe.

Avant de poursuivre le cours, il songe à la jeunesse de l'empereur : Wang Mang revêtait la tenue traditionnelle des disciples de Confucius et se comportait comme eux à l'époque où il était étudiant. Wen pense que cet homme doit sa réussite à un tel souci du détail ; il est convaincu que si ses élèves étaient obligés de s'habiller de même ils finiraient par agir comme de futurs *boshi*. Au lieu de quoi…

Il soupire : la leçon vient juste de commencer et il en a encore pour des heures avant de refermer la porte de la salle de classe.

辰 3e HEURE DU JOUR

(08.00 - 09.00, seconde partie de *chen*)

LA JEUNE TISSERANDE CUEILLE DES FEUILLES DE MÛRIER

Lei a encore travaillé tard la nuit dernière et prévoyait de traîner un peu au lit ce matin, ce qui explique ses bougonnements, dans un demi-sommeil, quand sa mère fait irruption au point du jour.

« Réveille-toi, paresseuse ! Ton panier t'attend. Tu ne vois pas qu'il est presque vide ? »

La jeune fille se redresse péniblement et se dirige d'un pas chancelant vers l'objet en question, posé sur le rebord de la fenêtre. Pas de doute, il ne reste qu'une poignée de feuilles de mûrier flétries dans le fond. Les vers à soie de l'élevage familial ne voudront pas d'un tel petit déjeuner, or la cueillette fait partie des corvées domestiques de Lei. Sans commentaires, elle saisit le panier et sort dans la fraîcheur matinale.

Sa mère a raison de la rappeler à son devoir, mais elle déteste qu'on la houspille comme une gamine alors qu'elle accomplit le travail d'une adulte depuis déjà plusieurs mois.

L'adolescente sourit intérieurement en pensant à la soirée d'hier, fatigante mais agréable. Si elle prend plaisir à écouter les potins et les plaisanteries de ses consœurs, ce qu'elle apprécie par-dessus tout c'est d'être traitée comme l'une des leurs, presque d'égale à égale, bien que certaines aient trois fois son âge.

Elle doit cependant en convenir : le respect qu'on lui témoigne vient peut-être aussi de ce que sa famille fournit la pièce où se réunissent les tisserandes du collectif local. Comme beaucoup dans les environs, ce sont des ouvrières indépendantes. Il est donc normal qu'elles se regroupent pour s'entraider en cas de commandes urgentes et pour partager les coûts d'éclairage et de chauffage lorsqu'un travail les retient tard dans la nuit – une situation fréquente ces derniers temps.

Lei compare parfois les tisseuses de l'ancien royaume de Qi à une armée de fourmis s'affairant jour et nuit devant des métiers d'où sortent des mètres et des mètres de soie pour une riche clientèle d'aristocrates. Ces privilégiés échangent ensuite le précieux tissu contre des faveurs à la cour impériale : une dot pour leurs filles, des pots-de-vin, voire de somptueuses toilettes. La soie est une sorte de monnaie parallèle et les transactions parmi les élites peuvent porter sur des milliers de rouleaux.

Lorsque le grand diplomate Zhang Qian (mort en 114 av. J.-C.) se rendit en mission dans les contrées de l'Asie centrale, il s'octroya les bonnes grâces des rois et des seigneurs de la guerre en leur offrant de la soie chinoise. Partout la demande augmente. Pas étonnant que la petite musique des métiers à tisser résonne dans toutes les provinces de l'Empire. L'industrie de la soie est en plein essor et les ouvrières chevronnées comme Lei sont très recherchées – encore une raison, sans doute, pour laquelle elle est appréciée parmi les membres de la modeste association.

C'est merveilleux de s'asseoir avec les autres dans la pièce aménagée au fond de la cour. Les cinq métiers prennent presque toute la place, mais cette proximité et l'atmosphère joviale entre tisseuses rendent l'endroit d'autant plus chaleureux aux yeux de Lei, ce qui n'est pas négligeable par les froides soirées de mai.

De temps en temps, sa mère apporte des boissons chaudes et prononce quelques mots d'encouragement, tout en surveillant du coin de l'œil l'avancée du travail de sa fille. L'esprit de camaraderie qui règne dans ces veillées doit lui manquer. Malheureusement, ses doigts perclus d'arthrite ne lui permettent plus le maniement complexe des navettes. Sa gamine n'avait pas onze ans qu'elle la tannait déjà pour se mettre à l'ouvrage, mais elle recevait toujours la même réponse :

« Tu es encore trop jeune et trop fluette. Tu trimeras bien assez tôt ! Crois-moi, il y aura des jours où le bruit de la machine finira par te rendre malade ! »

Finalement, alors que Lei venait de fêter ses quatorze ans, sa mère a été obligée de lui laisser sa place à cause d'une blessure et l'a confiée à sa bru.

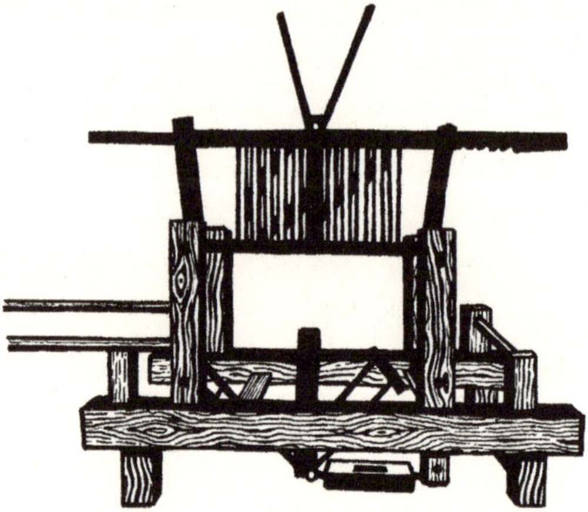

Avant de former sa nièce, celle-ci lui a expliqué qu'elle avait beaucoup de chance d'entrer dans la profession en ces temps où les tisserandes œuvrent sans relâche pour tenir les délais. Le besoin de tirer le maximum de chacune d'elles a entraîné le développement de nouvelles techniques et la modernisation des machines. Avant l'intégration de pédales pour soulever les barres de lisses, les ouvrières comme la grand-mère de Lei passaient leur temps à s'accroupir et à s'agenouiller. Avec leurs deux mains libres, les femmes peuvent désormais travailler en restant assises. L'installation des nouveaux métiers tant dans les manufactures impériales que dans les ateliers privés a permis non seulement de tisser sur des cadres plus larges mais aussi de concevoir des motifs élaborées inconnus des générations précédentes.

Appliquée et apprenant vite, Lei n'a pas tardé à devenir une tisseuse expérimentée. Il ne lui a pas fallu longtemps non plus pour se lier d'amitié avec les autres, et dès qu'elle a eu son propre métier elle a été traitée en adulte responsable et respectable. À présent, elle veille à ne rien faire qui puisse ternir sa réputation auprès de ses consœurs : elle imite leurs mouvements répétitifs, s'habille comme elles, suit leurs conversations avec curiosité et a rapidement assimilé leur jargon, notamment les codes de référence des produits, ainsi que leur argot.

Au sein de l'atelier, elle a appris à réaliser divers petits ornements. Hier, elle a fabriqué une corde de chanvre et l'a teinte en vert avec un colorant végétal fourni par une ancienne qui n'hésite jamais à partager son savoir ancestral. Encore mal réveillée, elle attache cette corde à un panier qu'elle coince sous son bras puis se dirige vers les bosquets, où son amie Tang l'aura sûrement devancée.

EMPREINTE FOSSILE DE FEUILLES DE MÛRIER DÉCOUVERTE DANS UNE PLAINE ALLUVIALE, À 5 MÈTRES DE PROFONDEUR (PÉRIODE DES HAN OCCIDENTAUX).

Lei n'était encore qu'une enfant lorsque son père a planté des mûriers devant la maison. Comme tant de changements en train de transformer le pays, cette variété représente une amélioration par rapport à celles d'autrefois : le feuillage beaucoup plus dense produit davantage de feuilles pour satisfaire la voracité des vers à soie, et le tronc plus court facilite la cueillette.

La jeune fille chérit les souvenirs que lui évoquent ces arbres. En été, elle grimpait dans les branches et se gavait de leurs fruits juteux. Une fois – elle devait avoir dans les huit ans –, elle en a bourré ses poches et leur jus a maculé de mauve sa belle tenue blanche toute neuve. Ce jour-là elle s'est fait sacrément gronder, mais surtout elle a appris que les mûres laissent des taches indélébiles ; elles font d'ailleurs partie des nombreuses plantes que les tisserandes utilisent comme teinture.

« Ta mère t'as réveillée toi aussi ? demande Lei à sa camarade, tout en frottant ses yeux gonflés de fatigue. On n'aurait pas pu nous accorder une petite grasse matinée après la nuit qu'on a passée !

– Ma mère dort encore », répond Tang d'un air dégagé, comme à son habitude.

Naturellement, celle-ci n'a eu besoin de personne pour la secouer. Parfois, Lei se demande si Tang n'essaie pas d'être parfaite pour le seul plaisir de la contrarier, mais elle veut rester aimable et s'extasie devant l'anse ouvragée de son panier :

« Elle est magnifique ! En quoi est-elle ?

– En bois de cannelier. Mon père l'a taillée hier et c'est moi qui l'ai peinte. »

Tang semble plutôt satisfaite de son œuvre.

« Il faudra que tu m'apprennes à faire pareil », poursuit Lei, un peu déçue que son interlocutrice n'ait apparemment pas remarqué sa corde de chanvre verte.

Sans qu'elles se l'avouent, il y a toujours eu un certain esprit de compétition entre elles, une surenchère qui transparaît dans les ornements originaux qu'elles exhibent et d'autres petites choses faites maison. La mère de Lei désapprouve cette rivalité, certes pas bien méchante, mais son père est de son côté.

« Laisse-les faire ! dit-il souvent à sa femme. C'est de leur âge. Ne sois pas toujours à tout critiquer ! »

Décidant d'oublier Tang pour le moment, Lei se concentre sur le mûrier. Toutes les feuilles utilisables sur les branches tournées vers l'extérieur ayant déjà été cueillies, il ne reste que celles enfouies dans la ramure. Malgré que le tronc ne soit pas bien haut, elle ne peut les atteindre qu'avec une sorte de gaffe que son père lui a fabriquée en tenant compte de sa taille. Elle s'en sert pour crocheter une branche qu'elle tire vers elle et garde attachée à son bras avec une ficelle pendant qu'elle en détache les feuilles d'un geste leste et précis.

Mais elle n'a pas choisi le bon lot : la plupart de ces feuilles sont déjà arrivées à pleine maturité et les vers à soie n'apprécieront pas leur texture fibreuse et rugueuse. La mine contrite, elle cueille ce qu'elle peut puis dénoue la ficelle. La branche valse en arrière, réveillant au passage les oiseaux qui protestent contre cette attaque matinale à grand renfort de cris et s'envolent à tire-d'aile.

D'autres espèces arbustives comme les tungs voisinent avec les mûriers. La période de floraison est passée et leurs longs rameaux sont désormais couverts de graines. Le menuisier Wang sort de sa hutte avec une grande perche à la main. Lei se laisse facilement distraire. Dès qu'elle aperçoit son voisin, elle jette sa petite gaffe, abandonne son panier à moitié plein et accourt, curieuse de voir ce qu'il va faire.

En réponse à sa question, Wang lui montre sa perche. Il a l'intention de l'utiliser pour secouer les branches des tungs et récolter les graines qu'il pressera plus tard pour en extraire l'huile. Les noces de sa fille seront célébrées le mois prochain et il veut lui fabriquer une belle armoire afin de compléter son trousseau. Cette huile servira à lustrer le bois et la mariée possédera ainsi un meuble digne de la demeure d'un noble.

Wang sourit à Lei et la taquine gentiment :

« Tes parents ont sûrement hâte eux aussi. Vers quel âge penses-tu convoler ? »

Elle rougit jusqu'aux oreilles mais garde ses réflexions pour elle, car elle a décidé qu'elle n'épouserait jamais personne. Son ambition secrète est d'être recrutée dans une célèbre institution officielle, la Maison de tissage de l'Est, pour y diriger la fabrication des teintures destinées aux somptueuses soieries de l'impératrice. En fait, le menuisier sait déjà tout cela et rit sous cape tandis qu'il agite sa perche dans les tungs. De son côté, Lei s'accroupit pour commencer à ramasser les graines qui tombent, aussi légères que des flocons de neige.

Wang aimerait bien lui demander si elle sait que les autorités impériales n'embauchent que des hommes pour superviser la fabrication des colorants à la Maison de tissage. Cependant, il a trop peur de la voir se décomposer sous le coup de la déception et ne veut pas se montrer cruel à son égard en brisant ses rêves de jeune fille. Aussi préfère-t-il l'interroger sur les formules de colorants qu'elle a apprises, ne doutant pas qu'elle sera intarissable sur le sujet.

« J'en connais plusieurs et j'en ai déjà essayé trois », lui répond Lei.

Elle ferme les yeux pour se concentrer puis récite à Wang une liste de végétaux et de minéraux dont certains lui sont inconnus.

« L'indigotier permet d'obtenir du vert et du bleu, la garance du rouge, le gardénia du jaune, le plaqueminier du noir, de même que le houx. Parmi les minéraux, la séricite est utilisée pour fabriquer du blanc… »

Tandis qu'elle poursuit son énumération, le menuisier prend le relais pour ramasser les graines de tung. Elle espère que l'étalage de son savoir l'encouragera à inciter sa fille à tester quelques colorants pour son usage personnel : la future épouse ne doit-elle pas faire des essais de rouge avant de teindre sa tenue de mariée ? Mais avant qu'elle puisse évoquer l'idée, une voix forte perce le rideau d'arbustes.

« Alors, toujours pas fini ? » demande sa mère.

Celle-ci se doute bien que Lei a dû trouver quelque chose de plus intéressant à faire – elle la connaît –, mais elle veille au grain et considère qu'il est de son devoir de s'assurer que Lei accomplisse le sien. L'adolescente soupire et repart donc à contrecœur vers les mûriers, abandonnant Wang qui la salue d'un petit signe de la main.

Tang, elle, a poursuivi sa tâche : son panier déborde de feuilles fraîches. Elle jette un regard chargé de sous-entendus sur celui à moitié vide de sa camarade ; et pour lui prouver qu'elle est parfaitement capable de travailler d'un côté et d'espionner de l'autre, elle reprend la discussion que Lei avait engagée avec son voisin.

« Tu savais que la manufacture de soieries de notre commanderie est plus grande que celle où l'on tisse la soie pour l'empereur et l'impératrice ? C'est mon père qui me l'a dit. Tu te rends compte ? Des milliers d'ouvrières penchées sur leur métier dans une salle immense ! »

Lei écarquille les yeux d'un air étonné. Elle se demande comment c'est possible, elle qui a déjà du mal à imaginer à quoi peut bien ressembler la prestigieuse Maison de tissage de l'Est. Sa belle-sœur lui a expliqué en détail la création et l'organisation de la Manufacture impériale de Chang'an, qu'elle a eu l'occasion de visiter avant son mariage. Elle lui a raconté que les ateliers étaient éclairés par un si grand nombre de bougies qu'il n'y faisait jamais nuit ; et d'ajouter que le bruit des métiers à tisser couvrait le concert pourtant assourdissant des cigales en plein mois d'août, quand il fait si chaud.

Tang n'en a pas moins raison : aussi imposantes que soient les installations de Chang'an, celles de certains producteurs de soie sont encore plus vastes. Comme c'est le cas pour beaucoup d'autres secteurs, l'ancien royaume de Qi, sur la côte Est, possède sans doute l'industrie textile la plus développée de l'empire des Han. Linzi, sa capitale, peut s'enorgueillir de la plus moderne des fabriques : celle dite des *sanfú* (des Trois Vêtements). Bien qu'il s'agisse d'une entreprise privée, sa capacité de production est supérieure à celles des manufactures d'État.

« Un jour, on travaillera nous aussi dans un immense atelier ! » lance Lei avec une assurance qu'elle n'a pas toujours.

L'animosité qu'elle ressent parfois envers Tang est atténuée par la pensée qu'elles partagent une même passion. Pour relancer la conversation, elle lui demande :

« Et toi, tu savais qu'il y avait une déesse des vers à soie ? »

Tang n'est en rien décontenancée par ce nouveau sujet. Au contraire ! Elle hausse les épaules et informe sa compagne de l'existence d'un temple dédié à cette divinité dans les faubourgs ouest de Chang'an. Autrefois, l'impératrice s'y rendait chaque été pour y déposer des offrandes et présider aux sacrifices.

Sa cueillette terminée, Tang adresse à Lei un petit signe de tête suffisant avant de s'éloigner avec son panier plein à ras bords. L'autre tire une branche vers elle et se remet à l'ouvrage. Elle se promet de se renseigner sur ce temple. Décidément, Tang semble toujours tout savoir sur tout. C'est énervant, à la fin !

Elle est distraite de ses pensées par l'arrivée de sa mère, une corbeille à la main. Lei s'attend à ce qu'elle lui demande d'aller nourrir les vers à soie lorsqu'elle en aura terminé avec la cueillette. Mais non ! Cette dernière lui adresse un sourire enjoué au lieu d'afficher l'air agacé qu'elle prend quand sa fille lambine ou fait traîner ses corvées en longueur. C'est qu'aujourd'hui elle a prévu de ramasser des samares d'orme pour le déjeuner.

Lei, qui raffole du plat préparé à partir des graines de ces fruits, craint qu'elles ne se fassent rares cette année, car les ormes ont fleuri tardivement. Elle se demande quelle quantité va en rapporter sa mère, mais plus encore ce qui a bien pu la mettre d'aussi bonne humeur ce matin.

Les ouvrières du textile

Selon le *Shi Huo Zhi* (« Traité sur la nourriture et la monnaie » contenu dans le *Livre des Han)*, les femmes de l'industrie textile travaillaient l'équivalent de 45 jours par mois à cause du grand nombre d'heures supplémentaires, lesquelles pouvaient représenter des nuits entières, contre 30 jours pour les hommes. Une famille rurale de la classe moyenne pouvait espérer un revenu annuel d'environ 7 200 sapèques (soit la valeur d'une centaine de poules) et une tisserande adulte contribuait au bas mot à plus du tiers des rentrées d'argent du foyer. Outre la cueillette des feuilles de mûrier et l'élevage des vers à soie, la production de soie comprenait un certain nombre d'étapes ardues et compliquées, dont le dévidage, la filature, le moulinage et le tissage, ainsi que la teinture et d'autres procédés décoratifs.

巳 4e HEURE DU JOUR

(09.00 - 10.00, première partie de *si*)

LE SCULPTEUR DE TOMBES FORME SES APPRENTIS

La matinée devait être consacrée à la préparation des outils et aux derniers croquis, avant la reprise du travail dans l'après-midi. Elle aurait pu être tranquille… Mais non ! Le soleil n'avait pas encore atteint la cime des peupliers au bord de la route que Dong et ses apprentis couraient déjà vers le site funéraire.

Ils s'étaient attendus à avoir tout le temps nécessaire pour achever les bas-reliefs du tombeau de la famille Wang, qui servira aussi de sanctuaire pour le culte de leurs ancêtres. C'était sans compter avec les cinq semaines de retard pris par les maçons. Pour compliquer encore les choses, le père du commanditaire est tombé gravement malade. À en croire la rumeur, le vieil homme ne passera pas le mois. Voilà pourquoi, son fils ayant mis la pression sur les ouvriers, Dong s'est retrouvé avec un calendrier on ne peut plus serré pour finir les sculptures. Que le malade succombe ou pas, les siens souhaitent consacrer le tombeau à la fin du mois et l'événement ne peut être reporté.

Les Wang, dont les affaires ne manquent pas d'alimenter les conversations et les commérages, sont connus dans toute la région. Le patriarche est mort depuis plusieurs années déjà et l'entreprise qu'il a fondée est gérée par ses petits-fils, dont l'aîné est désormais le chef de famille. C'est un trentenaire d'une élégance et d'une assurance remarquables. Dong l'a rencontré à plusieurs reprises lors de la conception du projet de sépulture familiale : l'homme l'a impressionné, tant par sa politesse et son raffinement que par sa grande connaissance des symboles de bon augure sur les dessins de bas-reliefs qu'il a lui-même proposés.

En général, lorsque Dong prépare une commande de ce type, il aide son client dans le choix des figures et des ornements puis se charge des esquisses avant de se mettre à travailler la pierre. Mais la famille Wang savait exactement ce qu'elle voulait. La génération précédente se serait contentée d'une tombe beaucoup plus simple, sculptée grossièrement dans le style de l'époque. Ce n'est plus le cas aujourd'hui. La prospérité que connaît l'Empire a particulièrement profité aux marchands, et les tailleurs de pierre ont dû se perfectionner dans l'art de la sculpture pour répondre à la demande de monuments funéraires de plus en plus coûteux et sophistiqués. Quand ils s'estiment particulièrement doués, certains artisans vont s'établir dans la capitale avec l'espoir d'exercer leurs talents sur les chantiers impériaux. D'autres passent d'une région à une autre et impriment ainsi leur marque aux quatre coins du pays.

PANNEAU FUNÉRAIRE DE LA DYNASTIE DES HAN ORIENTAUX ORNÉ D'UN RELIEF MONTRANT DES PERSONNAGES SOUS UN PAVILLON. À GAUCHE EST REPRÉSENTÉE XIWANGMU, LA REINE-MÈRE DE L'OCCIDENT, UNE DIVINITÉ QUI JOUA UN RÔLE MAJEUR DANS LES RITES FUNÉRAIRES DES HAN, AU IIᴱ SIÈCLE DE NOTRE ÈRE.

Dong souhaite appartenir à cette élite. La commande des Wang était sa chance. Il avait prévu d'y déployer tout son savoir-faire dans un florilège de styles et de motifs qui impressionnerait son client et tous ceux qui verraient son travail. Cet ouvrage aurait peut-être débouché sur un contrat pour la dernière demeure d'un courtisan, l'un de ces tombeaux aux sculptures complexes bâtis au cœur des montagnes et emplis des trésors qui accompagnent les nobles dans l'au-delà. Hélas, les retards pris par les maçons chargés de celui des Wang ont bouleversé ses plans.

Pour l'heure, soufflant comme un âne après sa course jusqu'au site, Dong secoue la tête d'un air dépité. Au lieu d'une surface lisse n'attendant plus que le sculpteur pour donner vie à la pierre, le mur qu'il a devant lui n'est ni fait ni à faire. De toute évidence, les ouvriers ont pris tout ce qui leur tombait sous la main lorsque les matériaux commandés n'étaient pas arrivés à temps. Non seulement ils ont été obligés d'utiliser du grès blanc, mais ils l'ont intercalé avec des blocs taillés à la hâte dans une roche grossière.

Dong n'en veut pas vraiment aux maçons pour le grès : compte tenu des délais, ils n'avaient pas le choix. Ce qui l'ennuie, c'est qu'ils semblent avoir monté la paroi sans réfléchir à l'assemblage, d'où une surface irrégulière de teinte inégale. Il se dit que ce tombeau ne promet pas d'être un témoignage durable de son talent. Les gens s'imaginent que la pierre est éternelle, insensible au vent et à la pluie. C'est peut-être vrai pour un granit de bonne qualité, mais le grès absorbe l'humidité de l'air comme une éponge et finit par s'effriter. De belles sculptures sont du gâchis sur un tel fond, et Dong est bien conscient qu'il n'en restera rien d'ici à dix ans.

Considérant la piètre tenue du grès et la nécessité de choisir une ornementation et une technique de polissage qui puissent offrir une continuité malgré les inégalités de la surface, il n'a eu d'autre choix que d'abandonner son projet de départ pour s'en tenir à la simplicité du style en vogue depuis peu dans la capitale et ses environs. Il va donc s'inspirer des sculptures classiques qu'il a découvertes à Chang'an pendant son apprentissage. C'était l'époque où le travail de la pierre était devenu un art, à l'égal de celui du bronze, de la laque et de la céramique.

Les deux assistants de Dong ne sont autres que ses neveux. N'ayant pas eu d'enfants, il les considère comme ses fils et songe en cet instant à tout le temps que leur aurait laissé la programmation initiale du chantier. C'était l'occasion rêvée pour se perfectionner ! Désormais il ne peut plus leur autoriser la moindre erreur, pour la simple raison qu'il n'aurait pas le loisir de la corriger.

Une bonne partie des reliefs est déjà terminée, et plus on approche de la fin, plus on doit prendre soin d'éviter tout dommage. Il ne faut pas oublier de rappeler aux garçons d'y aller doucement avec leur ciseau en fer sur le grès blanc qui tend à s'effriter. La dureté de la roche et son grain épais ne facilitent pas non plus la gravure des scènes les plus élaborées, aux lignes particulièrement fines. Et le polissage aussi va leur donner du fil à retordre.

Dong pose son sac à outils sur le sol et assigne leurs tâches aux apprentis. L'aîné est le moins doué des deux, bien qu'il ait débuté sa formation plus tôt. Il n'en est pas moins fiable et consciencieux ; alors il mènera à bien la mission qui va lui être confiée. Son oncle lui demande de terminer le polissage commencé la veille sur les parements en pierre verte qui occupent une grande partie du mur de droite. Il s'agit d'un calcaire à grain fin, ce qui veut dire qu'il peut prendre un beau poli mais aussi que la roche est particulièrement dure et qu'elle va nécessiter un travail soutenu. Or Dong insiste pour que le mur devienne lisse comme du cuir et qu'il brille tel un miroir dans le soleil du matin.

Si l'ornementation choisie pour cette tombe est plutôt simple, nos artisans n'en doivent pas moins s'adapter à la nature du matériau et combiner habilement leurs motifs avec les veines de la pierre. La sobriété qui est de mise ici est bien éloignée de la sophistication prisée par les sculpteurs de la province de Donghai, la région natale de Dong, mais elle est devenue populaire à Chang'an après avoir été importée d'une commanderie voisine, à l'est. Certains tailleurs de pierre sont de grands voyageurs et parcourent des distances considérables pour honorer les contrats les plus rémunérateurs. Du coup, ils diffusent de nouveaux styles que s'empressent d'adopter les artisans locaux.

Tandis que l'aîné de ses neveux s'attaque au polissage du parement vert, Dong se dirige vers le cadet, en train d'étaler sur le sol des outils en fer. Des deux jeunes gens, c'est celui qui présente le meilleur compromis entre sens artistique et savoir-faire, pense son oncle. Celui-ci voit en lui son digne successeur, bien qu'il n'ait pas l'intention de le lui annoncer dès à présent.

« Je te félicite : tu as placé les outils dans le bon ordre », lui dit-il en lui donnant une petite tape amicale sur l'épaule.

Deux marteaux taillants, deux massettes, toute une série de burins et de ciseaux aux lames de différentes tailles, deux scies, quelques mèches et plusieurs couteaux sont soigneusement alignés de gauche à droite. Les défis posés par la pierre ont contraint Dong à utiliser tout son matériel et tout son art, de la simple gravure en creux pour les surfaces concaves et convexes à la sculpture des ajours, en passant par le bas-relief et le haut-relief.

Sur les trois dalles du petit mur latéral situé sous le toit du tombeau ont déjà été ébauchées plusieurs figures, dont celles d'animaux, ainsi que quelques motifs géométriques pour lesquels on va recourir à la technique du relief incisé. L'encre noire ressort nettement sur la pierre polie. Dong saisit un couteau et passe son pouce sur la lame : elle n'est pas assez tranchante.

La sculpture funéraire

Apparues dans la seconde moitié de l'ère des Han occidentaux, les tombes en pierre sculptée étaient extrêmement populaires sous le règne de Wang Mang puis sous la domination des Han orientaux, en particulier vers Nanyang (province du Henan), dans le nord du Shaanxi et dans le Shandong. Les reliefs ornant les sépultures des Han postérieurs s'organisaient souvent en plusieurs registres représentant une division tripartite de l'univers, composé du monde céleste, du monde des immortels et du monde terrestre. D'après les témoignages archéologiques, Gaoping, dans le sud-ouest du Shandong, semble avoir été l'un des principaux centres de tailleurs de pierre spécialisés dans l'ornementation des tombeaux.

« Hum, ça ne va pas suffire. Il va me falloir en plus un ciseau pour graver les premières lignes, explique-t-il à son neveu. J'ai entendu dire qu'un forgeron du coin s'était mis à fabriquer des couteaux avec une lame en acier qui ne s'émousse pas, mais ils sont certainement hors de prix. »

Dong enfonce légèrement dans la pierre le meilleur dont il dispose et suit les lignes tracées à l'encre noire.

« Il faut tenir le couteau d'une main ferme et appuyer aussi fort que possible en maintenant une pression régulière », conseille-t-il à son apprenti, avant de lui passer ledit couteau et de s'emparer d'une massette et d'un ciseau.

Il creuse alors une petite rainure le long de la ligne qu'il vient d'entailler et s'adresse de nouveau au garçon :

« N'oublie pas que tu dois garder ton ciseau perpendiculaire au mur mais légèrement en biais. Tape doucement et n'essaie pas d'enlever les éclats. »

L'autre hoche la tête ; il a l'habitude de recevoir de son oncle des instructions débutant par : « N'oublie pas que… »

Même si la technique du relief incisé n'est pas des plus difficiles, les choses peuvent mal tourner à ce stade. Dong n'en laisse pas moins son neveu prendre le relais, tout en le surveillant de près. Il doit admettre que l'élève s'en sort vraiment bien : son travail est précis et presque digne d'un professionnel.

« N'oublie pas que seule une main ferme peut suivre la ligne ébauchée. »

Le jeune homme sculpte la courbe d'une trompe d'éléphant. Son maître est si attentif à ses gestes qu'il ne remarque pas la présence du frère derrière eux, jusqu'à ce que ce dernier prenne la parole en ricanant :

« Qu'est-ce que c'est ? Un crochet ? Quelque chose de ce genre ? »

Dong, lui, n'a pas envie de rire. Il envoie promener ce grand dadais sans ménagement. Les courbes sont difficiles à graver. Pour les réussir il faut à la fois une bonne pression du poignet et un sens aigu du détail. Cela nécessite donc une grande concentration.

D'une main experte et rapide, le cadet sculpte maintenant le corps de l'éléphant. Ce n'est pas la première fois qu'il exécute seul une figure entière, et là encore Dong est content du résultat mais ne le dit pas. Au contraire, dès qu'il le voit lever son ciseau, il est là à lui rabâcher ses instructions comme si c'était un débutant.

Un apprenti ne s'entraînera jamais assez, car reproduire les bons gestes doit devenir une seconde nature. Aussi l'artisan décide-t-il de confier au garçon les deux petites figures restantes, non sans le mettre en garde :

« N'oublie pas de retenir ton souffle et fais attention aux bords ! »

Après quoi il s'en va vérifier le polissage du mur latéral, bien qu'il sache que l'aîné de ses neveux va consciencieusement y travailler jusqu'à l'heure du déjeuner.

Il passe la main sur la paroi et observe les vides entre les blocs tout en maugréant :

« Les pierres sont censées être hourdées à la chaux, or les ouvriers n'ont même pas mis de mortier partout et on aura de la chance si ça tient ! »

La famille Wang souhaite que sa demeure figure sur ce panneau. Dong n'y est jamais entré mais on lui en a montré le dessin. Il se demande où il a bien pu ranger le morceau de cuir sur lequel il l'a reproduit. Tant pis ! Il en restitue de mémoire les grandes lignes à la craie sur le sol puis observe la roche. Les stries parallèles qui se dessinent naturellement sur les plaques de grès, en haut du mur, vont servir à représenter les tuiles. Enfin une bonne nouvelle ! À vrai dire, le projet actuel n'a rien de très complexe, alors que la plupart des tombeaux présentent des motifs beaucoup plus variés. Les principaux thèmes sont le monde céleste, les animaux de bon augure comme le *qilin* (licorne) et autres créatures mythologiques, ou encore les scènes tirées de légendes et de la vie quotidienne – danse, banquet, activités agricoles... Les figures religieuses ne sont pas oubliées à l'occasion, ni les détails érotiques.

Mais le chef de la famille Wang est un homme d'affaires qui a la tête sur les épaules et ne cède pas facilement au mysticisme. Aussi le décor qu'il a choisi est-il à son image : sobre et élégant. Dong se dit toutefois que son commanditaire aurait dû ajouter quelques bêtes sur le mausolée, surtout celles qui sont un gage de félicité.

Tant pis ! Il se rattrapera sur un prochain chantier, en espérant que cette fois les maçons lui auront mieux préparé le terrain…

巳 5e HEURE DU JOUR

(10.00 - 11.00, seconde partie de *si*)

LE SAUNIER RÉCOLTE LA SAUMURE

Le duc Huan : « Comment gouverner l'État ? »

Maître Guan : « La seule stratégie est de contrôler les montagnes et les mers. »

Le duc Huan : « Que signifie contrôler les montagnes et les mers ? »

Maître Guan : « Un royaume fondé sur la mer devrait considérer sérieusement sa politique de taxation du sel[1]. »

La matinée est bien entamée lorsque Gao part pour les marais salants. Ce n'est pas la paresse qui explique cette heure tardive mais la marée. Elle dicte sa loi : pour se mettre au travail, les

1. *Haiwang [Le Royaume fondé sur la mer]*, Livre 72 du *Guanzi*. *(N.d.T.)*

sauniers doivent attendre qu'elle baisse et que le soleil permette l'évaporation de l'eau emprisonnée dans le bassin.

L'homme qui avance à pas lourds sur la plage n'est âgé que de dix-neuf ans mais il a déjà perdu ses illusions. Le sel ! Le dieu blanc de la mer ! Petit garçon, il s'émerveillait de la magie du soleil qui transformait l'eau grise en magnifiques cristaux, lesquels métamorphosaient à leur tour des plats insipides en mets délicieux. Il se souvient comment son grand-père salait et fumait le poisson que sa grand-mère savait cuisiner mieux que personne.

Tous deux sont morts et lui manquent énormément, de même que le village de pêcheurs qu'il était pourtant si pressé de quitter pour aller travailler dans les salines. Quand on sait à quel point il brûlait de partir à la découverte du vaste monde, c'est une bien maigre consolation à ses yeux de penser qu'il n'avait pas d'autre choix.

En effet, il est le premier membre de la famille à ne pas vivre de la pêche. Si le poisson abonde dans ces eaux, la zone est dangereuse. L'an dernier, son père et son frère ont été pris dans une tempête. Seules leurs qualités de marin et une bonne dose de chance leur ont permis de sauver les filets et une partie du matériel. Le bateau, lui, s'est quand même échoué et n'a pu être réparé. Il a fallu emprunter de l'argent aux voisins pour en acheter un nouveau, et aussi renoncer à mettre tous ses œufs dans le même panier. La notion de « diversification des risques financiers » est peut-être étrangère à un vieux loup de mer, mais le père de Gao n'en a pas moins appliqué le principe. C'est un être autoritaire qui oblige l'aîné de ses garçons à vivre encore sous son toit bien qu'il soit marié et qu'il ait déjà engendré.

Ces deux-là suffisent pour manœuvrer une embarcation et pêcher, aussi le fils cadet était-il tout désigné pour compléter les revenus du foyer d'une autre manière. Comme le bruit courait que les producteurs de sel de la région recherchaient de la main-d'œuvre, il a été sommé de faire son balluchon et d'aller s'installer sur son nouveau lieu de travail.

BRIQUE MOULÉE REPRÉSENTANT LES DIFFÉRENTES ACTIVITÉS DANS UNE MINE DE SEL, DONT LES OPÉRATIONS D'EXTRACTION ET D'ÉVAPORATION DANS LES CHAUDRONS (PÉRIODE DES HAN ORIENTAUX).

Au tout début de la dynastie Han, l'État n'a vu aucun inconvénient à laisser prospérer des entreprises privées dans ce secteur économique puisque lui-même s'engraissait grâce aux taxes levées sur le sel. Très vite, cependant, les choses se sont compliquées malgré les sommes exorbitantes reversées aux autorités. Les magnats de l'or blanc sont devenus suffisamment riches et puissants pour menacer la stabilité politique et financière de l'Empire. Et n'allez pas croire qu'ils aient cédé une once de leur immense fortune à leurs employés ! La course aux profits était telle que les agents de l'administration centrale chargés d'enquêter sur l'exploitation de la main-d'œuvre dans les marais salants en étaient choqués. Et quand on connaît les conditions de travail des pauvres diables au service de l'Empire, il fallait que ce soit véritablement épouvantable pour indigner des fonctionnaires de la capitale.

Ajoutez à cela la misère criante du plus grand nombre, comparée à l'opulence outrancière de quelques-uns, et vous comprendrez que les conditions aient été réunies pour un embrasement. À cette époque, certains royaumes semi-autonomes rivalisaient encore avec le pouvoir central. Liu Pi, roi de Wu, dont le territoire était parmi les plus riches en sel, gagna la sympathie de son peuple en abolissant les taxes sur les terres cultivables. En 154 avant notre ère, il organisa la révolte des Sept Royaumes, l'un des épisodes les plus douloureux dans l'histoire de l'Empire. Cette rébellion sanglante décida l'État à ne plus laisser l'exploitation du sel dans les mains des particuliers et à instaurer un monopole.

La production de l'or blanc a d'abord été supervisée par le trésorier privé de l'empereur puis transférée au *dasinong*, le grand ministre de l'Agriculture. Le principe était simple : les agents du gouvernement gardaient un œil sur le marché ; et dans la mesure où le sel n'est pas une denrée périssable, ils pouvaient utiliser les vastes réserves de l'Empire pour stabiliser les prix, vendre moins cher quand ils montaient et reconstituer leurs stocks quand ils baissaient.

Mais les fonctionnaires impériaux aiment briller aux yeux de leurs supérieurs, alors ils ont tout fait pour remplir les caisses de l'État. Aussi, malgré l'absence officielle de concurrence, les prix ont eu tendance à grimper – y compris quand la qualité du sel laissait à désirer – et les conditions de travail des ouvriers n'ont cessé de se dégrader. Il n'y a pas de solution simple pour remédier à une telle situation, car de nombreux départements de l'administration dépendent désormais de ces profits faciles et s'opposent fermement aux réformes réclamées par les acteurs du marché du sel.

Le sel et le fer dans l'État de Qi

Le *Guanzi (Maître Guan)* est un recueil de traités en majorité philosophiques et politiques attribués à Guan Zhong (vers 720 – 645 av. J.-C.). Premier ministre de l'État de Qi pendant la période des Printemps et Automnes, il mit en place un vaste ensemble de réformes, dont l'institution d'un monopole d'État sur la production de sel et de fer qui fit de Qi l'un des États vassaux les plus puissants de cette période. Dans le Livre 72 intitulé *Haiwang*, Guan Zhong présente un rapport économique détaillé sur la manière d'exploiter tant les richesses des montagnes que celles des mers.

Le pouvoir impérial a d'ailleurs fini par instaurer un monopole sur tout ce qui pouvait lui rapporter de l'argent (même les produits des montagnes sont imposables), mais il y a des limites. Bien qu'ils soient conscients des risques encourus, des entrepreneurs comme le patron de Gao exploitent des salines pour leur propre compte et ont récemment augmenté leur activité afin de répondre à la demande d'un sel moins cher et de meilleure qualité. Dans ces conditions, les autorités ont dû faire marche arrière et reconnaître plus ou moins le principe de concurrence dans la production de l'or blanc.

Quel que soit l'employeur, c'est un métier très dur. Les sauniers au service de l'Empire sont souvent des hommes jeunes qui n'avaient d'autre avenir que le vagabondage. Ceux du secteur privé sont prêts à endurer des conditions de travail effroyables contre un meilleur salaire, voire une part des bénéfices, si modeste soit-elle.

C'est le cas de Gao. Il accepte son sort à cause de l'argent qu'il peut rapporter à sa famille, mais la vision idyllique d'une récolte de sel en bord de mer et au grand air s'est évanouie depuis belle lurette. La réalité est cruelle. Le soleil n'a plus rien de magique. Comme ses compagnons d'infortune à la peine toute la journée sous une chaleur écrasante, le garçon en maudit désormais les rayons. Sa peau exposée à leurs morsures et aux embruns n'est plus qu'une écorce craquelée. Il a du mal à ouvrir grand ses yeux gonflés. Ses cheveux sont humides et rêches en permanence, et il a l'horrible intuition de puer encore plus que les têtes de poissons morts dans la fosse à ordures de son père.

Derrière Gao s'alignent les misérables huttes qui servent de logement aux travailleurs. En théorie, rien ne l'oblige à vivre ici, car un saunier a le droit de se construire une habitation. Le problème, c'est l'eau douce. Comme il n'y a ni torrent ni rivière sur ce littoral, elle provient de puits qui ont permis d'atteindre l'aquifère après d'innombrables tentatives. De tels travaux ne peuvent être financés que par l'État ou de riches propriétaires fonciers ; un simple particulier ou un ménage modeste n'aurait pas les moyens de creuser assez profond.

Les patrons des salines paient deux personnes dont l'unique tâche est de nourrir leur personnel et de l'approvisionner en eau potable. Bien sûr, il ne s'agit pas de compassion : un tel investissement est simplement dû au fait que des hommes qui auraient à cuisiner et à se rendre au puits récolteraient moins de sel. Voilà pourquoi Gao vit dans ces huttes et boit de l'eau trop souvent fétide. Ce matin il y a ajouté un peu de sel pour rendre le breuvage moins affreux. Son organisme en a besoin et son corps l'éliminera avec la sueur. Garder un taux de sodium élevé est l'une des premières leçons qu'il a apprises. Les ouvriers des marais salants côtiers bénéficient d'ailleurs de la même dose de sel que celle accordée aux soldats stationnés dans les régions aux conditions de vie les plus hostiles de l'Empire (l'équivalent de 30 grammes par jour).

Gao observe le niveau du lac de saumure, un vaste bassin artificiel peu profond construit dans la zone de marnage pour retenir l'eau de mer. Hier, il a aidé à épandre et tasser une couche de cendre de deux à trois centimètres d'épaisseur dans le fond pour que soit retenu plus de sel.

Les sauniers travaillent en équipe. Ils doivent se dépêcher de commencer la récolte avant la marée montante, car le bassin sera à nouveau inondé au milieu de l'après-midi. Il leur faudra bien une heure pour racler la couche d'argile mêlée de cendre et l'amonceler sur le côté. Le plus souvent, ils recueillent cette saumure le premier jour et extraient le sel le lendemain. Mais la récente hausse des prix a permis d'embaucher assez de journaliers pour faire les deux en une seule fois. L'occasion était trop belle de se remplir un peu plus les poches pour les entrepreneurs, et par ricochet pour leurs salariés.

Gao se charge de ramener la boue séchée par le soleil sur les bords. Un autre saunier la récupère et transporte le mélange de cendre, de sel et d'argile jusqu'à l'endroit où on le fait bouillir, au bout d'un chemin étroit d'où l'on surplombe le bassin. (Un second site de ce type est installé un peu plus loin sur la plage, au cas où le premier serait saturé.)

Après avoir raclé toute la superficie qui lui était impartie, notre homme saisit un burin en fer pour décoller les amas de boue qu'il n'a pas réussi à enlever. Au moment où il se penche, une rafale de vent soulève la poussière du sol et la projette dans ses yeux. Le mélange de sel et d'argile lui provoque une douleur instantanée. Aveuglé, il tombe sur les fesses puis tâtonne pour attraper son chiffon et sa cruche d'eau ; mais il a beau se rincer les yeux, l'irritation ne cesse pas vraiment. Il sait d'expérience que cette sensation de brûlure va persister jusqu'à la fin de la matinée.

La mer qui continue de descendre révèle un trou qu'il a creusé hier, un peu plus loin. Il en a recouvert le fond d'une couche de bambou, d'une natte de roseau et de sable fin. Le sel de mer est une substance abondante, mais les bassins de saumure sont des installations à grande échelle que l'on ne peut aménager partout. En revanche, les petites fosses qu'un seul individu suffit à excaver donnent d'assez bons résultats et les ouvriers ont le droit de produire ainsi une certaine quantité d'or blanc pour leur propre compte.

Gao regarde ses compagnons, là-bas, en train d'allumer un feu sous un grand chaudron en fer. Malgré leurs efforts pour protéger la nature, tous les arbres ont été abattus dans la zone qui s'étend derrière les dunes de sable afin d'alimenter ces foyers insatiables. On peut toujours s'enfoncer dans l'intérieur des terres jusqu'aux montagnes et y trouver du bois, mais cela prend un temps considérable, un temps que l'on peut consacrer à la production de sel – activité beaucoup plus rentable. Pour remplacer le bois, les sauniers coupent de l'herbe sèche à tour de rôle. C'est un excellent combustible. Si elle se consume à une rapidité infernale, elle n'en génère pas moins des monceaux de cendres qu'on étale ensuite au fond du bassin.

Saisissant deux seaux, Gao les remplit de saumure provenant de sa fosse puis rejoint le petit groupe autour du feu pour en verser le contenu dans le grand récipient en fer. Le mélange émet un sifflement de bon augure au contact du métal brûlant. Très vite, des bulles blanchâtres apparaissent et des cristaux commencent à se former. Ça n'a pas traîné parce que la saumure était saturée de sel. Pour mener à bien cette cristallisation il faut quand même alimenter le feu, la brise marine n'y suffisant pas. Le vent est une bénédiction mais il peut rapidement devenir un fléau : le chaudron et le foyer à ciel ouvert dégagent une forte chaleur, alors que le soleil est déjà brûlant !

Aussi les travailleurs sont-ils obligés de s'éloigner un moment pour éviter les vapeurs caustiques. Gao observe les Kong, à l'ouvrage un peu plus loin sur la plage. En tant que journaliers, ceux-là sont payés en fonction du sel qu'ils fournissent ; et comme ils habitent à proximité, dès que l'un d'eux à un peu de temps libre il vient travailler ici. Les fils les plus jeunes s'occupent du feu tandis que l'aîné traîne un seau de saumure provenant de la fosse familiale. Ployant sous son fardeau de hautes herbes, leur mère s'enfonce jusqu'aux chevilles dans le sable mouillé. La détermination dont elle fait preuve pour aller chercher du combustible malgré les dunes à escalader est tout simplement admirable, se dit Gao. Un oiseau perché sur un roseau offre une charmante sérénade et le garçon se prend à rêver : la plage devient soudain pittoresque et l'océan magnifique, sans parler des montagnes qui complètent le tableau d'un savant mélange de verts et de gris…

« Eh, toi, reviens ! »

La douce vision s'évanouit et Gao est rattrapé par la dure réalité. On le réclame près du chaudron, où l'eau de mer s'est évaporée, ne laissant que les cristaux de sel. Au début, ça ressemble à un tas de sable blanc qui bruisse doucement en séchant. Si l'on n'y faisait rien, cette matière deviendrait dure comme la pierre. Voilà pourquoi le jeune homme aux rêves brisés remue lentement le mélange au fur et à mesure qu'il transvase le sel ainsi récolté dans un seau à l'aide d'une petite pelle.

« Le don de la mer… »

Gao trempe un doigt humide dans le sel et goûte. C'est un bon cru, constate-t-il. Sa propre fosse lui en a procuré une généreuse quantité, même si une bonne part reviendra aux propriétaires des salines et presque tout le reste au percepteur. Pourtant, il n'a pas envie de produire plus que ce qui lui est permis. L'un des sauniers souffre d'une plaie ulcérée au pied qui n'est toujours pas cicatrisée. L'homme a été surpris en train d'extraire du sel sans autorisation et a été mis aux fers pour plusieurs semaines. De quoi faire réfléchir ! songe Gao.

Mais déjà un autre appel monte de la plage.

« Ohé ! On est prêts au bassin ! »

L'eau de mer s'est suffisamment évaporée pour qu'on puisse recommencer à racler le fond. Le fils du pêcheur se lève et étire ses membres raidis. Assez lambiné… se dit-il. Allez, on y retourne !

午 6e HEURE DU JOUR

(11.00 - 12.00, première partie de *wu*)

LE PRÊTRE SE QUERELLE AVEC UN AMI

Fan Chi demande en quoi consiste la sagesse. Le Maître répond : « C'est rendre aux hommes leur dû en toute justice, et honorer esprits et démons, tout en les tenant à distance[1]. »

Le prêtre Gongsun a fait un drôle de rêve la nuit dernière : il a vu une licorne (*qilin*) sortir du sous-bois, une aura de brume au-dessus de la tête, et s'arrêter devant un arbre dont le tronc semblait toucher le ciel ; elle a saisi une ramille en or entre ses dents puis a disparu dans la forêt. De tels rêves le laissent mal à l'aise. Sans

1. *Entretiens de Confucius,* Livre VI, 20, « Des disciples », traduction citée. *(N.d.T.)*

doute sont-ils liés à sa fascination pour les temples, ainsi que pour les cérémonies religieuses auxquelles il ne manque pas d'assister dès que l'occasion se présente. Il aime la musique et les rituels pratiqués en l'honneur des innombrables divinités vénérées dans sa région.

Gongsun sourit à l'idée que probablement l'empereur fait lui aussi des rêves étranges de licornes et d'arbres divins dans son palais. On peut dire que Wang Mang est un radical. Depuis que ses réformes religieuses ont mis à mal bon nombre de cultes des générations précédentes, il règne dans les temples une atmosphère fébrile, tout à la fois perturbante et fascinante aux yeux du prêtre. Toutefois, Gongsun est assez intelligent pour comprendre que la religiosité du souverain n'est pas vraiment sincère : elle est avant tout le fruit d'un calcul politique. Fondateur d'une nouvelle dynastie, celui que beaucoup considèrent comme un usurpateur voit sa légitimité constamment mise en doute. Mais en plus d'être empereur, Wang Mang est un grand érudit confucéen qui sait utiliser son savoir pour interpréter les oracles à son avantage et persuader ses fonctionnaires, pour la plupart issus de la même école de pensée, que sa place à la tête de l'État est dans l'ordre des choses.

S'il prend soin d'entretenir les temples ancestraux des empereurs Han édifiés dans la capitale, il n'a pas hésité à élever des dizaines de mausolées hors de la ville pour inhumer ses propres ancêtres, renforçant ainsi ses prétentions. En outre, il a adopté les rites de l'ancienne dynastie des Zhou, qui représentent l'une des formes de religion les plus strictes, et il les suit à la lettre.

Ce mélange d'innovation et de tradition au plus haut sommet du pouvoir ne peut que se refléter dans l'observance des pratiques religieuses de ses sujets. Aussi les réformes impériales affectent-elles jusqu'à la paisible routine de Gongsun, prêtre d'un petit temple rural près de Chang'an. Bien sûr, sa vie est rythmée par le calendrier des cérémonies qui s'y déroulent tout au long de l'année, mais contrairement à Wang Mang sa dévotion est sans arrière-pensées. Servir les divinités et les esprits des ancêtres compte plus que tout à ses yeux et il ne voit donc aucun inconvénient à ce que les autres aspects de son existence en découlent. Et puis il est fier de son rôle dans le village et il aime son travail. En dehors de ses obligations cultuelles, il réunit régulièrement les fermiers de la région, offrant ainsi à des familles disséminées sur un vaste territoire l'occasion de se connaître.

Préparer de tels événements n'est pas une mince affaire, surtout pendant les semailles et les moissons, mais ce qui préoccupe le plus Gongsun c'est de trouver les fonds nécessaires à l'entretien des sites religieux et aux rassemblements qui s'y tiennent. À la différence des temples d'État, les sanctuaires locaux ne sont pas financés par les autorités. Quand la récolte a été bonne, les paysans font volontiers don d'animaux et de céréales, mais quand elle a été mauvaise, hélas, ils ont à peine de quoi survivre, alors il ne faut pas leur parler offrandes ! Paradoxalement, c'est surtout en période difficile qu'ils affluent au temple, avec l'espoir d'y trouver du réconfort et de participer à de nombreuses cérémonies pour implorer la clémence des dieux.

Heureusement, les conditions climatiques ont été favorables au cours des six premiers mois et les célébrations saisonnières se sont déroulées sans problèmes. En février, la fête de Sheji, dieu du sol et du grain, a attiré beaucoup de monde. Comme on peut s'y attendre dans une communauté rurale, cette manifestation est l'un des temps forts du calendrier. Presque tous les gens du coin se sont réunis au temple et divers aliments ont été offerts aux divinités, dont un mouton et un porc.

Rien ne fait plus plaisir au prêtre que d'entendre les participants de telles manifestations exprimer leur joie d'être là. Gongsun connaît chacun d'eux ou presque et considère qu'il est de son devoir de leur permettre de s'amuser. Mais le temps file lorsque tout se passe bien, et on va devoir bientôt songer aux préparatifs des fêtes d'automne, explique-t-il au vieil homme venu lui rendre visite – un membre respecté de la communauté et son ami de longue date.

« Quelle quantité de nourriture doit-on prévoir pour une cérémonie comme celle-ci ? »

Cette question n'est pas aussi innocente qu'il y paraît. Gongsun le sait parfaitement, et le fait que l'on puisse sous-entendre qu'il gaspille les réserves du village lui hérisse le poil. Chacun bénéficie d'une telle générosité : la viande est distribuée à parts égales aux anciens, les céréales bouillies aux femmes et aux enfants. Et bien sûr, il y a toujours du vin en abondance pour tous. Oui, on mange beaucoup plus lors des célébrations religieuses ! Et alors ? Décidément, le prêtre n'apprécie pas ce genre d'allusions et l'indignation se lit sur son visage.

Son vieil ami lève la main en signe d'apaisement.

« Détendez-vous, je vous en prie ! Ce n'était pas une critique : je me demandais seulement jusqu'à quand on pourrait tenir ce rythme. Un jour, les greniers seront vides, on aura dévoré tous les porcs et les moutons, et il ne restera que de la poussière au fond des jarres de vin. Qu'est-ce qu'on fera ce jour-là ? Une fois, j'ai assisté à une fête de Sheji dans une province de l'Ouest ; tout ce qu'on avait à offrir aux dieux, c'était un poulet, un boisseau de millet, un boisseau de petit mil, deux boisseaux de vin et à peine un *jin* de sel (environ 500 grammes). Vous imaginez ? »

Bien sûr qu'il l'imagine ! En réalité, il ne pense qu'à ça. Pourtant, il est convaincu que réduire les offrandes serait contre-productif : les divinités n'octroieraient plus de récoltes aussi abondantes si elles se voyaient refuser leur juste part. C'est peut-être le bon moment pour demander à son ami d'apporter son soutien au projet qu'il nourrit. Gongsun discute souvent des affaires du temple avec lui, car le vieillard est très au fait des questions pratiques liées à la gestion et à l'entretien d'un sanctuaire rural ; de plus, on l'écoute avec respect.

Depuis quelque temps, certaines communautés se sont mises à collecter de l'argent pour leurs rassemblements religieux. Le problème est qu'un paiement en monnaie sonnante et trébuchante peut être perçu par les fermiers comme un lourd tribut. L'idée de Gongsun est plutôt qu'ils travaillent à tour de rôle la terre communale. Une partie d'entre eux seraient responsables des semailles, les autres des récoltes. Le revenu de la vente du grain ainsi produit couvrirait largement les frais des cérémonies et la situation financière du temple n'en serait que plus stable.

Le prêtre et son ami sont justement en train de parler des agriculteurs quand deux hommes du village font leur apparition. Gongsun les regarde un instant d'un air ébahi. Ah, oui ! Ce sont les volontaires qui viennent aider à la préparation des offrandes ! Il prie son interlocuteur de l'excuser et les conduit à la cuisine, où une jatte emplie de grains de blé les attend sur une table basse à côté d'un tas de melons. Les deux bénévoles sont des habitués du temple et connaissent bien l'organisation des lieux. Ils allument aussitôt le fourneau, lavent le blé et préparent les melons. Se sentant de trop, le prêtre les laisse à leurs occupations et rejoint son hôte.

Le vieillard est toujours là, debout à côté des peintures qui ornent le mur. Gongsun lui raconte les rêves qui le perturbent ces derniers temps.

« Croyez-vous que les dieux essaient de me dire quelque chose ? »

Au lieu de lui répondre, son ami contemple un panneau représentant un personnage à la bouche grande ouverte d'où s'échappent des volutes de fumée, à moins que ce ne soit des nuages. La figure centrale est encadrée de deux hommes ailés.

Le dieu du vent... Gongsun sait pourquoi son vieux camarade s'est arrêté devant cette peinture en particulier. Un jour, pendant une période de sécheresse, les deux compères ont assisté à un spectacle de sorciers itinérants. Vêtus de costumes extravagants, ces hommes ont déployé tout leur art de la magie en l'honneur de la divinité, tandis que des danseuses travesties en monstres jouaient du tambour pour invoquer le dieu de la foudre et faire tomber la pluie. Les chamanes (*xi*) et chamanesses (*wu*) sont des médiateurs importants entre les mortels et le monde céleste. Vénérés par le peuple, ils constituent aussi l'un des groupes les plus influents à la cour impériale, où ils sont associés à la prière, la divination et l'astrologie, ainsi qu'aux soins médicaux.

L'ami de Gongsun ne désapprouve pas la piété que peut engendrer la crainte des dieux ; néanmoins, il constate que les gens trop obsédés par les cérémonies religieuses en oublient les tâches du quotidien. Certes, les divinités nous aident ici-bas, mais ce ne sont pas elles qui creusent les fossés, curent les canaux d'irrigation et construisent les bâtiments publics.

C'est un vieux débat entre eux. Gongsun se demande si finalement le moment est bien choisi pour demander au vénérable personnage debout devant lui d'aller présenter son projet aux villageois : ne désapprouve-t-il pas les démonstrations de religiosité coûteuses et ostentatoires, en particulier les représentations chamaniques ?

Le prêtre tourne la tête vers les deux cornes de taureaux et les trois queues de bœufs accrochées au mur, au fond de la grande salle. Les magiciens s'en servent dans leurs spectacles, mais par respect pour les opinions tranchées de l'ancien voilà bien longtemps qu'on ne les a pas utilisées.

Ce dernier en vient finalement au fait. Les songes de Gongsun, dit-il, ne concernent pas seulement le monde divin mais aussi celui des hommes. Les dieux essaient peut-être de lui faire comprendre que certains des rituels qu'il organise sont un peu trop somptueux et incitent les mortels à les apprécier comme de purs plaisirs terrestres. L'autre lui oppose qu'il n'y a rien de mal à vénérer ces dieux ou à vouloir les apaiser, mais il reconnaît que les gens qui se concentrent sur le caractère festif de ces événements en ont oublié le sens profond.

L'un des cuisiniers bénévoles est venu suivre la discussion, adossé contre l'encadrement de la porte.

« Personnellement, intervient-il, j'aime les spectacles et les chants associés aux rituels. Il n'y a pas eu assez de musique ces derniers temps. L'autre jour, je suis tombé sur une scène émouvante dans les faubourgs de Chang'an. Debout sur plusieurs rangs, des garçons et des filles ont chanté en chœur jusqu'à la tombée de la nuit. Depuis ce soir-là, je rêve que mon fils ait la chance d'être transporté par la beauté et la douceur de telles mélodies. »

Gongsun reconnaît immédiatement dans cette description le *Chant des quatre saisons*. Il lui explique que les paroles sont de Sima Xiangru, qui a développé un nouveau style de poésie lyrique et narrative appelé *yuefu*. Un bon nombre des compositions de ce haut fonctionnaire sont une ode au dieu Sheji. Le prêtre entonne le premier couplet de l'une d'elles. À la fin, le cuisinier le regarde d'un air perplexe : les vers sont d'une telle complexité littéraire qu'ils demeurent incompréhensibles pour un néophyte.

Le vieillard, lui, a apprécié le poème et son interprétation :

« Voilà quelque chose d'harmonieux, d'approprié et d'éducatif ! Nous devrions apprendre à tous les enfants de notre région des odes de ce genre ! »

Gongsun rit dans sa barbe. Son ami aurait-il perdu la tête ? Il vient de se plaindre que bien des cérémonies religieuses ne sont que gaspillage et il voudrait organiser des cours de chant ?

« Laissez-moi vous rappeler, lui explique poliment le prêtre, qu'engager un professeur et aménager un endroit pour la classe sont deux choses que l'on ne peut tout simplement pas s'offrir. »

Gongsun remarque du coin de l'œil la mine déconfite du volontaire. S'il escomptait que son fils puisse recevoir une éducation quelconque au temple, il sait maintenant que son vœu n'est pas réalisable. Le prêtre se demande si c'est ce qui a motivé cet homme dans sa décision d'aider à la cuisine, et s'il reviendra malgré ses espoirs déçus.

Son camarade apparaît :

« Le blé bouilli est prêt et les melons coupés. Y a-t-il autre chose à préparer ?

– Je vous remercie, réplique Gongsun. Si vous pouviez empiler le bois dans un coin et mettre le charbon de bois dans les paniers que j'ai sortis, vous me rendriez un grand service.

– Qu'est-ce que vous allez faire de tout ça ? demande l'un des bénévoles. Avez-vous prévu un sacrifice *liao* ? »

Gongsun rit et répond non de la tête, amusé à l'idée de mettre sur pied un événement aussi grandiose. De tels sacrifices n'ont lieu que lorsque les membres de la cour impériale ou des nobles de haut rang décident d'allumer un immense feu de joie et de livrer aux flammes des ornements en jade et autres matériaux précieux. Ils se déroulent en mai, en octobre et parfois en mars. On commettrait un sacrilège ou du moins un impair en envisageant un *liao* sans avoir de jade ou d'objets de valeur à offrir.

Le prêtre explique alors qu'il est simplement en train de s'organiser pour l'automne. Un feu de joie s'accordera bien avec les festivités qu'il projette pour célébrer les moissons. Voyant l'ancien secouer à nouveau la tête en signe de désapprobation, il lui tourne ostensiblement le dos pour aller aider les autres à charger le charbon de bois dans les paniers.

C'est alors que celui des volontaires qui a fait bouillir le blé et coupé les melons demande à Gongsun :

« Mon voisin a reconstruit son fourneau pour offrir un mouton au dieu de la cuisine dans les meilleures conditions possibles. Son petit-fils sert dans l'armée, et il a pensé que cela le protégerait.

Vous croyez que je devrais en faire autant ? Vous savez que mon garçon sera bientôt soldat à son tour.

– Le dieu de la cuisine veille sur toute chose en ce bas monde et doit être vénéré comme il le mérite. Si tes moyens te le permettent, tu devrais rénover ton fourneau toi aussi, mais n'oublie pas de me consulter avant afin que nous choisissions le jour le plus propice à un sacrifice. Et quand ton fils partira, donne-lui une poignée de cendres du foyer, de sorte qu'il ait ensuite le mal du pays et qu'il veuille revoir sa famille rapidement. »

Temples et sacrifices

Les Han occidentaux ont hérité de nombreuses divinités et temples de la dynastie Qin (221 – 207 av. J.-C.). Liu Bang, le premier empereur Han, rappela les chamanes et chamanesses qui avaient servi à la cour de ses prédécesseurs et les réinstalla à des postes clés du gouvernement. Ils apportèrent avec eux maintes croyances populaires, et ainsi beaucoup de nouveaux dieux et déesses vinrent coexister avec les anciens.

Le nombre de temples officiels augmenta encore sous les Han antérieurs pour atteindre plus de 1 700 pendant l'interrègne de Wang Mang. On y vénérait toute une pléiade de divinités liées entre autres aux montagnes et aux rivières, au soleil, à la lune et aux étoiles, au vent et à la pluie, sans parler de toutes celles associées au culte des ancêtres. Les édifices religieux engloutissaient une part considérable des ressources publiques. Sous l'empereur Xin Liu, qui régna juste avant notre ère, près de 37 000 sacrifices étaient pratiqués chaque année, au cours desquels d'énormes quantités de nourriture et de vin étaient destinées aux dieux, avec aussi un grand nombre d'animaux et d'offrandes en tous genres.

午 7e HEURE DU JOUR

(12.00 - 13.00, seconde partie de *wu*)

LE CAPITAINE DE LA TOUR DE GUET COUPE DE L'HERBE

Son manteau de ramie noir n'est pas le préféré de Chen. Le problème n'est pas la ramie, une fibre végétale de la famille des orties, dont on tisse les vêtements ordinaires. Non, c'est la couleur qu'il n'aime pas. En principe, seuls les simples soldats devraient porter du noir, mais sur la frontière on prend ce qu'on trouve au marché. Elle est loin l'époque où l'administration locale complétait la tenue allouée par l'État. Désormais, Chen doit se contenter de la distribution annuelle : un manteau, une tunique non doublée et un pantalon, tous usés bien avant l'arrivée des suivants.

Et ses bottes ! Il les a reçues le jour où il a pris ses fonctions. Quarante ans déjà ! Il a beau les réserver pour les grandes occasions, elles sont bien fatiguées. La plupart du temps, il porte des chaussures de chanvre comme celles qu'il a aux pieds. Son épouse a dû les rafistoler si souvent qu'il ne reste pratiquement plus trace du tissu d'origine. Vu sa charge de travail, il les use très vite. En témoignent les trous percés par ses gros orteils dans la dernière paire ravaudée.

Chen soupire et saisit au passage une faucille en fer, tandis qu'il traverse la cour et quitte l'enceinte de son avant-poste. Ses obligations lui ayant laissé un peu de répit avant le déjeuner, il s'en va couper de l'herbe dans la prairie, au-delà du fort. Protégée par quatre hauts murs, la place forte où stationne la garnison n'est qu'à quelques centaines de mètres. Chen marche d'un bon pas et ne tarde pas à l'atteindre.

Des soldats en armure descendent au pas les escaliers du corps de garde. Ils vont rejoindre leurs camarades d'ores et déjà à la manœuvre sur l'herbe brûlée par le soleil, près du portail principal des fortifications. Les Xiongnu auraient fait plusieurs incursions dans les environs et les troupes sont sur le qui-vive.

Les sentinelles en faction sous l'arche de la porte ouest s'agitent à l'approche de Chen, qui leur jette un regard méfiant. Ces derniers temps, leurs moqueries ont fini par passer les bornes. L'autre jour, l'un des hommes l'a interpellé en hurlant :

« Combien avez-vous empoché aujourd'hui ? N'oubliez pas d'augmenter le prix de l'agneau ! »

LA TOUR DE GUET DE KIZILGAH INDIQUE LA PRÉSENCE D'UN POSTE DE GARNISON PRÈS DE KUCHA, SUR LA ROUTE DE LA SOIE.

Il faisait référence à un ami de Chen, le capitaine de la tour 22, qui avait demandé à ses soldats de revendre de la viande d'agneau 45 sapèques de plus que le prix habituel. Dénoncé par l'acheteur, le profiteur a été limogé. L'affaire a fait scandale dans la région, non parce qu'il s'agissait d'une grosse somme mais précisément parce que ce n'en était pas une. L'individu a perdu son emploi, son grade et sa réputation pour quelques pièces. De l'avis de tous, il s'est montré indigne de ses fonctions. Peut-être, mais Chen comprend que le coupable ait pu connaître des difficultés financières. Il n'y a pas trente-six façons de gagner de l'argent sur la frontière. Alors, quand les fonds viennent à manquer, qu'est-ce qu'on est censé faire ?

Les gardes de la porte ouest reviennent à la charge :

« Hé, Chen ! Vous portez du noir ! On vous a rétrogradé au rang de simple soldat ? »

Il sourit poliment tandis que l'insolent passe la main sur son propre manteau, un beau vêtement de laine orné d'un motif en croix.

« Cette chose m'a coûté la bagatelle de 1 500 sapèques. Vous voulez le croire ? Les temps sont durs ! »

Chen accélère le pas. Il se demande qui a bien pu soudoyer le garde avec un manteau et ce qui se cache derrière ce pot-de-vin ?

Se sentant méprisé, l'autre ironise :

« Votre grand chef, le *duwei*, il vient de pisser. Vous feriez mieux de vérifier ce que dit le règlement à ce sujet ! »

Chen, lui, a le grade de *gongcheng*, le huitième sur douze selon la hiérarchie administrative. Ce n'est pas mal, et dans les plaines fertiles du Centre nombre de ses homologues ont plus d'une occasion d'arrondir leurs fins de mois. Mais ici, dans ces confins arides, notre homme se trouve dans la pire des situations. Il a les responsabilités sans le pouvoir, et son rang s'accompagne de très peu d'avantages.

Il ne gagne pas beaucoup non plus. Un poste de guet doit être autosuffisant, bien que personne ne lui ait expliqué comment y parvenir. L'État lui fournit le matériel militaire nécessaire, telles que les armes, et sa solde est supposée pourvoir à tout le reste. Aussi choquant que cela puisse paraître, elle est pourtant inférieure à celle des trois soldats sous son commandement.

Le problème, c'est que la plupart des officiers responsables d'une tour à signaux comme la sienne sont des hommes riches qui acceptent cette affectation pour le prestige. Pour sa part, Chen n'a d'autres revenus que sa solde et ne peut donc se permettre d'embellir sa tour, contrairement aux nantis. Il vit dans la crainte d'être destitué, ce qui les laisserait totalement démunis, son fils et lui. Voilà pourquoi il s'efforce d'impressionner ses supérieurs par son zèle, ce qui l'amène aujourd'hui à couper de l'herbe en prenant sur son temps libre avant le déjeuner.

En réalité, sa position est moins précaire qu'il ne le croit, car les *gongcheng* qui ne voient que le titre et le statut social n'ont pas envie de se retrouver sur la frontière, à l'avant-poste d'un fort isolé sous la menace constante des barbares. Les rumeurs vont bon train sur ce qu'ils sont capables de faire. Chen en a discuté ce matin même avec le courrier qui a débarqué avec son lot de décrets rendus par le gouverneur de la commanderie.

Ces nouveaux arrêtés l'enjoignent de se préparer aux attaques des Xiongnu. Les capitaines des tours de guet doivent consolider leurs défenses par tous les moyens. Des inspecteurs seront mandatés. Quiconque manquera à ses devoirs sera sanctionné. Les soldats sont sommés de s'exercer avec assiduité au tir à l'arc, et là encore le *gongcheng* sera tenu pour responsable si un archer n'a pas le niveau requis. Les chevaux ne doivent pas quitter les écuries et, bien entendu, le capitaine serait fautif si on en voyait un paître au-delà des lignes de défense.

Chen n'est pas particulièrement contrarié par ces préparatifs. Ses trois subordonnés s'entraînent dur pour la compétition de *qiushe* qui aura lieu à l'automne. L'an dernier, ils ont obtenu une moyenne de huit sur dix – un résultat plus qu'honorable. L'un d'eux a même remporté un trophée. Le fils de Chen, qui n'a que dix ans, apprend à monter à cheval et à tirer à l'arc avec les soldats. (Son autre garçon est mort sur le champ de bataille il y a six ans). Quant aux chevaux, ils sont bien soignés et le *gongcheng* n'a aucune crainte de ce côté-là non plus.

Récemment, l'Empire est soi-disant parvenu à un accord avec les Xiongnu, ces nomades du Nord, grâce à un mariage d'alliance (*heqin*) : une princesse Han a été unie au *chanyu*, le chef xiongnu. La jeune épouse a apporté en dot au khan les soieries les plus fines ainsi que du vin et du riz à profusion, mais cela n'a pas mis fin aux raids des barbares. Chen a repéré des signaux de fumée émis par ses homologues. Cette fumée s'est vite dissipée, ce qui signifie que pour le moment du moins les assaillants sont peu nombreux et désorganisés. Les tours 13 à 18 ont tout de même subi de lourds dégâts à cause de l'impréparation de leurs défenseurs, et les *gongcheng* qui en avaient la charge ont été punis – autant pour leur incompétence que pour avoir tenté de cacher ce qui s'était réellement passé.

L'une des raisons pour lesquelles Chen fauche l'herbe dans la prairie c'est qu'il ne veut rien laisser au hasard. S'il n'est qu'un simple rouage dans une énorme machine, ce rouage pourrait cependant s'avérer crucial dans la transmission de renseignements sur la situation militaire le long de la frontière. En bon capitaine, il se doit d'être prêt à toute éventualité. C'est à lui de saisir immédiatement la signification des signaux qui s'élèvent des tours voisines et de relayer l'information en conséquence. Ce code est censé être un secret d'État, mais Chen est presque sûr qu'à force d'observation les Xiongnu ont fini par le déchiffrer.

Pour ce faire il faut connaître les différents combustibles utilisés : le sens du message n'est pas le même selon que l'on brûle de l'herbe ou telle ou telle sorte de bois. Un feu que l'on éteint rapidement indique l'approche de moins de dix barbares armés. C'est le niveau d'alerte le plus bas sur une échelle de un à cinq. Un feu continu, de niveau cinq, signifie que plus d'un millier d'hommes sont en train d'attaquer la tour. Ce système est le seul moyen de transmettre les nouvelles au plus vite à travers les étendues désertiques de la frontière du Nord-Ouest, et les autorités sont impitoyables envers ceux qui manquent à ce devoir essentiel.

Après un raid avorté des Xiongnu, le capitaine de la tour 22 – celui-là même qui a été révoqué depuis peu pour avoir surévalué le prix de l'agneau – avait laissé un feu brûler plus longtemps que nécessaire. Autant dire que ça n'avait pas fait rire le commandant militaire de la région, lequel avait dû mobiliser son armée sur la base d'une fausse alerte. Incapable de fournir un motif valable à sa décharge, le négligeant capitaine avait été condamné à cinquante coups de bâton. La punition était sévère, car le bâton était lourd, la bastonnade ayant pour but de vous marquer à vie.

Plongé dans ses réflexions, Chen n'a pas vu le temps passer. Il se redresse et contemple le résultat de ses efforts d'un air satisfait. Sur les terres arides de la frontière, le petit lac à côté duquel il a travaillé est presque un miracle de la nature. L'eau est saumâtre, c'est vrai, mais elle suffit à fournir en sel le fort et les tours à signaux qui en dépendent. De plus, l'herbe salée qui borde ses berges donne un excellent chaume. Malheureusement, elle pousse sur l'autre rive. Celle qu'il vient de faucher servira à nourrir les chevaux : la menace barbare est trop réelle ces temps-ci pour qu'il les laisse paître dehors.

Une fois cette herbe entassée, Chen décide qu'il est temps d'aller déjeuner : il reviendra la chercher demain avec une charrette. Il doit surtout rentrer pour voir où en sont ses soldats avec les réparations sur la tour. Elle demande un entretien constant si l'on ne veut pas qu'elle tombe en ruines. Le capitaine doit conserver l'endroit en parfait état, d'autant qu'il n'a pas les moyens de graisser la patte à l'inspecteur pour qu'il ferme les yeux sur les dégradations. La dernière fois, le bonhomme a montré son agacement : de toute évidence, il attendait un pot-de-vin. Il est reparti déçu et Chen sait que tout devra être impeccable lors de son prochain passage.

L'avant-poste est formé de simples rondins de bois réunis par des roseaux et recouverts d'une sorte de plâtre. Le *gongcheng* ne compte plus les fois où il a fallu entreprendre des réparations. Ça n'est jamais fini ! Quand il était plus jeune, et donc plus vigoureux, il procédait lui-même au rafistolage, mais aujourd'hui il n'a pas honte de déléguer certaines tâches à ses soldats.

Avant de partir faucher, il leur a laissé un mélange d'herbe et de terre glaise préparé par ses soins. Ils doivent se contenter de truelles en bois, car le fer est une denrée rare par ici. Voilà pourquoi Chen ne se sépare presque jamais de sa précieuse faucille en fer. Pour le reste, il est passé maître dans l'art de fabriquer et d'utiliser des outils en bois. Ses subordonnés eux-mêmes savent parfaitement s'en servir, et s'ils ont bien travaillé en son absence le nouveau torchis devrait déjà avoir été lissé et être en train de sécher au vent et au soleil de la mi-journée.

Ses hommes seront donc libres pour la corvée suivante qui va les conduire à 2 kilomètres de la tour. L'automne dernier, la sécheresse a eu raison des quelques peupliers qui poussaient près de la rivière – un miracle dans cette région aride. Les arbres morts sont toujours là. Si les autorités sont censées fournir le bois d'œuvre indispensable, la plupart du temps Chen doit s'en procurer tout seul. Ces arbres vont donc servir à consolider des piliers endommagés par un incendie l'hiver dernier. Le capitaine a beau rappeler à ses hommes et à son fils que le feu est aussi dangereux que les barbares, les incendies sont inévitables. Qui qu'en soit le véritable responsable, c'est toujours lui qui trinque et qui doit assurer les réparations. Ainsi le veut le règlement.

L'autre jour, quand les peupliers ont été abattus, il s'est émerveillé de sa bonne fortune en constatant que les troncs étaient en parfait état. On dit que ces arbres vivent trois mille ans, que morts ils tiennent debout encore trois mille ans et qu'une fois au sol le bois met trois mille ans de plus à se décomposer. Chen, lui, ne vivra pas assez longtemps pour le vérifier, mais ce qui est certain c'est que le bois de peuplier est particulièrement solide ; aussi les populations de la frontière l'utilisent-elles pour la construction et non pour le chauffage. (Mais bon, le *gongcheng* envisage tout de même de récupérer les souches pour faire du feu.)

L'un des arbres a déjà été transformé en pilier de soutènement dans l'écurie. Or c'est là une partie de l'avant-poste qu'il faut préserver à tout prix, car les chevaux sont indispensables à plus d'un titre, notamment lors des tempêtes de sable. Leur fréquence constitue un obstacle majeur à l'envoi des signaux de fumée, et lorsqu'elles surviennent seul un cavalier peut transmettre des informations. Évidemment, personne n'a envie de jouer les émissaires, la meilleure chose à faire en pareil cas étant de s'abriter à l'intérieur, mais on n'a pas le choix !

Dans ces conditions, rien d'étonnant à ce que l'inspecteur commence toujours sa visite par l'écurie. Grâce au nouveau pilier en peuplier, elle passera haut la main le prochain contrôle. Chen a parfois l'impression que l'État s'attache plus au bien-être de ses précieux coursiers qu'à celui des hommes. Il est vrai que lui et ses subordonnés sont plus faciles à remplacer.

Tandis qu'il se rapproche de la tour, il se demande s'il ne devrait pas aller chercher dès cet après-midi l'herbe qu'il vient de couper. Demain, il pourra ainsi aider les autres à rapporter un tronc supplémentaire. Mais soudain un cri retentit depuis la tour :

« Alerte ! »

Là-bas dans le désert, de la fumée s'élève déjà d'autres avant-postes. Chen rejoint ses soldats aussi vite que possible et s'empresse d'allumer le feu dans les règles. Ils n'auront pas le temps de ramasser de l'herbe aujourd'hui : il faut prévenir la garnison que cette fois les Xiongnu sont vraiment très nombreux.

未 8e HEURE DU JOUR

(13.00 - 14.00, première partie de *wei*)

LE RESPONSABLE DES GRENIERS SE PRÉPARE À L'INSPECTION

Hong a l'air soucieux aujourd'hui. D'après les rapports qu'il a reçus, l'armée régulière est en route pour Jingshi et il ne veut rien laisser au hasard.

Occupant plusieurs centaines d'hectares, ce site a été surnommé la « ville-grenier ». De fait, il accueille des entrepôts qui peuvent contenir jusqu'à 10 000 mètres cubes de grain chacun et qui sont entourés de magasins plus modestes. À pleine capacité, plus de 30 000 tonnes de céréales (soit 1 million de *dan*) sont stockées dans ces réserves.

Hong est responsable des entrepôts 1 et 2. Le premier, qui s'étend sur quelque 1 600 mètres carrés, est le plus grand de tous.

Autant dire qu'un tel travail est essentiel, car les greniers de Jingshi nourrissent l'armée et beaucoup d'autres gens au service de l'empereur. « Ils sont la clef de voûte de notre pays. Sans eux, c'est tout l'Empire qui s'effondrerait », lui a-t-on déclaré quand il est entré en fonction. Depuis, l'expérience lui a confirmé leur importance. C'est pourquoi, ces jours-ci, il est encore plus attentif aux livraisons qu'à l'ordinaire.

Bai, un camarade de son village qui travaille pour les militaires, n'a rien pu lui dire de leurs projets.

« Nous, on n'est personne. On fait ce qu'on nous demande de faire, c'est tout ! Il faut croire que les soldats vont rester ici un bon bout de temps. On a reçu pour consigne de dresser des tentes, de construire des fourneaux, et d'après le peu que je sais il y aura bientôt une distribution de bottes et de vêtements chauds. »

Hong n'est pas vraiment heureux d'entendre ça. D'abord, parce que l'armée va littéralement engloutir ses réserves. Ensuite, parce qu'il comptait sur son ami pour porter un message à sa femme restée au village et qu'apparemment ça ne sera pas possible de sitôt.

Sa famille ne vit pas très loin de Jingshi. Trop loin cependant pour qu'il leur rende visite aussi souvent qu'il le souhaiterait, surtout maintenant, avec ses nouvelles responsabilités. Il est arrivé ici il y a quelques années en tant que modeste *cangzuo* (adjoint d'un chef d'entrepôt). Cet emploi subalterne lui permettait alors de rentrer chez lui tous les deux mois et d'aider son épouse à la ferme. Mais, coup de théâtre, l'inspecteur des greniers (*cangjian*) a été arrêté pour corruption. Les entrepôts ne pouvant être gérés correctement si ce poste est vacant, le gouvernement l'a pourvu au plus vite en veillant à ce que l'heureux élu soit au-dessus de tout soupçon. Les employés de la ville-grenier ont vite compris que leur nouveau patron était un homme honnête, consciencieux et d'une efficacité redoutable. À son arrivée, il a aussitôt demandé les livres de comptes et passé le plus clair de son temps à vérifier et revérifier les registres.

Ce contrôle minutieux a révélé d'autres escroqueries et davantage de corruption. (Après tout, quoi de plus facile à convertir en argent que des céréales ?) Il en a résulté une purge de grande ampleur dans l'administration, et par voie de conséquence une vague de promotions. Hong s'est vu ainsi attribuer la place de son supérieur et a été élevé au rang de chef d'entrepôt. Il en a été honoré, bien sûr, tout en déplorant que désormais il lui serait difficile de s'absenter pour retrouver les siens.

Récemment l'inspecteur les a prévenus, lui et les autres fonctionnaires de son niveau : si l'entretien des greniers laisse à désirer, les sanctions seront plus lourdes qu'auparavant, surtout dans le cas où des oiseaux et des rongeurs s'attaqueraient au grain. Face à de telles menaces, Hong hésite à confier ses deux entrepôts à des subordonnés, ne serait-ce que pour une visite en coup de vent au village.

En ce début d'après-midi, il termine la paperasserie concernant l'arrivage de la veille. Hier, il est resté jusqu'à la tombée de la nuit à l'entrée de l'entrepôt 1 pour superviser l'opération, et une fois le dernier chariot vidé il a lui-même verrouillé les portes en présence de deux gardes. Juste avant, il avait noté les quantités reçues sur une fiche de bambou. Il veut maintenant vérifier ses chiffres et ajouter les informations nécessaires aux collaborateurs du *dasinong*, le grand ministre de l'Agriculture.

« Quatre-vingt-trois *dan* de millet en provenance de l'est », note-t-il avant d'apposer sa signature et d'ajouter les noms des deux surveillants qui l'ont secondé. Il a calculé que 1 652 *dan* de cette céréale avaient été livrés ce mois-ci, autrement dit 53 tonnes. Il s'apprête à pointer les livraisons des mois précédents lorsqu'un sous-fifre du ministre fait irruption, lui intimant l'ordre de s'interrompre sur-le-champ et de se présenter à la porte sans délai : l'entrepôt 1 est en effet sur le point d'être inspecté.

Hong demeure imperturbable face à cette visite surprise qui n'en est pas vraiment une : il s'y attend depuis un certain temps, les contrôles des greniers par l'adjoint au ministre étant des plus fréquents. Qu'importe ! Ses registres sont tenus scrupuleusement à jour et il a sa conscience pour lui, même si le haut fonctionnaire est de nature intimidante et s'apprête à éplucher ses livres ligne par ligne. Aucun détail n'échappera au représentant de l'État, lequel va s'assurer en outre qu'il n'y a pas d'écarts suspects avec les chiffres de la dernière inspection.

Celui-ci sera également à l'affût du moindre signe de moisissure dans les stocks : malgré son altitude relativement élevée, le site de Jingshi n'est pas très éloigné d'un canal et l'humidité reste un problème. C'est même une idée fixe chez Hong, pour des raisons professionnelles, bien sûr, mais aussi parce qu'ayant vu tant de famines dans son village natal il est intimement convaincu que laisser pourrir du bon grain est criminel. Si l'on devait trouver la moindre trace de moisi dans ses greniers, il serait plus dur envers lui-même que ne le serait le contrôleur.

Son obsession l'a conduit à se familiariser avec les différents moyens de lutte contre ce fléau et il ne cesse de bassiner ses collègues sur l'importance cruciale de la circulation de l'air. « Nos céréales ont besoin de respirer », répète-t-il sans cesse. En général, elles reposent sur un plancher de bois surélevé de 80 centimètres au moins – un espace suffisant pour assurer une bonne ventilation. L'aération est renforcée par de petites fenêtres fermées de croisillons losangés et par des trous d'évent ménagés dans l'épaisseur des murs. Enfin, un double avant-toit empêche le ruissellement des eaux de pluie à l'intérieur.

Se dirigeant vers les portes de l'entrepôt à la rencontre des inspecteurs, Hong songe à une espèce de papillon qui raffole des environnements humides. Si l'on en repère ne serait-ce qu'un seul durant la visite, cela signifiera que les lieux ne sont pas suffisamment au sec. À ce sujet, il se demande si ladite visite ne serait pas le moment propice pour soumettre à ses supérieurs quelques idées auxquelles il a réfléchi. La conception actuelle des entrepôts permet une bonne isolation, un ensoleillement modéré et une ventilation adéquate, mais on peut encore améliorer les choses. Un jour, il a discuté avec un soldat de Shu. Dans cette région située au sud-ouest de l'Empire, on utilise du bambou pour bâtir les greniers. La plante est si prolifique qu'elle réduit considérablement les coûts. De plus, elle assure une excellente aération. Hong ne croit pas qu'il soit possible de passer entièrement au bambou pour la ville-grenier de Jingshi, mais on pourrait au moins employer des matériaux de ce type pour certaines parties des constructions.

Il ouvre les portes de l'entrepôt 1 et invite l'adjoint au *dasinong* et d'autres fonctionnaires à entrer. Au préalable, il a récupéré les registres des trois mois écoulés depuis la dernière inspection et les tend maintenant à l'un des hommes qui entourent le dignitaire. Puis il invite ce dernier à pénétrer dans le bâtiment, qui n'est actuellement qu'à un tiers de sa capacité mais semble déjà presque plein.

Hong indique un tas un peu moins haut à l'extrême gauche.

« Celui-ci date du début du printemps. Nous n'avons pas eu un gros excédent à cette période. Il n'a pas fait beau et le canal est resté impraticable pendant près d'une semaine. Par ailleurs, la demande a été relativement forte. Les jours où le fourrage manquait, il a fallu sortir plusieurs chariots de céréales pour nourrir les chevaux. Aussi l'excédent ne représente-t-il que 899 *dan.* »

Le bras droit du grand ministre de l'Agriculture se tourne en silence vers son comptable et l'interroge du regard. L'autre tire un rouleau de bambou de sa poche. De toute évidence, l'inspecteur veut comparer les chiffres de Hong avec ceux d'autres registres. Les gardes de Jingshi tiennent leurs propres comptes et il est probable que le contrôleur se réfère à leurs rapports.

Il se tait pendant que l'on déroule les rouleaux sur le sol.

« L'entrepôt a été réapprovisionné après le retour à la normale de la circulation sur le canal et certaines de ces livraisons étaient de très grande qualité », poursuit Hong, tout en se dirigeant vers le tas de blé du milieu.

« D'où proviennent ces céréales ? » lui est-il demandé alors.

Il consulte ses propres registres :

« Des environs. Plus précisément, des districts des mausolées impériaux. »

Il se penche, saisit un peu de blé dans ses paumes jointes et le verse dans les mains du dignitaire. Celui-ci sélectionne quelques grains, les écrase entre ses gros doigts et les renifle. Il esquisse alors un sourire et déclare :

« Ces districts bénéficient de terres fertiles qui donnent toujours un blé de qualité supérieure quand le temps est clément. »

Quel soulagement de voir le visage grave de l'inspecteur s'éclairer, ne serait-ce qu'un bref instant !

Ce haut personnage s'attache au moindre détail, mais Hong ne lui en veut pas. À dire vrai, il l'approuve totalement. Lui-même prend son travail très au sérieux et apprécie que les autres en fassent autant. L'administration et la défense du complexe de Jingshi doivent être particulièrement rigoureuses, d'autant qu'il est situé aux portes de Chang'an. Il est de la plus haute importance stratégique, et pas seulement pour la capitale. Les rebelles convoitent les montagnes de céréales stockées ici, et à chaque guerre elles sont un enjeu majeur. Celui qui a la main sur de telles réserves possède en effet un avantage considérable : en plus de nourrir soldats et chevaux, elles servent à acheter la loyauté de villes qui connaissent la faim ou d'alliés qui ont besoin de ravitailler leurs troupes autant que leur population civile.

Ainsi que l'a observé le grand Li Yiji (268 – 203 av. J.-C.), « la vie d'un roi dépend de son peuple et la vie du peuple dépend de sa nourriture ». À l'époque, le célèbre conseiller tentait de persuader Liu Bang, fondateur de la dynastie Han, de reprendre le contrôle des greniers d'Aocang. Les empereurs suivants déployèrent d'énormes efforts dans l'édification de greniers publics et veillèrent à ce qu'ils soient assortis de structures défensives soigneusement étudiées.

Le complexe de Jingshi se situe à la confluence du fleuve Jaune et de la rivière Wei, au pied du mont Huashan, dont les versants abrupts constituent une barrière naturelle. Le grain arrive dans les entrepôts grâce à un réseau de transport qui ne cesse de s'améliorer. Le seul canal de Guangzhong a permis d'augmenter les quantités de denrées alimentaires en circulation dans des proportions extraordinaires, puisqu'on est passé de quelques centaines de milliers de *dan* à près de 6 millions.

La ville-grenier est administrée par le *chuansikong*, un service spécial qui dépend du pouvoir central. Bien qu'il s'agisse d'un bureau de province, il n'en gère pas moins, en plus de Jingshi, tout ce qui concerne la construction navale et les transports par canaux dans la région.

Comme on peut s'y attendre, le site est bien gardé. Hong souhaite aborder la question avec l'adjoint au *dasinong* si l'occasion se présente. Il est convaincu que les entrepôts devraient être mieux séparés du cantonnement militaire et de l'inévitable colonie de civils qui s'est développée à côté. Les individus résidant trop près du précieux grain polluent l'eau et accumulent des déchets alimentaires qui attirent les charognards. Combien de fois Hong a-t-il alerté ses supérieurs ! En proie à un profond pessimisme, il se dit que les autorités ignoreront le problème jusqu'à ce qu'une catastrophe se produise, mais alors il sera trop tard.

Ces derniers temps, il craint tout particulièrement les incendies. Le vent a tendance à ramener vers les bâtiments les fumées produites par la cuisine à ciel ouvert des soldats. Une simple braise dans un tas de blé ou de millet, et les flammes pourraient se propager telle une traînée de poudre. Hong cherche comment suggérer diplomatiquement au contrôleur de se rendre aux bassins artificiels où l'on stocke de l'eau pour les urgences ; le haut fonctionnaire pourrait ainsi constater par lui-même à quel point ces réserves seraient insuffisantes si un incendie de grande ampleur se déclarait.

Le préposé qui vérifiait les comptes en a terminé et enroule les fiches de bambou qui étaient étalées au sol. Hong a pu le constater lors des visites précédentes : cet homme est un comptable chevronné qui était probablement en train de refaire des calculs dans sa tête pendant que lui-même faisait son rapport. D'autres vérifications sur le terrain confirment que les quantités de céréales conservées actuellement correspondent à celles consignées par Hong, et la consultation des registres des gardes ne révèle pas non plus d'anomalie. Avec un peu de chance, il ne reste plus qu'à signer et sceller le compte rendu.

Toutefois, le plus proche collaborateur du grand ministre de l'Agriculture a encore une surprise en réserve. L'un de ses subordonnés apparaît avec un boisseau de bronze presque identique à celui utilisé dans les entrepôts 1 et 2. Mais bien sûr ! Il faut s'assurer que ce dernier n'a pas été trafiqué. Certains chefs de greniers ne s'en privent pas et empochent la différence quand ils distribuent les rations aux officiers de rang inférieur et aux simples soldats – bref, à des hommes qui n'ont pas le pouvoir de se plaindre. Hong, lui, n'a jamais rien fait de la sorte.

L'étalon officiel a été lustré avec soin. Le comptable le remplit et transvase son contenu dans celui en usage ici. Chacun observe la scène avec intérêt, curieux de voir s'il reste du blé au fond du boisseau de référence. Si tel était le cas, cela voudrait dire que celui de Hong est plus petit. Il n'en est rien, bien sûr, et Hong peut enfin se détendre un peu.

Boisseau en bronze doté d'une anse ouvragée en forme de tête de dragon.

Il est temps pour lui de sceller les portes. Il prend une tablette d'argile humide et enfonce la partie centrale dans l'interstice laissé entre les deux vantaux, puis il appose son sceau et le comptable celui du contrôleur. Cette mesure de sécurité de la plus haute importance est employée dans tout l'Empire. Une fois la tablette sèche, personne ne peut ouvrir les portes sans la briser, et si quelqu'un la remplaçait cela se verrait aussitôt.

À côté du grand portail scellé se trouve un petit passage à simple battant. C'est par ici que le responsable du grenier y accède pour vérifier que tout va bien à l'intérieur. Autant dire que Hong l'emprunte plusieurs fois par jour. Il est si méticuleux ! Par exemple, il nettoie lui-même les beaux dallages circulaires qui servent à s'essuyer les pieds avant d'entrer dans les entrepôts dont il a la charge. Ce matin, il était trop occupé par la livraison de la veille et n'a pas remarqué les traces de boue séchée. Par chance, l'adjoint au grand ministre de l'Agriculture n'a rien remarqué non plus, et l'homme est déjà loin maintenant.

Nul ne reprochera donc à Hong sa petite négligence, mais il ne peut s'empêcher d'attraper un balai pour réparer son oubli. Et pourtant, il a encore tellement à faire jusqu'au soir !

未 9e HEURE DU JOUR

(14.00 - 15.00, seconde partie de *wei*)

LE COURRIER APPROCHE DE LA CAPITALE

Pour une reprise, la première journée de Zheng n'est pas de tout repos. Après qu'il a chevauché durant des heures, une douleur à la cuisse lui rappelle que sa jambe n'est pas encore totalement remise de sa fracture et il s'inquiète d'être revenu trop tôt. Pendant sa convalescence, il a essayé d'aider comme il pouvait à la ferme : il a broyé le grain puis effectué quelques petites réparations dans la maison. Le fait qu'il soit courrier dispense sa famille d'impôt sur l'hectare de terre qu'elle cultive ; ainsi peut-elle mettre un peu d'argent de côté tout en couvrant les dépenses du quotidien. Mais Zheng n'étant pas payé en cas d'absence, il était d'autant plus impatient de reprendre son activité pour toucher un salaire – impatient aussi, même s'il n'est pas près de se l'avouer, de ne plus avoir à vivre en permanence dans l'univers étouffant de la ferme avec tous les siens.

Il a passé une bonne partie de la matinée et de l'après-midi à cheval : la distance à parcourir était trop importante et sa jambe trop faible pour qu'il envisage de délivrer ses missives à pied. Quand il est au mieux de sa forme, il mérite bien d'être qualifié de *kuai ma* (« cheval rapide »), encore que ce surnom soit à côté de la vérité puisque sur de moyennes ou longues distances un courrier à pied peut aller plus vite qu'un équidé, surtout quand le terrain est vallonné ou accidenté.

C'est d'ailleurs à un cheval qu'il doit la blessure survenue au cours de sa dernière mission. Le message était important : une levée s'était affaissée à cause des pluies diluviennes et il fallait informer les autorités locales au plus vite si l'on voulait éviter une terrible inondation. Mais après avoir parcouru péniblement une vingtaine de kilomètres dans la boue, la monture de Zheng s'est immobilisée tant elle était fourbue, et il a décidé de finir à pied, conscient de l'urgence.

Les trombes d'eau et le manque de visibilité n'étaient pas un problème. Courrier depuis trois ans au service de l'administration locale, il a la carte de la région imprimée dans son cerveau. Il connaît chaque défilé, chaque gué, chaque raccourci à travers les forêts épaisses, chaque recoin du district de Baling, dont il dépend. C'est donc d'autant plus humiliant pour lui de s'être cassé la jambe en glissant bêtement sur une pierre mouillée.

Ce matin, Zheng a arrêté son cheval à l'endroit où il est tombé cette nuit-là. Il se dit qu'en un sens il a eu de la chance, car au moment où il essayait de s'extirper de la boue, les bras levés, un soldat l'a repéré depuis la route. L'homme l'a installé sur un chariot du relais de poste voisin et le message a ainsi pu être délivré dans les temps. (Il est heureux que les relais abondent autour de la capitale !)

Chang'an est encore à plusieurs heures de route. C'est justement la destination de Zheng aujourd'hui. Il a de nouveau une lettre pour le département des Affaires d'État. La lecture et l'écriture ne sont pas son fort, mais il a reconnu les caractères sur la fiche de bambou : *bao zai* (« prévention des catastrophes naturelles »). Le sceau apposé sur le document l'a averti de l'importance du message, ce que lui a confirmé le directeur du relais de poste en le lui remettant :

« Une averse de grêle s'est abattue à l'est. Il faut prévenir les cultivateurs que ces précipitations inhabituelles vont sans doute se reproduire, afin qu'ils puissent prendre leurs précautions. »

Bien que son cheval descende tranquillement la colline et que le soleil promette un après-midi agréable, Zheng reste prudent.

Sceau en argent surmonté d'une tortue. L'inscription indique qu'il appartenait à un général sous la dynastie Han.

La seule punition qu'il ait reçue est liée à une autre mission pour la capitale. On l'a chargé de remettre les résultats d'un recensement au même département des Affaires d'État et le pauvre canasson fourni par le gouvernement a refusé de franchir les eaux d'un ruisseau, peu profondes mais rapides. Zheng a dû poursuivre à pied et sa vitesse légendaire n'a pas suffi à lui faire délivrer le précieux rapport en temps et en heure. En conséquence, il a reçu cinquante coups de bambou donnés par le directeur de son relais de poste. La sanction n'était pas très sévère en soi, d'autant qu'elle a été administrée par un homme compatissant, mais le courrier ne s'en est pas moins senti humilié. Toutefois, à quelque chose malheur est bon, car cette mésaventure lui a valu sa monture actuelle.

Le magistrat à la tête du district est obsédé par la vitesse et l'efficacité. Le problème, c'est que les chevaux fournis par les autorités ne sont guère compatibles avec l'un ou l'autre de ces objectifs. Naturellement, l'armée se sert en premier et le service postal doit souvent se contenter de vieux animaux de trait achetés ou réquisitionnés dans les fermes de la région. Non que ceux-ci soient mauvais en eux-mêmes, et bien souvent les hauts fonctionnaires ou leurs amis aristocrates en utilisent pour leurs attelages parce qu'ils apprécient de récupérer des bêtes bien dressées ; mais ces équidés-là compromettent la distribution rapide des missives.

Sur le conseil du supérieur de Zheng, le magistrat de Baling a donc entrepris de louer des chevaux privés pour ses courriers. Ce choix lui permet aussi d'éviter la lourde procédure imposée par l'administration centrale quand on a recours aux montures d'État. Toute personne qui la déclenche doit présenter une lettre de recommandation ; le statut de l'intéressé, le motif de l'emprunt, l'organisme qui a émis ladite lettre et divers éléments annexes doivent être soigneusement consignés dans un registre. De plus, nombre de ces usagers sont des particuliers de haut rang qui considèrent pour la plupart que leurs besoins passent avant ceux d'un simple courrier, de sorte que les messages à transmettre doivent souvent attendre le retour de chevaux occupés à d'autres tâches.

Grâce à la nouvelle politique du district, les meilleurs courriers peuvent désormais disposer de chevaux de louage. Zheng en est l'un des premiers bénéficiaires, et jusqu'à présent le sien s'est révélé impressionnant. Ce matin, il a attendu sans rechigner devant le relais de poste, dans la pâture pourtant détrempée par les pluies. La route qui relie le Nord au Sud et coupe à travers champs a été récemment élargie et revêtue d'un amalgame de tessons de tuile, de cailloux et de terre jaune afin de drainer les eaux pluviales dans les fossés, de part et d'autre de la chaussée.

Grâce à son fringant coursier, Zheng va beaucoup plus vite qu'avant sur cette partie de son trajet. Aujourd'hui, seul un encombrement inhabituel aux abords d'une petite localité l'a un peu ralenti, le temps de se frayer un chemin au milieu de travailleurs poussant de lourdes charrettes chargées de marchandises jusqu'au marché du village.

D'ordinaire, il y a aussi la foule des migrants. Dans les provinces du Nord, l'échec de la réforme agraire ou bien des calamités telles que les inondations dues à la rupture de digues sur le fleuve Jaune ont entraîné un mouvement de population sans précédent. Les réfugiés affluent vers les villes dans l'espoir de profiter de la prospérité urbaine. Confronté aux pillages et au brigandage, l'État a fini par mettre en place un système d'aide sociale rudimentaire et distribue de la nourriture aux malheureux dépossédés de leurs terres et de leurs autres biens. Ce n'est pas tant par altruisme que pour éviter de voir l'augmentation du nombre de vagabonds menacer la stabilité du pays.

Il en a résulté un alourdissement de la machine bureaucratique et davantage de paperasserie encore, d'où l'importance des courriers à pied ou a cheval pour faire circuler tous ces documents. Au cours du siècle précédent, l'État a appris à ses dépens que le gouvernement central devait être informé au plus vite des catastrophes naturelles ou des troubles aux confins de l'Empire, et aussi qu'il devait trouver le moyen de faire parvenir ses ordres très rapidement. Le service postal s'est développé pour répondre à ces besoins. Les différents services devaient pouvoir communiquer de plus en plus étroitement et faire connaître les derniers décrets et autres directives jusque dans les régions les plus éloignées. En retour, ils en recevaient des rapports sur les conditions climatiques, l'agitation sociale ou encore les récoltes.

Les relais postaux ont proliféré comme les champignons après la pluie. D'abord concentrés aux abords des grandes villes, ils se sont vite multipliés partout dans le pays de sorte qu'il n'y ait plus un endroit, si reculé soit-il, qui n'en dispose pas. Il arrive même, surtout aux frontières, que plusieurs familles se regroupent pour ouvrir à leurs frais un bureau en charge de la distribution des documents administratifs et des lettres urgentes ; ou bien chaque ferme affecte à tour de rôle un de ses hommes au transport du courrier. Au fil du temps, les plus compétents d'entre eux sont devenus courriers à temps plein, comme Zheng, ou à temps partiel. Dans le premier cas, on ne peut exercer la moindre activité complémentaire, mais il est vrai que ces derniers mois notre homme était en convalescence pendant qu'il participait aux travaux agricoles en famille.

La poste d'État à relais

Sous la dynastie Han, il existait différentes catégories de relais de poste disséminés sur l'ensemble des territoires de l'Empire.

Situés tous les 10 à 30 *li* (soit environ tous les 4 à 12 kilomètres), les *you* étaient principalement chargés de la distribution du courrier, des comptes rendus sur les affaires locales aux bureaux de l'administration centrale ainsi que des avis à la population. Certains servaient en outre d'auberge aux fonctionnaires de passage.

Les *zhi*, plus modestes, étaient établis tous les 10 *li* environ.

Enfin, selon certains historiens, les *yi* fonctionnaient de manière similaire aux relais *you* et *zhi*. D'autres pensent que le caractère *yi* ne fait pas référence au bâtiment mais au mode d'acheminement de l'information, à savoir des courriers montés.

Le réseau des relais *ting* était beaucoup plus dense, en particulier dans les zones rurales. D'après les données dont on dispose, la Chine comptait près de 30 000 *ting* sous le règne éphémère du très jeune empereur Ping (1 av. J.-C. – 6 ap. J.-C.). Ces relais remplissaient de nombreuses fonctions. Outre le transport des documents, officiels ou non, certains proposaient un hébergement sommaire et des repas aux voyageurs ordinaires, et pas seulement aux fonctionnaires comme les *you*.

Venu à bout de la foule des jours de marché, Zheng réalise que l'heure tourne et qu'il est encore loin du but. Il est temps de voir de quoi est réellement capable sa nouvelle monture. Il l'encourage doucement à prendre de la vitesse sur le plateau vallonné avant d'emprunter la route qui zigzague jusqu'au col.

Ce passage entre les montagnes est l'un des seuls qui relient le district de Baling au reste du pays, c'est pourquoi le gouvernement consacre autant d'argent et d'efforts à sa viabilité. En tant que courrier, Zheng est bien placé pour évaluer l'état du réseau routier de la région. Alors autant dire que les décisions des responsables en charge de son extension et de son entretien le laissent parfois perplexe.

Par exemple, il vient de constater que sur un tronçon de la chaussée les pluies récentes ont creusé d'innombrables rigoles et que les fossés censés drainer l'eau sont pleins de boue et de gravillons. Ailleurs, ce sont des glissements de terrain qui les ont pratiquement comblés. Plus loin, non seulement une coulée de boue a emporté la moitié de la chaussée, mais des traces de piétinement et quelques pointes de flèche en bronze dans la gadoue semblent indiquer une récente échauffourée. Un combat entre soldats ou une attaque de bandits de grand chemin ? Il y a des moments où Zheng est content de ne pas savoir bien lire, sinon il serait tenté de jeter un œil aux dépêches qu'il transporte pour découvrir ce qui se passe autour de lui. En tout cas, une chose est sûre : il doit se sortir de là au plus vite, et pour la première fois de la journée il lance son cheval au triple galop.

Une fois passé le col, il ne tarde pas à rejoindre la vallée. Là c'est le grand calme, même si le cavalier n'arrive pas à s'ôter de la tête l'image des pointes de flèche. Seul le battement des ailes d'un faisan dans les buissons vient troubler le silence de cette équipée solitaire. Un petit prunier se dresse sur le bas-côté, arrosé par l'averse de midi. Des gouttes de pluie s'écoulent lentement de ses fruits charnus. Zheng profite de la hauteur de sa monture pour en cueillir un et mordre dans sa chaire douce et juteuse. L'angoisse qui l'a saisi au passage du col commence à s'estomper, mais il est bien déterminé à rapporter ce qu'il a vu lorsqu'il sera dans la capitale.

« Quand tout se passe bien, c'est que quelque chose va mal tourner », disait son oncle. Ce dicton lui revient tandis qu'il poursuit son chemin. Le pessimisme de son vieux parent est l'une des raisons pour lesquelles il était impatient de quitter la ferme familiale et de reprendre du service. Après son accident, son directeur lui a assuré que les autres bureaux se chargeraient de ses courses ou les confieraient à des soldats de passage. N'empêche ! Très vite, il n'a plus supporté de s'entendre répéter à longueur de temps au village qu'il aurait pu éviter de se blesser s'il s'était abstenu de voyager un jour à la fois *xin* et *ren* – une combinaison néfaste. Quand il répondait d'un ton grognon qu'il ne pouvait choisir ni la date ni la destination de ses missions, son oncle lui rétorquait que la nuit précédente il aurait dû au moins consulter la carte du ciel pour connaître la position de l'étoile protectrice Tai Sui ; ainsi aurait-il su quels itinéraires éviter.

Zheng réalise que ce matin, en enfourchant son cheval, il a marmonné une formule censée lui porter bonheur. La nature superstitieuse du vieillard serait-elle en train de déteindre sur lui ? Comme pour s'en défendre, il talonne son cheval. Là-bas, à l'est, la silhouette de la porte de Zhangcheng se rapproche. On ne peut pas la confondre, avec sa tour imposante. Pour un peu on distinguerait même les tuiles sur le toit.

Aujourd'hui, c'est certain, Zheng sera en mesure de délivrer son message au département des Affaires d'État longtemps avant le coucher du soleil. Et bien sûr, veut-il se persuader, les paroles soi-disant protectrices qu'il a récitées avant de partir n'y sont pour rien.

酉 10e HEURE DU JOUR

(15.00 - 16.00, première partie de *shen*)

L'AGRICULTEUR FAIT UNE PAUSE

Les temps changent, et Xu avec eux, ce qui ne cesse de surprendre ses amis et voisins particulièrement admiratifs devant la remarquable capacité d'adaptation du bonhomme. La terre même qu'il laboure en ce moment le prouve une fois de plus.

Son ancienne ferme à Anyang, dans la commanderie du Henan, donnait pourtant de bons résultats. Il n'en a pas moins déraciné sa famille pour s'établir dans le district de Neihuang, sur un site proche du fleuve Jaune. Le sol y est plus riche parce qu'il est resté longtemps en jachère et qu'il a servi de zone inondable durant les crues du capricieux cours d'eau, protégeant par là même les populations en aval.

Xu avait remarqué un certain relâchement de l'administration centrale à l'égard des paysans qui s'installaient sur ce territoire jadis interdit. « L'État a besoin de nous, avait-il expliqué à son père. Comparez notre village aujourd'hui avec ce qu'il était dans mon enfance : il y a plus de maisons, plus d'habitants, et c'est partout pareil. Il faut bien nourrir toutes ces bouches supplémentaires ! La terre est notre gagne-pain et des champs fertiles nous attendent près du fleuve. Alors profitons de l'occasion ! »

Si certains le considèrent comme un individu téméraire et opportuniste, Xu se voit plutôt comme un visionnaire. Pourtant, il est presque arrivé trop tard dans cette région si prometteuse. Des gens encore plus audacieux que lui avaient déjà sauté le pas, et la seule parcelle disponible dans la plaine alluviale ne pouvait être plus éloignée du nouveau village.

Tous les jours, il se plaint à qui veut l'entendre de la distance qu'il doit parcourir pour rejoindre ses champs, mais au fond de lui il est heureux et fier de constater que son pari a payé. Le sol est particulièrement fécond et les récoltes ont presque doublé par rapport à celles d'Anyang. Xu cultive d'abord du blé d'hiver. La moisson terminée, il ensemence de nouveau sa terre pour assurer une récolte estivale. L'an dernier, il a opté pour du soja et les rendements ont été tels qu'il a décidé de recommencer cette saison.

S'il fait encore une bonne année, il achètera une paire de bovins. Les deux bêtes de labour qu'il a dû louer pour la journée sont loin de lui donner satisfaction. Xu regarde en ronchonnant le sillon qui se creuse sous le soc de l'araire. Il n'est pas assez profond ! Pas étonnant, vu qu'il n'a rien trouvé d'autre chez ses voisins qu'une vache et un cheval de trait. Les animaux se font rares en période de labour, et pour aggraver un peu plus la situation ses proches ont insisté pour qu'il respecte la tradition.

EMPREINTE D'UN RELIEF EN PIERRE DE LA PÉRIODE DES HAN ORIENTAUX REPRÉSENTANT UNE SCÈNE DE LABOUR. LE SOC D'ARAIRE EN FER FUT UNE AVANCÉE CAPITALE SOUS CETTE DYNASTIE.

Comme le dit toujours sa mère, on ne plante pas de blé le jour de *xu* ni de soja le jour de *shenmao*.

« Et voilà, à cause de stupides superstitions, impossible de trouver des bêtes convenables ! enrage Xu. J'aurais eu une paire de bœufs si j'avais pu m'y mettre hier. Mais non, hier c'était *shenmao* ! Résultat, je vais devoir travailler avec deux bêtes déjà fourbues avant même de commencer ! »

Il se retient de les fouetter pour qu'elles avancent plus vite. Ce n'est pas un méchant homme, dans le fond, mais c'est vrai qu'il n'a pas beaucoup de temps devant lui. Et puis il culpabilise à l'idée de mettre sa femme à contribution dans les champs cet après-midi. Comme si elle n'avait pas assez à faire à la maison ! Elle doit prendre soin de leur fille et de leur petit garçon, aller au marché et s'occuper des porcs qu'ils viennent d'acheter – des porcs qui, pour tout compliquer, refusent de se nourrir.

Il songe avec envie au lourd soc d'araire en fer en vente au village. De telles merveilles sont de plus en plus courantes et les bavardages vont bon train sur l'efficacité de ces nouveaux outils en train de transformer l'agriculture. Non seulement ils cassent les gros blocs argileux, mais ils le font rapidement et tracent un sillon bien profond. Avec un tel soc, Xu pourrait faire pousser du blé d'été non seulement sur ses terres actuelles mais aussi sur une partie de celles qui sont inutilisées en bordure de fleuve !

En fait, il aurait pu l'acheter il y a longtemps ; le problème, c'est que pour bien l'utiliser il faut la paire de bœufs équilibrée qu'il ne peut s'offrir pour le moment. Il se retrouve donc à peiner derrière deux animaux à bout de souffle, comme les paysans qui criaient famine à l'époque de son grand-père, quand les chevaux étaient rares, les bœufs encore plus, et qu'il fallait labourer avec les moyens du bord.

Arrivé au bout d'un long sillon, Xu essuie la sueur sur son visage. Il doit reconnaître que les bêtes font de leur mieux, alors le temps est venu de leur accorder un repos bien mérité. Adossé contre un talus, il fixe d'un air pensif les terres non cultivées sur la rive. Les inondations pourraient poser un problème, c'est sûr. De toute façon, ses champs, comme ceux de ses voisins, seront toujours sous la menace d'une crue du fleuve Jaune.

On parle sans cesse de construire de nouvelles digues et de nouveaux barrages pour contenir ses emportements. C'est une excellente idée, mais cela n'arrivera pas de sitôt, se dit Xu, sarcastique. Un projet d'une telle importance nécessite un énorme investissement de la part de la communauté, car personne n'est assez naïf pour s'attendre à une aide quelconque des autorités locales. En outre, bon nombre de villageois veulent croire que si les levées érigées à la hâte ont tenu jusqu'à ce jour on peut s'attendre à ce qu'elles tiennent encore longtemps.

Xu contemple le fleuve. Dès qu'il a un moment de libre, il retrouve de bons camarades pour aller pêcher, chasser ou ramasser les baies sauvages et les plantes comestibles offertes par cet environnement fluvial. Les trésors rapportés de leurs petites virées sont un plus pour le village. Une fois séchés et salés, ils constituent des réserves capitales pour les inévitables périodes de vaches maigres. Xu a cependant d'autres raisons de participer à ces escapades : elles sont l'occasion de renforcer et d'étendre son réseau de connaissances, mais aussi d'en savoir plus sur les conditions de vie d'autres riverains.

Pour l'heure, il attache vache et cheval à un arbre en s'assurant qu'il y a assez d'herbe fraîche autour. Si l'un des deux défèque pendant la pause, il amendera ses champs avec ce fumier ; il le fait déjà avec les excréments de ses porcs. Puisse sa femme leur avoir redonné goût à la nourriture ! Les cochons doivent devenir bien gras pour le jour où le couple de paysans fêtera le premier anniversaire de leur fils ; mais comme bien d'autres choses ces derniers temps, l'élevage porcin est une première dans la famille et on apprend à le pratiquer au jour le jour.

L'idée d'exploiter la terre tout au long de l'année est récente elle aussi. Le principe de la *daitianfa* consiste à diviser le champ en sillons et en billons (c'est-à-dire en crêtes), de sorte que les semis cultivés dans les creux soient protégés l'hiver et reçoivent beaucoup d'eau. En intervertissant régulièrement billons et sillons, on obtient de meilleurs rendements et deux récoltes annuelles.

Naturellement, l'État incite les agriculteurs à adopter cette nouvelle pratique et va jusqu'à leur envoyer des agronomes pour les former. Mais Xu est amer. Si seulement les autorités pouvaient songer aux intérêts des fermiers lorsqu'elles encouragent l'innovation ! ne cesse-t-il de répéter à ses amis. En réalité, elles ne font que les aspirer un peu plus dans la spirale sans fond de l'exploitation. Plus ils produisent, plus le gouvernement perçoit d'impôts, et au bout du compte, après une année de labours éreintants, ils ne sont pas mieux lotis qu'autrefois, quand ils n'assuraient qu'une seule récolte. D'un geste rageur, Xu empoigne une herse et commence à casser les mottes argileuses sur les crêtes. Il y met plus d'ardeur que nécessaire et se sent vite fatigué…

C'est bon ! Il a assez travaillé et transpiré pour aujourd'hui, aussi est-il heureux de voir sa petite famille approcher et se frayer prudemment un chemin à travers les nouveaux sillons. Sa femme tient leur enfant sur sa hanche. Elle a une houe sur l'épaule, avec un panier suspendu au bout du manche et un bocal fixé au soc par une corde. Sa fille, elle, porte un gros récipient.

Tout le monde s'installe pour un pique-nique à l'ombre des arbres qui marquent la limite de leurs champs. La gamine tend à son père une bonne ration de gruau et de légumes. La mère sort de son panier du poisson salé et du pain puis raconte une scène étrange qui l'a frappée ce matin. Un fonctionnaire était assis sur une couverture au milieu de la grande place où certains villageois font sécher leurs récoltes. Il avait l'air plutôt ridicule en buvant son thé pendant que ses beaux vêtements se couvraient de brins de paille.

Cette histoire ne fait pas rire Xu. En principe, les seuls fonctionnaires qui viennent jusqu'ici sont les percepteurs, or il se souvient qu'ils sont passés récemment. Sa nature méfiante lui suggère aussitôt une autre explication : l'homme qu'a vu son épouse est un contrôleur foncier. La prospérité des exploitants dans la plaine alluviale du fleuve Jaune a fini par attirer l'attention du pouvoir. Il y a fort à parier qu'on a envoyé quelqu'un pour déterminer qui cultive quelles parcelles et combien d'arpents revendique chaque agriculteur.

Dire que de tels inspecteurs sont impopulaires est bien en dessous de la vérité. En témoigne le fait que des paysans se sont déjà révoltés après avoir reçu le relevé « officiel » de leurs champs. Un fonctionnaire corrompu n'hésitera pas à surévaluer la superficie d'une terre pour soutirer plus d'impôts au cultivateur et, même s'il est honnête, il veillera scrupuleusement à ne pas négliger le moindre pouce de terrain. Pour calmer les mécontents, les autorités locales ont condamné à mort il y a peu un contrôleur dont les mesures n'avaient plus rien à voir avec la réalité.

Xu regarde sa fille en train de jouer, là-bas, sur un sol qu'il n'a pas encore labouré. Mais ce qu'il voit en vérité, c'est un autre trentième de sa récolte qui va bientôt disparaître dans la gueule insatiable de l'État. Encore un nouvel impôt ! Nous prenons tous les risques, enrage-t-il intérieurement. Nous travaillons dur pour construire des digues, nous risquons la famine en cas de crue ou de mauvaises récoltes ; mais lorsque la prospérité est enfin à notre portée, elle nous passe sous le nez ! Quel avenir pour nos enfants ?

Un cri de sa femme le tire de ses réflexions : leur fille est en train de jouer avec la queue de la vache et l'animal commence à s'énerver. C'est le signe qu'il est temps de rentrer à la ferme. La fin des labours attendra demain, se dit-il, tandis que la mère court après la fillette qui se sauve en riant.

Un village enfoui sous le fleuve Jaune

Sanyangzhuang se situe sur une plaine inondable du fleuve Jaune, dans le district de Neihuang (province du Henan). Plusieurs exploitations agricoles occupaient le site avant l'an 14 de notre ère, puis les digues ont cédé et une vaste zone est restée immergée durant plusieurs années.

De récentes fouilles ont montré à quoi ressemblait l'habitat rural à la fin de la période des Han occidentaux. En partie préservées par le lœss, les maisons exhumées ont révélé des toits de tuile, des installations de transformation des aliments et ce que l'on pense être un métier à tisser. De fait, la présence de feuilles de mûrier fossilisées laisse supposer que les villageois pratiquaient la sériculture.

申 11e HEURE DU JOUR

(16.00 - 17.00, seconde partie de *shen*)

LE FORÇAT ARRIVE AU CAMP

Leur longue marche est terminée pour aujourd'hui, et pourtant les fers qui lui broient les pieds semblent peser encore plus lourd. Cloques et plaies lui arrachent une grimace de douleur à chaque pas supplémentaire dans la file des captifs.

Tao se retrouve bientôt devant un fonctionnaire tiré à quatre épingles.

« Déclinez votre identité : nom, âge, chef d'accusation, sentence, district d'origine, lieu de détention, psalmodie l'homme sans même lever les yeux sur celui qui se tient debout face à lui.

– Tao Sheng, vingt-quatre ans, arrêté pour coups et blessures, condamné à cinq ans de travaux forcés, district de Pingyu, maison d'arrêt du district », répond le forçat d'une voix neutre.

L'autre note aussitôt ces informations puis lève enfin le nez de son registre. Sans prononcer une parole de plus, il s'attarde un instant sur les chaînes et les vêtements de Tao, qui doit s'écarter pour laisser la place au prisonnier suivant.

Comme lui, ils sont des milliers à partir en déportation pour aller travailler sur des chantiers lointains, car les volontaires à l'exil sont rares. Ces marches forcées se déroulent dans des conditions effroyables. Chaque journée est marquée par d'innombrables tragédies. Les hommes et leurs souvenirs s'effacent sans bruit, disparaissant aussi vite que les empreintes de pas dans la poussière des routes parcourues.

Depuis une semaine, Tao fait partie de l'une de ces interminables colonnes de proscrits reliés entre eux par des chaînes mais aussi par un sentiment d'injustice. Il n'est pas le seul à penser que les peines prononcées relèvent moins de délits que des calculs de l'Empire. En effet, l'État a besoin de l'abondante main-d'œuvre mobile constituée par cette armée d'esclaves – conscrits, condamnés ou travailleurs réquisitionnés de force et arrachés à leur foyer.

Comme nombre de ses semblables au bas de l'échelle sociale, Tao n'a jamais espéré être traité équitablement par le système. Ses parents sont restés de pauvres métayers toute leur vie. Pareils à tant de paysans, ils n'ont rien connu d'autre qu'un dénuement extrême, et le peu qu'ils gagnaient servait à nourrir leur progéniture. Étant le cadet, Tao a vécu sous leur toit jusqu'au décès de sa mère, qui a suivi de peu celui de son père.

Il savait bien que sa vie allait changer après leur disparition, mais jamais il n'aurait imaginé pire scénario. Les enfants Sheng continuant de s'enfoncer dans la misère en l'absence du chef de famille, l'enterrement de sa veuve a été bâclé, et pourtant ils s'étaient saignés aux quatre veines pour lui assurer des obsèques décentes. À la faveur de ce triste événement, des gars du coin ont commencé à se moquer de leur indigence. Un jour, Tao a perdu son calme et leur est tombé dessus. Habitué à travailler dur depuis son plus jeune âge, c'était déjà un garçon particulièrement robuste. La colère aidant, il a frappé l'un des lascars si fort qu'il lui a fracturé le crâne.

Si les autorités ont coutume de rester indifférentes à la pauvreté qui règne dans les villages, elles font du zèle lorsqu'il s'agit de réprimer sévèrement toute violation de la loi et de l'ordre public. En conséquence, Tao a été conduit à la prison du district et y a attendu son procès pendant un mois. Il avait l'habitude de vivre dans des conditions déplorables et la masure familiale avait souvent été l'objet de railleries, mais c'était un paradis en comparaison du réduit où il était désormais enfermé. Dix personnes s'entassaient avec lui, ce qui ne leur laissait guère de quoi bouger dans la journée, et encore moins le soir au moment de s'allonger au sol pour dormir. Vers la fin de son séjour à la maison d'arrêt de Pingyu, il a vu arriver deux détenus supplémentaires et la situation est devenue intenable.

Pourquoi a-t-il dû attendre si longtemps avant d'être jugé ? Mystère. Après tout, personne ne contestait les faits. Il lui est venu à l'esprit que le juge faisait délibérément traîner les choses afin de laisser aux frères Sheng le temps de réunir l'argent d'un pot-de-vin qui l'inclinerait à prononcer une peine légère. Si tel était le cas, le drôle allait être déçu, car ils avaient mis leurs derniers sous dans l'enterrement de leur mère. En outre, quelle que fût le châtiment qu'on réservait à Tao, il ne serait pas non plus influencé par les proches de la victime : ils étaient trop pauvres eux aussi, comme presque tous les villageois, pour verser un dessous-de-table digne de ce nom.

Peut-être le magistrat était-il en proie à l'amertume parce que sa charge ne lui rapportait pas assez, ou bien avait-il un quota à respecter pour grossir les rangs de la main-d'œuvre servile. Quoi qu'il en soit, les jugements rendus cette fois-là ont été particulièrement sévères et Tao a écopé de cinq ans de travaux forcés, à effectuer la tête rasée et les fers aux pieds.

Une telle sentence entre dans la catégorie des *chengdan chong* – le mot *chengdan* renvoie à la construction des villes et *chong* au battage des céréales –, à savoir les peines les plus lourdes pour les hommes et les femmes après l'exécution capitale et l'exil. Il s'agissait autrefois d'une condamnation à perpétuité, mais elle a été ramenée à quatre, cinq ou six ans de travaux forcés suite à la réforme du code pénal (vers 167 av. J.-C.). Et le fait que Tao ait maintenant la tête rasée n'est rien par rapport aux mutilations d'orteils, aux tatouages sur le visage et à la bastonnade de jadis.

Le jour de sa condamnation, deux prisonniers pour délits mineurs qui partageaient sa cellule sont partis rejoindre les rangs des *guixin* pour une durée de trois ans. Ceux-là sont expédiés dans les temples, où ils effectuent diverses corvées, comme couper du bois. Leurs équivalents féminins, les *baican*, accomplissent des travaux plus adaptés à leur sexe, tels que la participation aux récoltes et les tâches domestiques.

À l'annonce de ce verdict, les deux hommes ont exprimé leur indignation et poussé des cris d'angoisse. Ils se frappaient la poitrine et tapaient du pied en se lamentant. Tao, lui, est resté stoïque. Il se disait qu'il n'y avait pas de quoi pleurer. Ses parents morts, leurs champs avaient été confiés à d'autres métayers. Libre, il se serait de toute façon retrouvé sans terre, sans toit ni gagne-pain. Alors oui, c'était désormais un forçat, mais il aurait au moins un abri et recevrait un semblant de nourriture.

La servitude pénale

Il existait cinq degrés de servitude pénale dans la Chine ancienne – *chengdan chong*, *guixin*, *lichen*, *sikou* et *fazuo* –, selon le nombre d'années de détention et le type de travaux forcés.

Comparés aux individus soumis aux deux premières catégories, les *lichen* (*liqie* pour les femmes) jouissaient d'une liberté bien plus grande. En règle générale ils allaient travailler dans l'administration, où on leur confiait des tâches subalternes et souvent ennuyeuses. Certains *lichen* étaient même chargés de délivrer des documents officiels.

Le mot *sikou*, qui désignait au départ une catégorie de fonctionnaires, ne s'est appliqué à des condamnés qu'à partir du IIᵉ siècle avant notre ère, et ce pour les peines les plus légères. Les *sikou* pouvaient même participer à l'encadrement de prisonniers. Grâce à plusieurs textes juridiques de la dynastie Qin découverts sur des fiches de bambou, on sait par exemple qu'ils pouvaient surveiller des forçats à raison d'un *sikou* pour vingt *chengdan chong*. Certains avaient même le droit d'acquérir des terres, bien que la superficie autorisée soit deux fois moins importante que celle accordée aux roturiers.

Enfin, les *fazuo* devaient généralement accomplir durant quelques mois, voire un an, ce qui ressemblait sans doute aux travaux d'intérêt général de notre époque.

Le spectacle de son geôlier en train de sangloter après avoir appris que Tao et certains de ses codétenus allaient être envoyés à Chang'an était tout de même inquiétant. Le vieil homme avait aidé comme il pouvait les malheureux dont il avait la charge. Il avait régulièrement nettoyé leur cachot et s'était assuré que personne ne manquait d'eau. Parfois même, il leur avait fait passer de la nourriture apportée par les familles, alors que la plupart de ses collègues l'auraient confisquée et vendue. Et puis il avait partagé leur excitation lorsqu'une rumeur s'était propagée : l'empereur songeait à une amnistie pour nombre de captifs, et à ceux qui ne seraient pas libérés il ferait au moins ôter leurs chaînes et remplacer leurs loques. Tao s'était contenté de hausser les épaules avec une apparente indifférence au sort qui l'attendait.

Bien sûr, tout cela était faux. Ce qui était clair, en revanche, c'est que la majorité des hommes placés sous la surveillance du bon gardien iraient creuser des canaux ou construire des bâtiments publics. De fait, Tao et ses camarades ont été affectés à l'édification de temples de cérémonie dans la capitale – une entreprise qui tient particulièrement à cœur à l'empereur. Leur vieux geôlier a déjà vu tant d'infortunés quitter sa prison pour rejoindre de grands chantiers ! Il sait que peu d'entre eux en reviennent ; et quand bien même, ce ne sont plus alors que des individus brisés moralement et physiquement.

La colonne de déportés dont fait partie Tao a marché vers l'ouest durant une semaine, recevant pour tout aliment, le soir venu, une infâme bouillie de céréales pourries et dormant à la belle étoile sans couvertures. Chaque kilomètre a usé un peu plus les hommes et leurs habits de bagnards, qui sont déjà réduits en hardes crasseuses. Plus taciturne et renfermé que jamais, Tao s'est rarement joint au concert de ceux qui se lamentaient sur leur misérable sort.

La révolte ayant mis fin à l'éphémère dynastie Qin, il y a plus de deux siècles, était due en partie à l'exploitation des populations réquisitionnées de force pour de grands travaux. Adeptes pendant un temps du précepte taoïste du non-agir, les Han ont fini malheureusement par adopter les mauvais penchants de leurs prédécesseurs. Des centaines de milliers d'hommes suent sang et eau sur des chantiers gigantesques qu'il est parfois impossible d'achever. Partout où le travail est particulièrement dur et dangereux, ce sont des condamnés que l'on met d'abord à contribution, et personne ne se soucie de savoir si leurs fautes méritent un tel châtiment.

Tao a enfin atteint sa destination. Après avoir décliné son identité, il prend le temps de contempler le décor qui l'entoure. Il ne s'est pas franchement intéressé aux paysages traversés, même quand il est passé près d'une vaste carrière, quelques heures plus tôt. Beaucoup ont supposé qu'elle marquait la fin du voyage. Leur marche a été un tel cauchemar qu'ils en sont venus à envier les ouvriers qui charriaient la terre jaune en file indienne.

Pour le moment, les forçats sont à l'arrêt près d'un endroit qui ressemble à un immense cimetière mal entretenu. Il n'y a ni arbres ni maisons, et pas même un oiseau dans le ciel. Tao a dans l'idée que c'est là que l'on enterre les travailleurs de force, et à en juger par le brouhaha qui s'élève il n'est pas le seul à le penser. Les surveillants rechignent à répondre aux questions des prisonniers, mais pour les calmer ils finissent par leur expliquer qu'on est à quelques centaines de mètres du camp et que les temples en construction sont à peine plus éloignés. La colonne ne s'est immobilisée que le temps d'enregistrer les arrivants.

Elle se remet en branle assez vite, les formalités terminées, mais ne tarde pas à s'arrêter de nouveau, cette fois devant un misérable abri fait de simples nattes.

« C'est là que vous allez dormir ! » hurle un garde-chiourme.

Tous se glissent à l'intérieur par la seule ouverture, mais ils auraient aussi bien pu passer à travers les « murs », tant ils sont percés de trous juste un peu plus gros que ceux dont est criblée la toiture du baraquement.

Certains fondent en larmes en découvrant les lieux. Voilà donc l'endroit où ils vont passer des centaines et des centaines de nuits ! Tao est déçu lui aussi mais il est d'accord avec les plus optimistes : on dormira enfin sous un toit – constat pathétique, vu l'état du toit en question.

Déjà de nouvelles protestations se font entendre parmi les condamnés, litanie amère de récriminations obscènes. Ils viennent de découvrir que leur ration alimentaire se résumera à presque rien, même pas de quoi nourrir un pourceau, et bien moindre que celle accordée aux soldats qui n'auront qu'à les regarder trimer.

« Tu crois qu'on va tenir avec ça ? » murmure à Tao un déporté avec qui il a sympathisé durant leur longue marche.

Il aimerait ajouter qu'on peut toujours essayer de se rebeller, mais à sa connaissance tous ceux qui l'ont fait l'ont payé de leur vie après avoir incendié des bureaux de l'administration centrale et massacré des fonctionnaires. Il est évident pour Tao qu'on est traité plus mal que des chiens sur ces chantiers si importants pour l'empereur, et il doute d'être encore en vie au bout de cinq ans, lorsqu'il aura accompli sa peine. Son destin c'est d'être exploité jusqu'à la mort puis enterré dans ce grand cimetière à côté duquel on l'a inscrit sur le registre des ouvriers.

Sauf s'il parvient à s'enfuir. Se révolter en masse dans un camp de travail ne produit jamais rien de bon, mais s'évader seul ? Certains ont réussi et Tao n'a rien à perdre. Reste à trouver le moyen de se débarrasser de ces maudites chaînes aux pieds.

酉 12e HEURE DU JOUR

(17.00 - 18.00, première partie de *you*)

LE BRIQUETIER EST DE MAUVAISE HUMEUR

Après une journée comme celle-ci, Su se dit qu'il n'aurait jamais dû abandonner son premier métier. Passer de la poterie à la briqueterie lui avait pourtant paru une riche idée. À ses débuts, il travaillait dans un atelier privé spécialisé dans la fabrication de coupes sur pied (*dou*). C'était un bon artisan et il avait bien l'intention d'exercer cette activité toute sa vie. Malheureusement, il n'était pas le seul potier de la région à exceller dans cette spécialité et la concurrence se faisait de plus en plus rude. Comme beaucoup d'autres ateliers plus anciens, le sien n'a pu rivaliser avec les nouvelles fabriques qui semblaient fleurir partout.

Lorsque son patron a fermé boutique, Su a été embauché dans une manufacture d'où ne sortaient que de grandes jarres bon marché. Aussi peu chères soient-elles, elles valaient tout juste leur prix : elles n'étaient pas étanches et s'effritaient pour un rien. Fabriquer des objets dont il n'aurait pas voulu lui-même heurtait son éthique personnelle et il a quitté son emploi au bout d'un an. Une telle décision peut paraître irresponsable pour un homme avec femme et enfant, mais il savait que les artisans capables de maîtriser la terre cuite étaient très demandés. Il ne pensait pas au marché de la poterie, d'ores et déjà saturé, mais à la fabrication et à la cuisson des briques.

Le secteur du bâtiment est en plein essor dans tout le pays. Les édifices publics poussent à un rythme sans précédent ; en outre, les élites se font construire de somptueuses résidences pour leur séjour sur cette Terre et de vastes tombeaux en briques pour leur vie dans l'au-delà. Les riches demeures privées ne sont pas moins spacieuses que précédemment, mais elles sont plus ouvertes et se distinguent par la beauté de leurs formes. Depuis les toits sculptés évoquant un oiseau en vol ou la crête d'une montagne jusqu'aux subtils motifs des sols, chaque brique est imprégnée de la sueur d'hommes qui s'épuisent au travail. Les paysages de l'Empire sont constellés de briqueteries et de tuileries.

Conscient que ses compétences seraient reconnues partout, Su a trouvé tout naturel de mettre son expérience de potier au service de l'industrie briquetière. Son intuition était juste. Il a été embauché presque aussitôt dans une petite entreprise publique qui tournait à plein régime afin de respecter les quotas imposés par l'État pour ses grands travaux d'infrastructures. Le salaire et les horaires étaient raisonnables, et il pensait être assez robuste pour supporter le travail aux fours. Mais aujourd'hui, avec le recul,

Su est forcé de l'admettre : jamais il n'aurait cru qu'un tel labeur puisse exiger autant d'endurance, et force est de constater que ses collègues ne sont pas épargnés non plus.

Brique en terre cuite à décor incisé de phœnix devant un arbre de vie (période des Han occidentaux).

Ce matin, ses deux aides lui ont fait savoir qu'ils étaient malades. Privé de sa main-d'œuvre, il a été obligé de recruter son jeune fils comme journalier, sinon il aurait été incapable d'accomplir les tâches prévues. Ils ont d'abord chargé une livraison d'argile sur un chariot et l'ont transportée en plusieurs fois sur une natte de paille au milieu de la fabrique. Même à deux, ils étaient déjà éreintés à la fin de l'opération, d'autant que le gamin n'est pas rompu aux besognes de ce genre. C'est à peu près à ce moment-là que le père a commencé à perdre sa bonne humeur habituelle.

À midi, son fils a dû rentrer à la maison, l'abandonnant à son triste sort. Su a fait tout ce qu'il pouvait, mais la fabrication des briques n'est décidément pas l'affaire d'un seul homme. Il a rempli le réservoir d'eau installé dans un coin de l'atelier et mangé sur le pouce en espérant que l'un au moins de ses deux tire-au-flanc allait réapparaître. Comme personne ne venait, il n'a eu d'autre choix que de consacrer les deux heures suivantes à mélanger l'argile du matin après y avoir ajouté de l'eau ; ensuite, il l'a répartie et tassée dans les moules en bois servant au façonnage des briques de sol carrées puis a mis celles-ci à sécher.

Constatant avec écœurement qu'il n'en est qu'à deux rangées de briques, il se décide à laisser tomber le moulage. De toute évidence, il va devoir oublier la routine quotidienne et se résoudre à allumer les fours lui-même. Plusieurs allers-retours sont nécessaires pour amener le combustible composé de bois et de balle de céréales. D'ordinaire, Su confie cela à l'un de ses acolytes, non que ce soit particulièrement pénible, mais parce que le briquetier fait une méchante réaction aux poussières de balle qui flottent inévitablement dans l'air à ce moment-là. Aujourd'hui, malheureusement, il est bien obligé de s'en occuper lui-même. Au bout du troisième chargement, il se tord de douleur et tousse si fort que s'il n'arrête pas sur-le-champ il ne pourra rien faire d'autre jusqu'au soir. Il lui vient alors à l'esprit qu'il pourrait peut-être verser un peu d'eau sur la balle et note cette idée pour l'essayer plus tard.

Su a déjà apporté de quoi alimenter deux fours et passe mentalement en revue ce qu'il lui reste à faire par ordre de priorité. Le local où il travaille est divisé en plusieurs secteurs correspondant chacun à une étape de la fabrication. Le côté ouest, où le soleil donne presque toute la journée, est dédié au séchage. Il est actuellement encombré par plusieurs rangées de briques de mur en attente de cuisson. De l'autre côté, le sol a été creusé, de sorte que l'eau nécessaire à la préparation de l'argile et au façonnage soit facilement évacuée vers l'extérieur.

Les ouvriers disposent de plusieurs sortes de moules en bois pour répondre à la demande de la clientèle. Depuis quelques mois, ils fabriquent en grande quantité de petites briques de 20 à 30 centimètres de long sur 10 à 15 de large et 5 d'épaisseur. Ces modèles se démarquent nettement des énormes pavés utilisés jadis.

Le directeur les a prévenus. La commande du gouverneur est destinée au nouveau tribunal, et si l'on veut que l'édifice soit à la hauteur de sa fonction la maçonnerie doit l'être aussi. Il n'est donc pas question de trafiquer l'argile en y ajoutant divers matériaux, comme certains le font pour augmenter les volumes. Les grosses briques allongées qui vont servir à monter les murs doivent être de même qualité que les petites carrées prévues pour le pavage. D'après les plans, les toitures du siège de la justice s'élèveront les unes au-dessus des autres et les tuiles en terre cuite des avant-toits formeront des motifs harmonieux. C'est un projet ambitieux et la fabrique qui emploie Su a pour mission, avec quelques autres, de concrétiser au mieux la vision de l'architecte.

L'homme travaille à son rythme. Après tout, on ne peut raisonnablement pas s'attendre à ce qu'il tienne la cadence sans assistance aucune. Le sort réservé à ses deux aides ne relève pas de lui, fort heureusement. Leur absence sera consignée au même titre que les précédentes, de plus en plus fréquentes ces temps-ci. Imaginant la réaction de son supérieur face au faible rendement de la journée, il réalise que l'après-midi est presque terminé et qu'il n'a pas encore mis à cuire la moindre brique séchée.

Il y a deux groupes de six fours tout au fond du bâtiment. En principe, Su et ses assistants sont responsables chacun de deux fours dans l'un et l'autre groupe. Cette fois, il va devoir en charger plus de deux à lui tout seul. Comme son patron voudra probablement vérifier la qualité de la production du jour, il faut enfourner à présent un certain nombre de briques pour qu'elles aient le temps de cuire pendant la nuit.

À cette heure on crève encore de chaud, et le fait que les fours à l'arrêt continuent à dégager de la chaleur de la veille ne facilite pas les choses. C'est d'ailleurs à cause de la forte inertie de leurs briques réfractaires qu'on travaille avec deux groupes de six fours : pendant que les uns sont en service, les autres ont le temps de refroidir.

Su se met torse nu et s'essuie la figure avec son vêtement. Un geste bien inutile, car il transpire de la tête aux pieds. La sueur qui dégouline forme des stries sur son visage couvert d'argile. Son pantalon est trempé. Le pauvre aimerait bien s'arrêter et se réhydrater à l'ombre avec un grand gobelet d'eau fraîche, mais l'heure tourne et il s'inquiète de voir que ça n'avance pas.

De retour aux fours pour un énième chargement, un spectacle inattendu s'offre à lui : Ding, l'un des deux idiots censés le seconder, s'est décidé à pointer son nez. Il est tranquillement assis dans un coin, en train de faire chauffer son vin dans un petit vase *zun*.

Au moment où il aperçoit son chef, il retire le récipient du feu – Dieu seul sait pourquoi il fait chauffer du vin dans un endroit qui a tout d'une fournaise ! Su est si en colère qu'il en oublie de remercier le ciel d'avoir enfin Ding sous la main.

« Qu'est-ce que tu fabriques ? fulmine-t-il. Tu crois que c'est le moment de siroter ton vin ? Regarde autour de toi ! Il n'y a pas suffisamment de pain sur la planche, d'après toi ? »

Il est tellement remonté contre lui qu'il ne pense même pas à lui demander la véritable raison de son absence, car le bougre n'a pas l'air mal en point.

« Où est l'urgence ? réplique Ding d'un ton familier. J'ai besoin de boire mon vin pour me mettre en train avant une dure besogne.

– Où est l'urgence ? Je cours dans tous les sens depuis le début de la matinée. Ouvre les yeux ! Tu ne vois pas que la journée tire à sa fin mais qu'il y a encore beaucoup à faire ? »

L'artisan est si furieux qu'il est à deux doigts de balancer une brique à la tête du tire-au-flanc, sauf qu'il n'est pas habilité à réprimander Ding : c'est une prérogative du directeur. Le plus rageant, c'est que celui-ci va supposer qu'ils se sont réparti le travail, et donc qu'à eux deux ils n'auront pas fait grand-chose de la journée !

Mais Su a une autre raison de sortir de ses gonds : il vient de repérer des empreintes de pattes sur un lot de briques prêtes à être expédiées. Combien de fois devra-t-il répéter à tous ces incapables qu'ils doivent penser à fermer le bâtiment quand ils sont les derniers à partir, et surtout à bien inspecter ce qu'ils mettent à cuire ! Étant donné qu'il n'y a pas vraiment de marché noir pour les briques en attente de cuisson et que celles qui sortent du four sont trop chaudes pour être manipulées, il n'est pas nécessaire de verrouiller les portes à double tour. Le problème n'est pas le vol mais les intrus : un ivrogne cherchant un endroit pour pisser, un rongeur en balade ou un chien qui prendrait les briques pour des jouets…

Si encore celles qui sont un peu abîmées étaient destinées à un projet de construction privé, les maîtres d'œuvre les accepteraient sûrement contre une petite remise, mais ces briques-là sont pour le gouverneur. Alors Su imagine aisément la réaction du patron devant les traces de pattes. En plus de tout le reste il va falloir mettre à l'écart ces pièces défectueuses, et vite ! Telle est la punition que mérite Ding pour s'être prélassé ce matin. Pour une fois, c'est Su qui le sanctionnera et le chef n'en saura rien. Mais le petit remontant que vient de prendre le coupable semble n'avoir eu aucun effet et tout le monde connaît son penchant pour les piquettes à quatre sous. Ce qu'il a bu ressemblait certainement plus à de l'eau et on ne tirera pas grand-chose de lui, même sous la contrainte.

Su avait dit à son fils qu'il pourrait sûrement rentrer à temps pour le repas du soir, mais cela semble compromis. Il se demande tout de même si son garçon va venir le chercher : avec une autre paire de bras pour terminer le travail, dîner en famille est peut-être encore envisageable.

酉 1re HEURE DE LA NUIT

(18.00 - 19.00, seconde partie de *you*)

LE CHEF PRÉPARE UN BANQUET

Il n'est pas défendu de manger du riz pur et de la viande finement hachée. Mais l'interdiction porte sur le riz gâté, la viande et le poisson avariés, tout ce dont la couleur a tourné ou qui sent mauvais, ce qui n'est pas cuit à point ou n'est pas de saison, tout plat qui n'est pas découpé correctement ou servi avec le bon assaisonnement[1].

C'est le coup de feu en cuisine. Chacun s'affaire dans un tumulte indescriptible. Au moment précis où Ren fait son entrée, tout s'arrête. Une énorme jarre vient de valser et s'est brisée avec fracas sur le sol. L'incident n'est pourtant pas rare. Il n'empêche.

1. *Entretiens de Confucius*, Livre X, 8, « Du comportement rituel », traduction citée. *(N.d.T.)*

À chaque fois, le cœur de Ren bondit dans sa poitrine et ses poings se serrent. Il se retient de hurler.

« Que s'est-il passé ? » demande-t-il.

Tous les regards se portent vers un commis pétrifié devant une petite table, près du fourneau. Ses sandales maculées de sauce trahissent sa maladresse. Le garçon n'ose pas lever les yeux. Il garde la tête baissée, tremblant littéralement de peur. Inutile de préciser au chef de quelle jarre il s'agit : celle de sa sauce de poisson, bien sûr – une recette secrète dont la préparation demande des heures.

Après avoir lancé au coupable un regard qui tue, Ren se tourne vers son sous-chef et désigne en silence les étagères où il conserve ses ingrédients. Voilà des années que l'homme travaille à ses côtés. Il comprend aussitôt qu'il doit sortir tout le nécessaire pour que son supérieur puisse refaire sa sauce dès qu'il aura une minute. Pas maintenant, en tout cas, car il doit préparer un banquet pour ce soir – eh oui, encore un ! – et il a des dizaines de tâches à orchestrer.

Ren occupe un poste très prestigieux : il est chef cuisinier de l'héritier au trône de Changsha, l'un des plus riches royaumes vassaux de l'Empire des Han, ce qui suppose qu'il doit être capable de gérer la pression tout en faisant trente-six choses à la fois. Le prince Liu donne de nombreux banquets au cours de l'année, et aujourd'hui ses convives s'attendent comme d'habitude à ce qu'il leur offre les mets les plus recherchés et les divertissements les plus époustouflants. La fin du printemps et le début de l'été sont toujours des périodes de bombance parce que l'héritier multiplie les réceptions au nom du souverain ou pour son propre compte. Membres de la famille royale, hauts fonctionnaires, grands propriétaires terriens, riches marchands et autres entrepreneurs opulents : tous ont besoin de s'assurer qu'ils ne sont pas sur le point de tomber en disgrâce. À Ren de leur prouver le contraire au moyen de la nourriture qu'il leur propose.

La tension est à son comble ces jours-là. Quantité d'impératifs viennent s'ajouter aux nombreuses attributions du chef, lequel supervise au quotidien non seulement la préparation des plats mais aussi l'approvisionnement ainsi que l'entretien de la cuisine et du matériel. Il doit en outre avoir toutes les compétences nécessaires pour former la vingtaine de commis, apprentis et petites mains sous ses ordres afin de constituer une équipe qui tienne le rythme les soirs comme celui-ci.

Ce banquet sera sans doute parmi les plus éprouvants d'une année déjà chargée, car le prince Liu doit divertir son frère et sa suite. Lorsque l'intendant du palais l'a mis au courant, Ren a étouffé un soupir d'exaspération : il a compris qu'il lui faudrait prévoir les meilleurs vins et concevoir de nouvelles recettes. Tout le monde à la cour connaît la rivalité entre les deux frères, une rivalité qui n'a d'ailleurs pas lieu d'être : Liu est destiné à monter sur le trône, un point c'est tout, et cette décision est aussi immuable que si elle était gravée dans la pierre.

Le futur souverain a prouvé ses talents de diplomate et de meneur d'hommes. Son aptitude à gouverner Changsha est indéniable, mais cela n'empêche pas son cadet de prendre un malin plaisir à le provoquer et à jouer avec le feu en s'efforçant de le surpasser. Ce comportement irresponsable place beaucoup de monde dans une position délicate, autant chez les courtisans que chez les serviteurs. Ren lui-même a la nette impression de faire les frais de cette surenchère. Il en a plus qu'assez que son maître réponde systématiquement aux provocations du petit frère. Liu n'a rien à prouver, après tout, et son entourage est excédé de le voir en demander toujours plus pour divertir un convive trop exigeant qui lui est pourtant inférieur.

Lors d'un festin officiel, l'ordre de préséance doit l'emporter sur toute autre considération, ce qui suppose que les invités les plus âgés soient traités avec déférence. Trop souvent, hélas, l'étiquette est mise à mal, la hiérarchie bafouée, et le frère de Liu n'est pas étranger à ces débordements. Les banquets sont pour certains l'occasion de bousculer l'ordre social. Ren sait que chacun au palais espère de tout cœur que ce ne sera pas le cas ce soir.

Laissant son sous-chef s'occuper du garnement qui a cassé un récipient, il pousse une porte au fond de la cuisine et retrouve l'atmosphère paisible et disciplinée du cellier où travaillent les brasseurs.

L'un d'eux tient une cruche emplie d'un moût jaunâtre et liquoreux à base de riz glutineux fermenté qu'il est en train de transvaser dans une jarre à col étroit contenant du riz étuvé froid. Puis il mélange soigneusement le tout et fixe un couvercle. Il passe ensuite en revue cinq jarres identiques alignées sur une longue table. Il cogne du doigt sur chacune d'elles en hochant la tête et semble chaque fois satisfait du son obtenu.

Ren attend patiemment qu'il termine son inspection pour lui demander :

« Rappelez-moi, je vous prie, avec quels arômes vous avez choisi d'agrémenter ces vins de céréales fermentées.

– Ces trois jarres contiennent respectivement du vin de riz, du vin de millet glutineux, plus précisément de petit mil, et du vin de riz glutineux nature. Dans ces autres, il y a un vin aromatisé avec du miel pour la première et des fruits pour la seconde », répond fièrement le maître brasseur.

Ren hésite. Que va-t-il servir ce soir ? Le laissant à sa réflexion, le responsable du cellier va aider l'un de ses seconds occupé à filtrer le vin de riz. Bien qu'il soit déjà assez clair, le garçon le passe une dernière fois avec son filtre le plus fin pour éliminer les ultimes dépôts et obtenir un breuvage le plus limpide possible.

D'autres brasseurs s'affairent eux aussi à la clarification. Une odeur de moût envahit la pièce, se mêlant à la vapeur qui sort de la grosse marmite de riz cuit, à côté du fourneau. Six grandes bassines ont été installées au pied de la table, près de plusieurs jarres de vin. Deux hommes transvasent le liquide fermenté d'une jarre dans une bassine, tandis qu'un troisième tient le filtre. Cette opération terminée, ils reversent le vin dans les jarres pour le clarifier une seconde fois.

Ren regarde le breuvage jaune couler et prend une décision. Le vin de riz a beaucoup plu la dernière fois ; un riche marchand en a avalé près de vingt coupes à lui tout seul. Le chef cuisinier en proposera donc à nouveau ce soir. Il trace trois caractères à l'encre rouge sur l'un des récipients. Le message est clair et ne s'embarrasse pas de subtilités : *shang zun jiu* – « le meilleur vin de riz ». Outre que le rouge est une couleur festive qui convient pour l'occasion, l'inscription est une façon de dire aux invités triés sur le volet que leur hôte ne lésine pas sur la qualité.

Comme beaucoup de résidences royales et aristocratiques, celle du futur souverain de Changsha abrite des vins adaptés à toutes les circonstances, y compris les cérémonies religieuses, ainsi qu'une réserve de petits pichets offerts en cadeau aux convives les plus méritants. Les brasseurs au service du prince Liu ont beau se relayer jour et nuit, ils ne peuvent produire qu'une petite partie de l'alcool ingurgité à sa cour. Ah, ces aristocrates ! Ils ne mangent que du riz de la meilleure qualité et ne boivent que du vin issu des meilleures céréales ! constate Ren. Les festins sont la parfaite démonstration de leur mode de vie extravagant. Les breuvages qu'on leur verse doivent être toujours plus élaborés et il faut servir les mets dans de la vaisselle toujours plus ouvragée.

Avant de retourner à ses fourneaux, le chef adresse quelques mots de félicitations aux brasseurs pour leur efficacité et les avertit :

« Assurez-vous que l'intendant place les bonnes coupes sur la table d'honneur où sera assise Son Altesse : celles de jade à bord doré ! »

À peine a-t-il quitté les lieux qu'il revient sur ses pas.

« Et veillez à apporter des chauffe-vin dans la salle de réception, le moment venu ! »

Comparé à l'ambiance feutrée du cellier, le désordre qui règne en cuisine est indescriptible. Une bonne vingtaine de garçons et de filles s'activent à la préparation des différents plats. Ils manquent déjà de place en temps normal, mais là c'est pire que tout. On ne respire plus et on ne s'entend plus. Un jeune commis occupé à attendrir le poisson n'arrange pas les choses : il frappe avec son maillet depuis que Ren est sorti. Ses bras musclés dégoulinent de sueur, et à en juger par l'aspect de la chair il n'est pas au bout de ses peines.

À côté de lui, deux filles agenouillées sont en train de broyer des herbes et des noix ; la première les concasse avec un pilon, la seconde tient le mortier en pierre. Un autre groupe d'adolescentes assises sur les talons lavent des légumes dans deux grandes bassines. Espiègles de nature, elles commencent à s'asperger d'eau. Une vieille cuisinière installée près du fourneau les tient à l'œil. Elle tolère ces enfantillages jusqu'à ce que ce soit au tour des poireaux de voler. Sans même se retourner, elle donne une petite tape sur la tête de la coupable avec le dos de sa louche en métal. La gamine commence à pleurer en se frottant le crâne ; du coup, son chignon qui ne tenait déjà qu'à moitié se défait et ses cheveux retombent sur son visage baigné de larmes.

Il y a longtemps que Ren ne réagit plus à ces chamailleries sans conséquences. À force de devoir imaginer des recettes impossibles, tout le monde finit par devenir cinglé ! Voilà ce qu'il pense. De toute façon, il y a trop de travail ici pour tenir un conseil de discipline quand une petite correction fait l'affaire. À l'époque où il n'était encore qu'un jeune apprenti, ses supérieurs le rossaient régulièrement, mais ça ne l'a jamais empêché de faire des bêtises.

Il évite un aide-cuisinier en train de s'acharner sur ses légumes à grands coups de couteau, prend une casserole sur l'étagère et s'attèle à la préparation de sa fameuse sauce de poisson. Ces sauces sont très prisées à la table des élites et chaque chef a sa propre recette, dont il garde jalousement le secret. Ren tient la sienne de son grand-père, un remarquable cordon-bleu amateur. Récapitulons : il lui faut de la carpe à queue rouge, des zestes d'orange, des feuilles de fougère, quelques feuilles de mauve et de la rogue. Selon le poisson qu'il servira, il adjoindra éventuellement des pousses de bambou préalablement mises en conserve ou des feuilles de mûrier qui rehausseront le goût. Il obtiendra ainsi un condiment subtil, quoiqu'un peu aigre, qui lui vaudra le respect et l'admiration de la cour.

Tandis qu'il remue les ingrédients dans sa casserole sur un plan de travail placé à côté du fourneau, le préposé aux légumes charge deux petites mains d'éplucher et de couper les ignames et le taro au même endroit dès que Ren en aura terminé. Le chef n'a pas à s'inquiéter. Il est rare que les choses tournent mal quand cet homme de confiance veille au grain. Il jette quand même un œil : la salade, les pousses de bambou et les tiges de lotus sont déjà lavées.

« Ajoutez quelques feuilles de soja : elles s'accorderont bien avec la sauce de ce soir », précise-t-il.

Par la petite fenêtre de la cuisine, le ciel commence à s'assombrir : le temps presse !

« La viande ! Où est la viande ? Est-ce que la viande est prête ? »

Ren ne crie pas, il hurle. Le responsable de la viande et des volailles lui répond à travers le brouhaha :

« Nous avons abattu trois cygnes et sommes en train d'en laver la chair. Quant au gibier, on doit nous l'apporter d'un moment à l'autre. »

Justement, des voix résonnent dans la cour. Deux hommes soutiennent une planche sur laquelle est posée la moitié d'un chevreuil qu'ils ont égorgé près de l'enclos à bétail.

« L'autre moitié arrive, explique l'un des porteurs. En attendant, nous avons pensé que les cuisiniers pourraient commencer à débiter cette partie-là. »

Ren remarque le sang en train de couler sur les bords de la planche ; mais on n'aura pas le temps de suspendre la carcasse par les pattes pour achever la saignée, et de toute façon il n'a pas envie de voir du sang partout dans la cuisine. Aussi demande-t-il que l'animal reste dehors.

L'heure tourne et il y a encore beaucoup de travail. Avant de faire rôtir le chevreuil, il faut le dépecer puis mettre la viande à mariner. Ren tend un couteau affûté à l'un de ses aides, le pousse dehors puis, décidé à accélérer le rythme, s'en va l'aider après s'être assuré que chacun est bien à son poste en cuisine. Forts d'une longue expérience, les deux hommes débitent la viande en gros morceaux, mais ça ira mieux lorsque les marmitons les auront lavés et mis à mariner dans un mélange d'herbes et de sel.

Tout en découpant savamment le gibier, Ren surveille le portail de la cour, impatient de voir arriver l'autre moitié de l'animal. Mais c'est l'intendant du palais qu'il voit surgir.

« Quelle viande avez-vous prévue en premier ce soir ? lui demande celui-ci.

– La chair d'un chevreuil de deux ans », répond Ren, inquiet qu'on lui pose une telle question maintenant.

– Jetez-la ! Son Altesse veut que nous servions la viande la plus tendre qui soit ! Dites aux bouchers d'abattre un faon. »

À entendre le ton sur lequel l'ordre a été donné, Ren sait qu'il vient probablement du prince en personne, ce qui ne laisse aucune place à la négociation. Il est évident que l'intendant comprend à quel point ce caprice met tout le monde dans une situation difficile en cuisine. Après un regard embarrassé au chef, il s'empresse de quitter les lieux.

On ne dispose que d'un seul faon dans les enclos, ce qui ne sera certainement pas suffisant pour vingt convives. Ren jette un œil interrogateur sur les morceaux déjà prêts : judicieusement accommodés, ils pourraient faire illusion. Franchement, ça m'étonnerait qu'un invité ait le palais assez fin pour faire la différence…

Il chasse aussitôt cette idée. Non par crainte, malgré la sévérité de la punition si l'on découvrait la supercherie, mais parce qu'un ordre est un ordre et qu'il se doit de l'exécuter au mieux de ses compétences. Le temps d'évaluer la situation, et le voici remis de son désarroi. Tout n'est pas désespéré, après tout.

Pour commencer, Ren demande qu'on fasse quand même mariner la viande déjà découpée. On aura ainsi un plan de rechange au cas où la nourriture viendrait à manquer et ce sera toujours mieux que rien. Ensuite, il retourne à la cuisine et emballe deux couteaux tranchants dans un linge. Malgré l'heure tardive, il a l'intention de courir jusqu'aux boucheries les plus proches du palais avec l'espoir d'y trouver des faons encore entiers.

Il se chargera lui-même de les découper sur place : Son Altesse ne lui laisse pas le choix.

L'étiquette de la soupe

Le *geng* (la soupe) tenait une place importante dans l'alimentation des élites. Le *qiance* (un inventaire funéraire déposé dans l'une des tombes de Mawangdui) en recense cinq sortes : le *dageng* (viande bouillie non épicée), le *baigeng* (viande et riz), le *jingeng* (viande et céleri), le *fenggeng* (viande et pousses de légumes verts) et le *kufeng* (viande et « légume amer », à savoir du laiteron).

Ces soupes épaisses étaient invariablement servies pour les grandes occasions. Elles témoignaient d'un certain statut social et devaient être consommées selon des règles très précises. Ainsi, il ne fallait jamais laisser le liquide couler de la bouche. La viande devait être mangée lentement et en silence. De plus, un convive à qui l'on offrait cette soupe ne devait ajouter ni sel ni aucun autre assaisonnement qui puisse sous-entendre que son hôte n'avait pas fait préparer le *geng* dans les règles.

戌 2e HEURE DE LA NUIT

(19.00 - 20.00, première partie de *xu*)

LA SUIVANTE DE LA CONCUBINE SE DÉSOLE

Accompagnée de Zhuo, sa fidèle suivante, Wei s'éloigne d'un pas tranquille des deux tours *que* qui marquent l'entrée de la deuxième enceinte sacrée. Le soleil sombrant à l'horizon embrase le ciel d'une lueur rose orangé. Il règne un calme étrange. Tous les soldats sont rentrés chez eux et les gardes de nuit n'ont pas encore pris la relève. Des statues de pierre veillent en silence le long de la voie des Esprits (*shendao*), qui mène au mausolée. Leurs silhouettes majestueuses se détachent dans la lumière du crépuscule, témoins de légendes immémoriales.

« On ne sait pas ce que la vie vous réserve : un jour, vous êtes au sommet, tout vous sourit ; le lendemain, tout s'écroule, vous n'êtes plus rien », remarque Wei.

STATUE EN PIERRE DÉCOUVERTE DEVANT LE TOMBEAU DU GÉNÉRAL HUO QUBING (140 – 117 AV. J.-C.).

Zhuo acquiesce d'un air pensif, bien qu'elle ait droit à ce poncif au moins une fois par jour. Elle n'a jamais connu le « sommet » en question, sa maîtresse étant déjà tombée en disgrâce lorsqu'elle est entrée à son service.

Wei ne vit plus que dans le souvenir des jours glorieux où elle comptait parmi les concubines de l'empereur. Avant d'être une noble dame, elle avait servi à la cour auprès de l'une des favorites du souverain. Ban, tel était son nom, appartenait à la catégorie des *jieyu*, un rang très élevé dans la hiérarchie des épouses et des concubines. La beauté juvénile de sa suivante n'avait pas échappé au lubrique empereur. Aussi, remarquant l'intérêt qu'il lui portait, Ban s'était empressée de l'offrir à son maître. Wei connaissait l'art de séduire et naviguait avec aisance dans les eaux troubles de la politique. Elle se hissa rapidement dans les hautes sphères pour devenir à son tour une *jieyu*. Sa famille se réjouissait de cette ascension fulgurante et s'attendait à ce qu'un tel honneur rejaillisse sur les membres du clan, et même sur leurs ancêtres.

Hélas, il n'en fut rien : l'empereur volage ne tarda pas à se lasser de Wei pour se tourner vers des filles plus jeunes, et ses excès finirent par le tuer. Aspirées dans le tourbillon des troubles qui éclatèrent alors, ses favorites durent lutter pour échapper elles-mêmes à la mort. Grâce à son habileté, Wei évita les écueils et survécut à ces luttes intestines. Il lui manquait cependant un atout majeur : elle n'était pas mère d'un enfant de sang impérial, et cela lui valut, selon la tradition, d'être désignée pour veiller sur le mausolée de son bien-aimé – un honneur insigne qui revenait en réalité à un bannissement. (Il est arrivé cependant qu'une femme ayant conçu avec un empereur exprime le désir de remplir de telles fonctions.)

Voilà près de vingt ans que Wei subit cet exil et rien ne laisse présager une amélioration de sa situation.

« Tout le monde m'aura oubliée à la cour quand j'y retournerai », plaisantait-elle avec amertume dans les premiers temps, mais il est rare désormais qu'elle évoque l'éventualité d'un retour en grâce.

Elle se tourne à présent vers le tumulus sous lequel repose l'empereur.

« Je me demande si dans l'au-delà Sa Majesté jouit de splendides couchers de soleil comme celui qui nous a été offert aujourd'hui », soupire-t-elle.

Zhuo remue les pieds nerveusement : elle est toujours mal à l'aise quand Wei est d'humeur mélancolique.

« Votre Grâce, partons maintenant. La nuit tombe et il commence à faire froid », implore-t-elle d'une voix inquiète.

Elle veut éloigner Wei de l'aire funéraire et regagner leur petite maison, où la morosité de l'ancienne concubine a tendance à se dissiper. Mais comme pour contredire Zhuo, celle-ci insiste pour rentrer par la voie des Esprits.

Le temps a déjà fait son œuvre sur les sculptures. Toutefois, les plus abîmées ont été restaurées. Wei souhaite vérifier que les artisans n'ont pas altéré la beauté d'un tigre rampant qu'elle admire tout particulièrement. Zhuo ne partage pas sa curiosité. Elle n'en doit pas moins suivre sa maîtresse partout où elle va, ce qui ne l'empêche pas de jeter des regards inquiets sur les ombres qui s'allongent alentour.

Elle s'étonne de la rapidité avec laquelle la majorité des statues ont repris fière allure. En revanche, lorsque Wei a informé les autorités que des tuiles se détachaient du toit des tours *que*, rien n'a été fait.

« Avant longtemps nous verrons arriver des visiteurs de marque », déclare la gardienne des lieux.

Bien qu'elle n'ait plus aucun lien avec la cour, elle en connaît tous les rouages. Quand les temps sont difficiles, elle sait que l'empereur en personne ou de hauts personnages se rendent au mausolée sous prétexte d'entrer en relation avec l'illustre défunt, mais en réalité pour asseoir publiquement la légitimité de la nouvelle dynastie…

Wei se prend à rêver. Et si cette fois était la bonne ? Si enfin elle était remarquée par un dignitaire, voire par Wang Mang lui-même, et rappelée à la cour ?

Pour sa part, Zhuo est bien consciente qu'une telle éventualité est plus qu'improbable : outre que Wei n'a aucun descendant de sang impérial, elle n'a pas de riches parents ni d'amis influents pour plaider sa cause devant le souverain actuel. Pour tout dire, elle n'est rien et ne serait utile à personne à Chang'an. Cela n'est pas pour déplaire à la suivante, car malgré la solitude imposée par l'exil leur isolement les protège des intrigues et des dangers du palais.

Elle observe la concubine déchue en train de faire la grimace en caressant le dos du félin de pierre qu'elle affectionne.

« Vous souvenez-vous de l'autre statue de tigre, celle que nous avons examinée l'autre jour devant la chambre de repos de Sa Majesté ? lui demande Wei. Les rayures de son pelage, si bien rendues par le sculpteur, n'ont pas été altérées. Tout le contraire de celui-ci, non seulement dégradé mais très mal restauré ! Regardez ! Que peut-Il bien en penser ? »

Elle balaie l'air d'un revers de la main, écœurée.

Zhuo sait parfaitement qui est ce « Il » : l'empereur défunt. Elle n'interroge donc pas sa maîtresse et s'éloigne doucement dans l'espoir que l'autre lui emboîte le pas. Il fait de plus en plus sombre et, comme tous ceux qui vivent près du mausolée, Zhuo a entendu les nombreuses histoires de fantômes qu'inspire un tel lieu. Elle n'a aucune envie de savoir si elles sont vraies et respire en constatant que Wei la suit, encore que cette dernière semble avoir la tête ailleurs et avance avec une lenteur déconcertante.

« Demain ce sera la pleine lune. Nous aurons la cérémonie nocturne du Vêtement et du Bonnet… » murmure la femme oubliée.

Un empereur disparu reçoit des offrandes de différentes sortes selon qu'elles sont quotidiennes, mensuelles ou saisonnières. Son Vêtement et son Bonnet sont conservés sur un autel, dans le pavillon principal, comme s'il était encore en vie. De même, il continue de manger dans l'au-delà et se voit offrir de la nourriture quatre fois par jour. Il dort aussi : son lit est donc préparé. Il demeure celui qui est descendu sur Terre pour y régner, c'est pourquoi chaque mois son Vêtement et son Bonnet sont promenés sur un char d'apparat dans le parc funéraire. La procession est généralement menée par le *taishang*, le grand maître des cérémonies, tandis que les rituels saisonniers et certaines offrandes incombent au grand intendant.

Zhuo n'aime pas la sépulture impériale. Chaque fois qu'elle y pénètre, les bas-reliefs en bois figurant des animaux semblent s'animer sur les murs. Elle sent une présence maléfique, comme si quelqu'un l'observait, et trouve que l'air est anormalement froid. Ces salles hantées par les âmes des morts lui font penser à l'histoire d'amour entre l'empereur Wudi et son épouse adorée, Wang. Elle se souvient qu'après la mort de celle-ci le magicien de l'État de Qi rappelait son esprit au cœur de la nuit pour que son mari puisse la contempler derrière un voile.

Elle tremble rien que d'y penser. À dire vrai, n'ayant jamais rencontré l'homme inhumé ici, elle juge absurde ce cérémonial d'offrandes et de repas. Mais elle sait que, tout comme les épouses, concubines et servantes qu'il a aimées, Wei considère cela parfaitement naturel et conforme à une tradition que nul n'oserait remettre en cause.

« Le mois dernier, on Lui a offert un taureau rôti entier à l'occasion du grand sacrifice *tailao.* Vous vous souvenez ? » demande la gardienne du mausolée.

Pour toute réponse, Zhuo se met à frissonner, et bien qu'elle s'emploie à le cacher cela n'échappe pas à Wei.

« N'ayez pas peur ! ajoute-t-elle. Je ne connais pas une seule de ces histoires de fantômes qui soit vraie. Je vis ici depuis près de vingt ans. En ai-je déjà rencontré un ? J'aurais bien aimé, vous savez ! Cela voudrait dire que je pourrais Le voir à nouveau. Le problème, ma fille, ce ne sont pas les fantômes : les hommes peuvent se révéler bien plus terrifiants. »

QUARANTE MILLE FIGURINES EN TERRE CUITE REPOSAIENT DANS LE TOMBEAU DE L'EMPEREUR JINGDI (MORT EN 141 AV. J.-C.).

Zhuo a bien conscience que Wei essaie de la réconforter, mais cela ne fait que la rendre plus nerveuse encore, tant Sa Grâce semble appartenir au monde des morts plutôt qu'à celui des vivants.

« Cet homme vous a traitée si durement ! Pourquoi espérer le revoir ? » lâche la suivante, presque malgré elle.

D'habitude elle ne s'autorise pas des propos aussi directs, mais la frustration et la peur ont eu raison de sa retenue. Elle n'ignore pas non plus qu'elle est irrévérencieuse envers le défunt en n'employant pas la formule honorifique qui convient. Ce n'est pourtant pas faute de l'avoir entendue : « Morte ou vivante, Sa Majesté demeure Sa Majesté. »

Wei s'abstient de répondre à Zhuo, qui n'insiste pas car toutes deux s'approchent enfin de la sortie du parc funéraire. Tandis qu'elles passent la porte est, la concubine se retourne une dernière fois vers le tumulus. La silhouette sombre de la pyramide de terre s'élève vers la voûte céleste qu'éclairent les premières étoiles du soir. (Les tumulus des mausolées impériaux des Han sont si imposants qu'ils en sont devenus des éléments à part entière du paysage.)

Puis Wei contemple un monticule plus modeste : la dernière demeure de Ban, son ancienne maîtresse, la grande favorite de l'empereur.

Zhuo connaît bien cette histoire. De toutes les épouses et concubines – et elles étaient nombreuses –, Ban était la seule que Wei admirait et respectait vraiment. C'était une personne de grande culture et de grande vertu, ainsi que d'une intégrité sans égale au palais impérial.

« Ban a vite compris que la cour était le théâtre de complots abjects. Elle a eu le courage d'en partir avant d'être broyée par les intrigues. Elle mérite sa place ici, près de l'empereur. Mais qu'adviendra-t-il de moi quand je mourrai ? » déclare Wei.

Cette fois, c'est à son tour de frissonner dans la fraîcheur du soir. Zhuo la prend par le bras et doit presque la tirer pour l'entraîner. Elles n'ont plus qu'à tourner à gauche et marcher un peu jusqu'à leur modeste demeure.

Comparée au calme lugubre du parc du mausolée, la rue semble particulièrement animée. Malgré l'heure tardive, la vie bat son plein comme dans n'importe quelle ville ; les gens bavardent, mangent, travaillent – de plain-pied dans le présent.

Les deux femmes aperçoivent un petit groupe de gardes de nuit qui se préparent à prendre leur service puis un couple assez âgé, les bras chargés de bois. Après une journée de labeur, ces deux-là entrent dans une petite maison et sont accueillis par des cris de joie.

« La vie normale vous manque-t-elle, Votre Grâce ? demande Zhuo.

– Normale ? Qu'est-ce que cela veut dire, normale ? Certes, j'envie ce couple. L'âge venant, rien ne vaut la compagnie d'une épouse ou d'un époux. »

Wei semble s'être enfin départie de son humeur morose, mais elle a l'air un peu perdue face à l'agitation de la rue. Entre le jour où elle est arrivée à la cour en tant que servante et celui où elle a commencé à veiller sur le mausolée impérial, a-t-elle vraiment changé de vie ? Elle s'est élevée dans la hiérarchie sociale, elle est retombée, mais son destin est resté le même : être au service de son empereur – même mort.

Sur le chemin du retour, la réalité de son sort se rappelle de nouveau à elle. Elle emprunte en effet le *yiguandao*, la voie du Vêtement et du Bonnet réservée aux processions sacrées, et remarque des ouvriers en train de creuser une fosse à proximité. On dirait qu'ils aménagent un vaste tombeau.

Wei s'arrête et interpelle celui qu'elle suppose être le contremaître.

« Qu'y a-t-il de si urgent pour que vous creusiez une fosse à cette heure ?

– Le grand ministre de l'Agriculture est gravement malade. Nous préparons sa sépulture au cas où... »

Zhuo remarque que l'homme observe son interlocutrice d'un drôle d'air, comme s'il l'avait déjà vue mais sans parvenir à l'identifier.

« Je ne peux pas croire ce que vous me dites ! réplique Wei. Comment pouvez-vous faire une chose pareille ? Ne savez-vous pas que c'est un espace réservé où l'on porte en procession le Vêtement et le Bonnet de Sa Majesté ? Ce lieu est sacré. Comment osez-vous le profaner ! »

Sa voix grimpe dans les aigus, à la limite de l'hystérie.

« De quelle Majesté parlez-vous exactement ? Parce que la Majesté qui loge au palais a accordé cet emplacement à titre honorifique au grand ministre de l'Agriculture », déclare l'homme avec autorité.

Que faire ? La suivante sait que tout ne s'est pas arrêté avec la mort du vieil empereur. Elle accepte ce changement, mais sa maîtresse vit dans son monde, un monde qui a cessé d'exister depuis plus d'une décennie. Ce n'est pas la première fois que Zhuo voit Wei se quereller avec des gardes ou d'autres individus pour une cause perdue d'avance.

Le mausolée et l'esplanade ne sont plus les sites sacrés et inviolables qu'ils étaient jadis. Les tombes de hauts fonctionnaires et d'autres habitants de la région gagnent de plus en plus de terrain sur le parc funéraire impérial. Zhuo se rend bien compte du délabrement croissant du tombeau aussi bien que des temples qui l'entourent. L'herbe pousse entre les pierres, la terre recouvre les autels… Tout le monde aura bientôt oublié la dernière demeure de Sa Majesté, mais elle sait que Wei refuse la réalité et voit encore les lieux dans toute leur splendeur d'origine.

« Votre Grâce, il est vraiment temps de rentrer », lui dit-elle doucement.

Il faut se rendre à l'évidence : les ouvriers ne vont pas s'interrompre. Zhuo réussit à arracher la malheureuse de cet endroit, même si la gardienne du mausolée ne cesse de se retourner.

Le chef de chantier a entendu l'autre femme s'adresser à elle en disant « Votre Grâce » et leur fait signe de s'arrêter, mais Zhuo pousse sa maîtresse à avancer et il finit par renoncer.

« Vous avez vu ? Il m'a presque reconnu », remarque Wei avec un sourire plein de nostalgie.

戌 3e HEURE DE LA NUIT

(20.00 - 21.00, seconde partie de *xu*)

LE SCRIBE PREND UNE DÉCISION

J'ai voulu pour ma part examiner complètement ce qui concerne le ciel et l'homme, comprendre l'évolution qui s'est accomplie depuis les temps anciens jusqu'à nos jours et en faire l'ouvrage d'un seul auteur[1].

La lampe posée sur la table de travail projette son ombre contre les étagères des archives, dessinant de sa flamme vacillante des motifs éphémères sur le plâtre qui s'écaille. Observer ce ballet, c'est un peu comme interpréter les craquelures d'un os oraculaire, mais les formes dansantes évoluent trop vite et sont bien trop vagues pour qu'on puisse faire la moindre prédiction. Le

1. Sima Qian, *Mémoires historiques,* tome I, traduction d'Édouard Chavannes, Paris, Éditions Ernest Leroux, 1895. *(N.d.T.)*

parfum rafraîchissant des fleurs d'osmanthe pénètre par l'étroite fenêtre qui donne sur le jardin. De temps en temps, le chant d'un oiseau vient rompre le silence. La journée se termine et le ciel sans nuages promet une belle nuit.

Liu est pourtant loin d'être aussi serein que la soirée qui s'annonce. Les pensées qui l'assaillent depuis qu'il a appris la terrible nouvelle ne l'ont pas laissé en paix une seule seconde : son ami Yang, scribe à la cour impériale, a été décapité pour avoir consigné dans les annales officielles le comportement déplacé du prince héritier, lequel avait molesté une respectable dame d'honneur que la honte avait poussée au suicide. Furieux, le coupable a demandé la tête du chroniqueur et l'exécution a eu lieu devant d'autres scribes afin qu'ils retiennent la leçon. Mais l'histoire ne s'est pas arrêtée là. Au lieu d'étouffer l'affaire, le prince s'en est vanté un peu partout, au point qu'on dit l'empereur particulièrement contrarié par le manque de discernement de son successeur.

Beaucoup penseront que la mort de Yang est une tragédie absurde et inutile, sauf qu'un tel drame n'a rien d'exceptionnel aux yeux de Liu et de ses collègues. Leur mission consiste à rédiger les annales du règne ; mais si les annales mentent ou que l'on y passe sous silence des vérités dérangeantes, que deviennent-ils sinon de vulgaires plumitifs ? Ces temps-ci, un scribe peut payer son honnêteté de sa vie.

Ceux qui exercent en ce début de millénaire n'ont pas tous perdu leur intégrité. Cependant, les traditions et les valeurs d'hier ont été remises en cause par le vent du changement, en particulier lorsqu'elles se heurtaient aux exigences de la bureaucratie impériale, et cela ne date pas d'hier. De puissants empereurs tels que

Wudi (156 – 87 av. J.-C.) ont imposé leur version de l'Histoire et nombre de scribes qui persistaient à relater les faits sans les travestir en sont morts. Malgré tout, certains continuent de relever le défi. Tel un guerrier qui brandit son épée pour défendre une cause désespérée, l'érudit brandit sa plume et, comme lui, s'en trouvera peut-être auréolé de gloire, mais au prix de son sang. Yang étaient de ceux-là.

Dans la pénombre du crépuscule, le visage de Liu se fait grave au souvenir des jours où son ami et lui étudiaient ensemble les préceptes et les rites confucéens. Leurs maîtres les encensaient l'un et l'autre pour leur courage, leur droiture et leur probité à toute épreuve, mais c'était toujours Yang qui se montrait le plus zélé. Liu enviait ce camarade issu d'une prestigieuse lignée de scribes. Un minimum de compétences garantissait un bon emploi à vie à un homme d'une telle famille, or Yang était plus que compétent : il excellait véritablement dans son art, il était affable et avait des relations.

Après leurs études, les deux garçons ont suivi des voies différentes. Liu est *lingshi*, un poste que l'on pourrait comparer à celui de clerc. Il travaille dans les services du grand officier du Censorat (*yushi dafu*), l'un des plus hauts personnages de l'État. Ses bureaux, où sont archivés notamment décrets impériaux, textes de lois, rapports officiels et cartes, sont installés au Lantai, le pavillon des Orchidées. Ils ont l'avantage d'être à deux pas du Shiquge, la bibliothèque située derrière l'immense palais Weiyang ; dès qu'il a un peu de temps libre, Liu s'empresse de s'y rendre pour profiter de l'impressionnante collection d'ouvrages qu'elle abrite.

Yang, lui, était *taishi*, grand scribe, une fonction qui l'amenait à rendre compte de certaines affaires publiques et à relater les faits et gestes de la famille impériale. Malgré le prestige attaché à sa charge et la perspective d'un brillant avenir – un point sur lequel tout le monde semblait s'accorder –, il montrait toujours un certain pessimisme. Il savait qu'aucun scribe n'était protégé par son statut : on pouvait tomber en disgrâce du jour au lendemain et être exécuté sans délai.

Dans les conversations entre Yang et Liu revenait régulièrement l'histoire tristement célèbre de trois frères, dans l'État de Qi. Ils se nommaient Bo, Zhong et Shu. Scribes tous les trois, et tous les trois condamnés à mort pour avoir mis par écrit la liaison entre un fonctionnaire important et l'épouse de son supérieur. N'oublions pas, soulignait gravement Yang, que cela se passait durant la période des Printemps et Automnes (770 – 476 av. J.-C.), à une époque où les scribes étaient beaucoup plus libres.

Liu se demande quel rôle le sort de ces trois frères a joué dans la fin tragique de son ami. Les événements d'hier préfiguraient-ils simplement son propre destin ou était-ce la mort de ses vertueux prédécesseurs qui l'avait poussé à suivre leur exemple ? Il repense avec tristesse à l'une des maximes préférées de Yang : « Si les lèvres disparaissent, les dents auront froid. » L'État se fait du tort en persécutant les scribes, car il a tout intérêt sur le long terme à ce que les événements soient rapportés avec précision. Même parmi les dignitaires qui continuent de respecter cette profession, certains font parfois pression pour que l'Histoire soit réécrite à leur avantage ; aussi la tâche d'un scribe s'apparente-t-elle à un numéro d'équilibriste dont on aurait tort de minimiser les dangers.

Deux grands caractères ornent le brûle-parfum placé sur la table de travail de Liu : « Cang Jie. » Il en admire le tracé harmonieux ; et chaque fois qu'il lit le nom de celui qui passe pour un véritable dieu aux yeux des scribes, il se souvient de la fois où son géniteur l'a emmené visiter un temple bâti en l'honneur du légendaire père fondateur de l'écriture chinoise. Ce jour-là, il a appris comment le ministre de l'empereur Jaune avait inventé des caractères après avoir observé avec attention les étoiles, les motifs d'une carapace de tortue et les lignes d'une plume, ainsi que la forme des montagnes et les courbes des rivières.

Juste avant le départ de Liu pour la cour impériale, son père a saisi le fameux brûle-parfum, et en quelques coups de pinceau francs et vigoureux, fruits de longues années d'expérience, il a écrit dessus « Cang Jie » à l'encre noire. Puis il a déclaré à son garçon :

« Je ne m'attends pas à ce que tu deviennes chef des scribes de sitôt. Simplement, j'espère que tu auras toujours le courage de désapprouver les manquements de tes pairs et de refuser toute compromission. »

Aujourd'hui, le fils maîtrise son art tout comme son père autrefois. Est-ce parce qu'il pleure Yang que le souvenir de cet autre cher disparu occupe aussi ses pensées à cette heure ? Toujours est-il qu'il ose enfin saisir son pinceau pour repasser sur les deux caractères du brûle-parfum, dont l'encre a été bue en partie par la terre cuite au fil des ans.

Liu se rappelle qu'étant jeune encore il avait lu le compte rendu d'une affaire dont les protagonistes étaient un riche propriétaire et l'un de ses métayers. Au départ, il y avait eu un simple litige sur un bout de terre ; mais le juge ayant tranché sans hésiter en faveur du maître, le paysan exaspéré avait assassiné ce dernier puis avait été exécuté. La question était simple, mais impossible à aborder publiquement : la justice de l'Empire était-elle infaillible ou pouvait-on parfois la remettre en cause ?

Pendant longtemps, Liu a eu du mal à admettre que l'État puisse être corrompu, mais la condamnation de Yang achève de l'en convaincre. Déjà, son père lui racontait qu'au cours de ses voyages il avait noté de grandes disparités d'une province à l'autre. Dans certains endroits, ce n'était pas une administration centrale aux méthodes discutables qui veillait au respect de la justice mais les assemblées locales et les anciens, véritables garants de l'ordre social. Il était du devoir des scribes d'évoquer ces disparités régionales dans leurs annales, et ce, malgré les risques encourus.

Dans ses *Mémoires historiques*, le grand historien Sima Qian affirme que les lettrés qui restent enfermés dans leur savoir sont trop éloignés des gens du commun. Mais ceux qui recherchent les honneurs en reniant leurs valeurs sont-ils plus enviables ? Depuis qu'il a appris la mort de son camarade, Liu retourne dans sa tête des questions qu'il n'a pas eu le temps d'aborder ou d'approfondir avec son défunt père. Qu'est-ce que la gloire ? Mourir pour ses principes est-il plus important que la vie elle-même ? Le sacrifice de Yang est-il héroïque ou inutile ?

« D'ailleurs, qui suis-je, moi, pour porter un jugement ? » interroge-t-il à haute voix, comme si son ami et son géniteur étaient dans la pièce.

Il se lève d'un bond pour chasser ces fantômes et sort respirer un peu d'air frais. Il habite un coin relativement calme du palais. Réservé aux petits fonctionnaires, ce secteur est très éloigné de la partie la plus ostentatoire – ce dont Liu ne manque jamais de se réjouir.

Debout au milieu de la cour, il contemple le ciel. Les calculs astrologiques n'entrent pas dans les attributions d'un *lingshi*, mais il aime observer les motifs que dessinent les étoiles et faire des prédictions pour son usage personnel. Les hauts murs qui l'entourent limitent cependant la vue, et la lune est cachée derrière les nuages. L'esprit enclin aux prémonitions, il se demande si la lumière voilée n'est pas le présage d'un avenir funeste et incertain.

Il sourit amèrement à la pensée que son père, un disciple de Confucius, ne partageait pas son enthousiasme pour les présages et les principes du Huang-Lao (un courant de pensée dont le nom a été forgé à partir de ceux du mythique empereur Jaune, Huangdi, et du sage taoïste Laozi). « Les prétendus signes du ciel ! » disait-il avec dédain, arguant que l'astrologie n'enseigne rien des interactions du passé avec le futur. Tout ce qu'il sait là-dessus, Liu l'a appris par lui-même grâce aux archives et aux annales à sa disposition.

Ce soir, la vue tronquée de la voûte céleste laisse peu de place aux pronostics et le scribe se résigne à rentrer, d'autant qu'il fait de plus en plus froid. Une fois assis à sa table, il approche ses mains de la lampe à huile pour se réchauffer, quand tout à coup il réalise qu'obnubilé par ses pensées il ne s'est toujours pas occupé du rapport qui l'attend sur son bureau.

Le document lui a été remis un peu plus tôt dans la journée, et comme il émane d'un scribe d'un rang supérieur il doit être revu sans tarder. Liu s'oblige à se concentrer sur sa tâche. Il étale devant lui le rouleau constitué de dix fiches de bambou reliées entre elles à intervalles réguliers par un fil de chanvre. Une fois à plat, elles occupent presque la moitié de son petit bureau.

À présent, il faut vérifier soigneusement le texte, fiche après fiche. Liu connaît un grand nombre de caractères propres à différents styles d'écriture. Cette compétence, acquise au prix d'un dur labeur, a joué un rôle déterminant dans l'obtention de son emploi actuel. Il lui reste pourtant beaucoup à apprendre et il poursuit sa formation au Shiquge sous la houlette de lettrés parmi les plus illustres de l'Empire.

À ce jour, il maîtrise les six styles officiels, y compris les plus difficiles, tels que le style « insecte ». Mais, comme son père avant lui, il s'est surtout concentré sur le *lishu*, écriture des scribes par excellence, et donc la plus utilisée dans l'administration. Il doit s'assurer que le rapport qu'il a sous les yeux est non seulement précis dans son contenu mais élégant et homogène dans sa graphie. Lorsqu'il a pris ses fonctions, on lui a déclaré à ce sujet : « Aussi ordinaire soit-il, un document calligraphié à la perfection témoigne de l'autorité impériale ainsi que du sérieux et du professionnalisme de notre bureaucratie. »

Liu fronce les sourcils : sur la deuxième fiche, plusieurs caractères sont mal alignés et tracés à la va-vite. Il marmonne dans sa barbe tout en grattant l'encre de ceux qui laissent à désirer puis repasse dessus pour obtenir un ensemble harmonieux. On pourrait croire que cette chose a été écrite par un débutant sous la dictée de son supérieur ! Aux endroits où le scribe inexpérimenté a oublié comment se formaient certains caractères, il a manifestement laissé des blancs qu'il a remplis plus tard ! Liu fait ce qu'il peut pour obtenir un résultat convenable ; il rectifie quelques bavures supplémentaires, corrige certains traits vraiment bizarres puis vérifie très attentivement que les chiffres notés à la hâte correspondent aux valeurs qu'ils sont censés exprimer.

C'est souvent au niveau des chiffres que la précision fait défaut, surtout quand il faut aller vite. Liu se souvient d'un rapport dans lequel on avait systématiquement noté « cent » à la place de « dix ». Comme il était destiné à l'empereur en personne, le haut fonctionnaire du Trésor qui l'avait dicté avait reçu la bastonnade au même titre que les scribes attachés à son service.

Sa vérification terminée, Liu enroule le document et le pose avec soin sur l'étagère des rouleaux à remettre aux autorités compétentes. Mais il réalise que ce travail n'a en rien calmé le ressentiment suscité par la mort de Yang. Il se dirige alors vers un coffret en bambou orné de magnifiques motifs gravés et en sort un texte autrement plus intéressant que celui qu'il vient de revoir. En effet, il est passé avant-hier à la bibliothèque du Shiquge pour emprunter le *Zuozhuan*. L'auteur de ce commentaire tiré de la *Chronique des Printemps et Automnes* n'est autre que Zuo Qiuming (vers 502 – 422 av. J.-C.), l'un des plus célèbres scribes de son époque – lequel, dit-on, était aveugle. Liu espère que la lecture de ce classique des canons confucéens finira par l'apaiser.

Alors qu'il faut souvent de longues fiches de bambou pour rédiger les documents officiels, les traités tels que ce *Commentaire de maître Zuo* sont plus courts et surtout mieux écrits. C'est du moins l'avis de Liu. Le *Zuozhuan* raconte l'histoire du duc Jing, qui dirigea l'État de Jin et mourut en 581 avant notre ère. Dans un récit en prose au style admirablement concis et direct, l'auteur décrit la vie plutôt bizarre et la fin plus bizarre encore de ce puissant personnage. Liu s'étonne que le pouvoir de l'époque ait permis à maître Zuo de relater des événements tels que l'assassinat par le duc d'une redoutable sorcière qui avait osé lui prédire un curieux destin. De fait, elle ne s'était pas trompée puisque Jing était bien mort en se noyant dans une fosse d'aisance, ce que le chroniqueur avait rapporté non seulement sans la moindre censure mais sur un ton peu flatteur.

Le cœur lourd, Liu interrompt sa lecture. Ils sont loin les jours de la période des Printemps et Automnes ou ceux des Royaumes combattants, quand des scribes comme maître Zuo pouvaient critiquer leur souverain et même le livrer en pâture à la postérité sans risquer de perdre la vie ! Il replace le *Commentaire* dans le coffret et retourne prendre l'air.

Sima Qian, le grand historien (vers 145 – vers 86 av. J.-C.)

Sima Qian est issu d'une prestigieuse famille de scribes. Son père, Sima Tan, était grand astrologue et annaliste (*taishigong*) de l'empereur Wudi, une charge qui consistait à noter les phénomènes célestes et leur influence sur les événements terrestres, ainsi qu'à établir le calendrier des jours fastes et néfastes. Sur son lit de mort, Sima Tan fit promettre à son fils de poursuivre la rédaction d'une histoire générale de la Chine qu'il avait commencée dans le style *jizhuanti*, c'est-à-dire sous la forme d'une série de biographies.

Sima Qian hérita du poste de celui-ci mais offensa bientôt l'empereur en prenant la défense du général Li Ling, capturé par les Xiongnu après une cuisante défaite. Il dut choisir entre l'exécution et la castration, assortie de trois ans de prison, et n'endura cette terrible humiliation que pour tenir la promesse faite à son père.

Son *Shiji* (*Mémoires historiques* ou *Mémoires du Grand Historien)* se démarque par une liberté de style et d'expression dont se sont inspirés les lettrés après lui. Lu Xun (1881-1936), figure majeure de la littérature chinoise au XXe siècle, reconnaît la valeur littéraire exceptionnelle du *Shiji*, qu'il considère comme « le chant le plus parfait de l'historien, un *Lisao* en prose ». (Écrit pendant la période des Royaumes combattants, le *Lisao*, ou *Lamentation sur la séparation*, est le premier poème des *Élégies de Chu* et l'un des plus célèbres de la poésie chinoise.)

Cette fois, renonçant à chercher les étoiles cachées sous les nuages, il observe les dalles couvertes de pétales de fleurs d'osmanthe. Le vent les emportera bientôt et personne ne le remarquera ni ne se souviendra qu'ils ont été là un jour. De la même manière, Liu peut se plier aux dictats de la cour impériale et n'être qu'un obscur fonctionnaire qui finira dans les oubliettes de l'Histoire. Ou bien il peut mourir pour une cause qui en vaut vraiment la peine : raconter des événements tels qu'ils se sont produits et non tels que de hauts personnages voudraient qu'ils se soient déroulés.

Sa décision est prise. Le courageux Yang n'aura pas donné sa vie pour rien : Liu poursuivra l'œuvre de son ami.

亥 4e HEURE DE LA NUIT

(21.00 - 22.00, première partie de *hai*)

LA DANSEUSE CLÔT LA REPRÉSENTATION

Nan danse au centre de la salle de réception devant un parterre choisi d'aristocrates, consciente qu'en ce moment même sa sœur est sur le point de mettre un enfant au monde. Une vénérable dame de compagnie lui a apporté la nouvelle pendant qu'elle se préparait pour le spectacle : la future maman avait perdu les eaux et la naissance était imminente. La jeune danseuse n'a plus qu'une envie : se précipiter à ses côtés. Elle va malheureusement devoir attendre, car elle est la vedette de la soirée. Partir maintenant est impensable. Ce serait une grave injure envers son hôte, sans parler des conséquences pour les autres artistes.

Contrairement à ceux qui sont attachés à la cour impériale, Nan jouit d'une certaine liberté dans la mesure où elle fait partie de la troupe privée d'un noble de haut rang. En principe, elle n'est pas censée quitter le palais de son protecteur pendant la durée de son contrat, mais elle est parfois autorisée à se produire hors de ses murs, comme ce soir.

Elle doit se concentrer sur sa prestation et s'efforce de ne pas penser à ce qui se passe chez sa sœur. Il ne s'agit pas seulement d'offrir un spectacle exceptionnel : un danseur distrait est un danseur qui risque un faux pas, faux pas qui pourrait entraîner une blessure, blessure qui l'empêcherait d'exercer son art alors même que sa famille a besoin de cette rentrée d'argent. Or Nan a déjà failli tomber à plusieurs reprises en s'empêtrant dans ses longues manches pendant qu'elle exécutait une suite de pas compliquée. Dans ces moments-là, elle fait semblant de sourire pour détourner l'attention. À en juger par les applaudissements, personne n'a remarqué ses hésitations.

L'enthousiasme des illustres spectateurs confortablement installés devant elle ne l'apaise pas vraiment. Pourquoi n'est-elle pas plutôt en train de tenir la main de sa sœur ? Elle sait bien, cependant, que la future maman comprend son absence et même l'approuve. Toutes deux appartiennent à une longue lignée de danseurs, d'acrobates et de musiciens. Elles sont originaires du bassin de la Huai, réputé pour ses divertissements. Les spectacles de danse sont à la mode depuis que l'empereur soutient les artistes de la région, de plus en plus demandés dans les cercles aristocratiques de la capitale. Espérant elle aussi profiter de cet engouement, la famille de Nan s'est installée à Chang'an il y a plusieurs années déjà, en quête de contrats, de gloire et bien sûr de prospérité.

Sa tante a été la première du clan à se produire devant un empereur. Elle avait une voix magnifique et était d'ores et déjà célèbre pour son interprétation des *Élégies de Chu*, des poèmes lyriques très en vogue sous les Han. Nan est l'une des deux seules filles de la génération suivante. Autant dire qu'elle a grandi avec le poids de la réputation familiale sur ses frêles épaules. Sa parente lui a enseigné le chant et la pratique de différents instruments dès son plus jeune âge. Elle s'est révélée être une chanteuse et une instrumentiste de bon niveau, mais peut-être pas assez talentueuse pour éblouir les hautes sphères du pouvoir.

En revanche, sa grande souplesse, sa petite taille et sa grâce naturelle lui ont permis de se former avec succès à la danse du tambour – un art difficile à maîtriser, mais qui laisse beaucoup de place à l'interprétation personnelle. La fillette a emprunté à son père les pas des acrobates et à sa mère la gestuelle de ces danseuses qui jouent de leurs longues manches flottantes, les lancent dans les airs et créent ainsi un tourbillon de couleurs au rythme des mouvements des bras, de la taille et des jambes. Sa formation a fait de Nan une artiste complète au prix d'un travail rigoureux, jour après jour, année après année, et seuls ses parents savent combien elle a souffert avant d'être admirée.

À seize ans, c'est comme musicienne qu'elle a été engagée à la cour, et ce afin d'interpréter les classiques du *Yueji* (le plus célèbre répertoire de l'Antiquité chinoise), mais c'est bien comme danseuse qu'elle s'y est fait rapidement un nom.

Et la voilà de nouveau devant son public. Ses manches étroites se déploient avec élégance, dessinent mille arabesques autour de sa taille et de sa poitrine. Elle-même semble voltiger sur la scène. Dissimulés dans un corridor, les musiciens debout ou agenouillés font entendre les dernières notes des cloches de leurs carillons et de leur pierre musicale (*qing*), tandis qu'un tambour résonne dans un ultime crescendo.

Ce grondement signale la fin du solo de Nan, qui se termine en apothéose par un enchaînement difficile. Elle plie les jambes pour prendre son élan, se cambre en arrière en projetant ses longues manches devant elle puis quitte la scène d'un bond. Les invités posent leur coupe et interrompent leurs joyeux bavardages pour applaudir à tout rompre, mais elle ne prend pas le temps de saluer ni de savourer cet honneur. Elle écarte doucement le rideau de soie jaune et avance en silence dans le couloir, tout essoufflée. Des gouttes de sueur perlent sur son visage.

STATUETTE EN TERRE CUITE REPRÉSENTANT UNE DANSEUSE SOUS LES HAN, AVEC SES LONGUES MANCHES CARACTÉRISTIQUES.

Les autres membres de la troupe s'alarment de la pâleur de ses joues, d'ordinaire un peu rouges après un exercice si éprouvant. Dans leur petite communauté, la nouvelle de la grossesse de sa sœur s'est répandue comme une traînée de poudre. Ses camarades sont inquiets pour elle mais craignent aussi que cela n'affecte sa prestation. Nan en est parfaitement consciente. Ils savent cependant mieux que quiconque qu'il ne faut pas la déranger, car elle n'a que quelques minutes pour reprendre ses esprits avant le prochain tableau.

Les effluves d'un brûle-encens la calment à peine. Elle inspire profondément pour ralentir les battements de son cœur, mais l'excitation à la perspective de devenir tante est toujours là, mêlée à l'anxiété. Elle se mord les lèvres et essaie de se raisonner intérieurement pour réprimer son envie de voir le spectacle finir au plus vite. Le bébé est-il né ? La mère et l'enfant sont-ils en bonne santé ? Et si l'accouchement s'était mal passé ? Bloquée au palais, si loin de chez elle, Nan tremble à l'idée de perdre son unique sœur, qui est aussi une grande amie.

Tout à coup, les accents monocordes d'une musique plaintive montent de la grande salle. La tristesse de ces accords fait écho à l'angoisse de la danseuse. Cette fois, c'est une chanteuse qui se produit. Derrière le rideau, Nan l'écoute d'un air absorbé. Elle est convaincue à présent que quelque chose a mal tourné. Elle voudrait que le poème ne soit pas si tragique. D'un autre côté, savoir que l'auteur a éprouvé le même sentiment de désespoir qu'elle en ce moment lui apporte un peu de réconfort dans sa solitude.

D'ailleurs, les gens les plus importants ne connaissent-ils pas la tristesse eux aussi ? Liu Bang, fondateur de la dynastie Han, aimait beaucoup les *Élégies de Chu*, étant originaire de cet État et poète lui-même. Il écrivit *Le Chant du grand vent* (*Dafeng*) pour célébrer son retour dans son village natal après avoir unifié le pays. Il y demandait notamment « comment trouver des hommes vaillants pour garder les Quatre Côtés », c'est-à-dire pour protéger son empire. Les chanteurs ont adopté le style plaintif des *Élégies de Chu* à la cour des Han. Après Liu Bang, nombre d'empereurs et d'impératrices furent de véritables virtuoses et composèrent des poèmes devenus célèbres. Aussi puissant qu'ait été Wudi aux IIe et Ier siècles avant notre ère, il n'en est pas moins l'auteur de *Vent d'automne*, une ode qui exprime la mélancolie si particulière qui découle de la joie.

Les musiciens qu'entend actuellement Nan jouent du *se* (cithare à cordes pincées), du *pipa* (luth à quatre cordes) et du *fou* (instrument à percussion). De plus, les *bianzhong* (cloches chinoises) résonnent en harmonie avec les notes poignantes de la gamme pentatonique du *zheng* (une autre cithare à cordes pincées).

J'ai été livrée au roi d'une terre étrangère, entonne une fille.

Nan reconnaît le premier vers du *Chant de la mélancolie*. Ce poème connu dans tout le pays est l'œuvre de Liu Xijun, une princesse Han que Wudi donna en mariage au *kunmi*, le roi des Wusun. Il s'agissait d'une alliance diplomatique et personne ne se souciait de la différence d'âge entre la jeune épouse et le vieux souverain. Nostalgique de son pays natal, l'exilée écrivit ces vers pour exprimer le terrible isolement qui l'écrasait. Elle avait été arrachée à ses racines et abandonnée dans les steppes des confins de l'Empire.

La tente ronde est mon palais,
Les murs y sont de feutre.
La viande sèche est mon seul mets,
Ma boisson est le koumys.
Sans fin je rêve à ma patrie,
Mon cœur en est meurtri.
Que ne suis-je le cygne jaune
Qui retourne au pays[1] *!*

La chanteuse termine la première strophe dans les aigus en prolongeant la note pour marquer la fin du vers exactement comme le faisaient la mère et la tante de Nan quand elles interprétaient cette élégie.

« Tu dois prendre ton temps ! Ne jamais te précipiter ! » n'avait de cesse de lui répéter la seconde.

L'assistance est émue par la performance vocale de l'artiste, en parfait accord avec l'accompagnement musical. Le poème a transporté les auditeurs dans les contrées reculées où se languissait la princesse Xijun. L'un d'eux, particulièrement subjugué, s'avance et reprend la mélodie. D'autres convives joignent leur voix à la sienne. L'atmosphère est soudain beaucoup plus solennelle. Tout le monde s'arrête de boire et de manger, certains laissent même couler des larmes. L'hôte se réjouit d'un

1. Traduction d'Yves Hervouet dans *Anthologie de la poésie chinoise classique*, sous la direction de Paul Demiéville [1962], Paris, Gallimard, « Poésie / Gallimard », 1982. *(N.d.T.)*

tel instant d'émotion : cela signifie que ses nobles invités sont satisfaits. Mais il ne tient pas à ce que l'ambiance devienne trop larmoyante ; aussi adresse-t-il un signe de tête à la chanteuse pour qu'elle s'efface, tout en faisant de grands gestes vers un autre groupe de musiciens postés dans le corridor afin qu'ils jouent un air gai et entraînant.

Nan cherche des yeux son cousin Dong, qui devrait être avec eux. Ces deux-là sont amoureux, mais aucun n'a eu le courage de se déclarer. Ils ont beau travailler dans le même palais, ils se voient rarement en privé. Et contrairement à elle, Dong est libre d'aller et venir. Nan s'interroge. Sait-il que sa sœur est en train d'accoucher ? Doit-elle essayer de lui demander d'envoyer quelqu'un aux nouvelles ? Il est là qui la regarde, et ce bref échange visuel lui met un peu de baume au cœur.

Les battements de tambour et le vacarme assourdissant des instruments en pierre, en bronze et en bambou emplissent soudain la pièce, comme si l'on se retrouvait au beau milieu d'un marché de rue. Deux serviteurs disposent des accessoires en cercle sur le sol. Un petit groupe de danseuses et d'acrobates s'avance en file indienne, et chaque apparition est une explosion de couleurs plus éclatantes les unes que les autres. Nan est prête à conduire le dernier tableau de la soirée. La danse qui sera exécutée est l'une des plus en vogue. C'est aussi l'une des plus difficiles, car elle se pratique avec des plats et des tambours entre lesquels les filles évoluent pour montrer toute la palette de leurs talents.

ACROBATES EN ÉQUILIBRE SUR LES BORDS DE VASES EN TERRE CUITE.

À l'origine il n'y avait que quelques plats et tambours, mais les aristocrates cherchent tellement à rivaliser quand ils reçoivent que désormais on utilise souvent une vingtaine de chaque. Ce défi pousse les artistes à se dépasser. La coordination des mouvements et des figures est un exercice éprouvant pour le corps et demande une parfaite maîtrise de la respiration. Aujourd'hui, pendant la mise en place, trois débutantes se sont rentrées dedans, une maladresse qui leur a valu d'être battues par leur professeur.

Nan ouvre le tableau seule. Tout en agitant une bannière de soie au-dessus de sa tête, elle tourne sur elle-même jusqu'aux tambours, virevolte autour sur la pointe des pieds, les enjambe et s'élève aussi haut que possible. Elle se pose un bref instant sur celui placé au milieu de la scène puis bondit avec agilité sur un autre. Son corps évolue en souplesse. Elle est le dragon qui danse, l'hirondelle qui vole, tandis que ses longues manches dessinent de superbes arabesques et que le ruban de soie se déploie en volutes tels les nuages au sommet d'une montagne.

En principe elle doit garder le sourire, mais là elle n'y arrive pas. L'excitation et l'inquiétude qu'elle réprime se répercutent en quelque sorte sur tous ses mouvements et même sur les ondulations de ses vêtements. Par chance, l'impression de fébrilité qui en découle s'accorde à la musique et à l'atmosphère de la soirée.

Totalement sous le charme, les convives ne remarquent même pas les acrobates qui forment un large cercle autour de Nan. Au bout d'un moment, elle s'efface devant eux et rejoint trois autres femmes pour une danse qui va accompagner le numéro de leurs compagnons. Le corps immobile, elles commencent par agiter doucement les mains ; ensuite elles lèvent un bras, abaissent l'autre vers le sol et terminent le mouvement en les ouvrant devant elles d'un geste ample. Ce n'est que le début d'une chorégraphie complexe où la synchronisation est essentielle.

Une fois qu'elles ont terminé, elles se retirent lentement sous les applaudissements. Mais tous les spectateurs ne comptent pas en rester là : certains veulent connaître le nom de tel ou tel membre de la troupe. Cette soirée pourrait s'avérer une occasion en or pour les plus jeunes et les plus ambitieux des artistes. Le patronage d'un homme de haut rang augure souvent une ascension fulgurante pour les acrobates comme pour les danseuses, et celles-ci pourraient bien découvrir que les faveurs d'un noble ouvrent des portes menant bien au-delà de leur art.

Feiyan Zhao, la danseuse devenue impératrice

Feiyan Zhao, de son vrai nom Feng Yisheng (45 – 1 av. J.-C.), est abandonnée par ses parents, esclaves de maison, immédiatement après sa naissance. Trois jours plus tard, elle est recueillie par un certain Lin Zhao, qui devient son père adoptif. Formée à la danse au palais de la princesse Yang'e, elle doit sa célébrité à la légèreté de son style, qui évoque à la fois le phœnix et l'hirondelle volante (*feiyan*). L'empereur Cheng est frappé par sa beauté lors d'une visite et l'appelle bientôt à la cour, où la rejoint peu de temps après sa jeune sœur, Zhaoyi. La première devient impératrice, la seconde favorite.

Les deux femmes sont très impliquées en politique. Elles contribuent notamment à faire du neveu de Cheng son héritier. Mais aussitôt après la mort du souverain, de hauts dignitaires accusent Zhaoyi de l'avoir assassiné et l'obligent à mettre fin à ses jours. Mieux protégée, Feiyan conserve son influence auprès du nouveau maître, Xin Liu. Cependant, attaquée à son tour, elle perd ses appuis politiques et se voit exilée au mausolée de son époux bien-aimé, où elle finit par se suicider.

Il ne fait aucun doute que certaines camarades de Nan seront un jour la concubine d'un grand seigneur, comme beaucoup de danseuses avant elles, bien que l'Histoire ait montré que cela ne se termine pas toujours bien. Entrer dans une famille riche et puissante n'est pas forcément un gage de tranquillité. Mais ces jeunes filles simples de la campagne ont parfois du mal à résister au miroir aux alouettes ; devant la gloire et la fortune qui se profilent, elles sont bien décidées à saisir leur chance sans se préoccuper des conséquences.

Avant d'en arriver là, elles reçoivent ce soir des présents du maître des lieux, qui n'est pas avare de récompenses pour toute la troupe. La joie se lit sur les visages, chacun se réjouit du succès de la représentation et de la générosité de l'hôte. En tant que première danseuse, Nan reçoit de ses mains un cadeau de grande valeur : un anneau de jade superbement ouvragé. Elle le remercie comme il se doit mais ne songe qu'à sa sœur.

Vivement qu'elle puisse s'échapper pour aller la retrouver. Et peu importe que le nouveau-né soit une fille ou un garçon !

亥 5e HEURE DE LA NUIT

(22.00 - 23.00, seconde partie de *hai*)

LA PREMIÈRE FEMME DE CHAMBRE PRÉPARE LE BAIN

Ce soir, sa maîtresse est invitée chez le roi. Quand elle rentrera, Bao sait qu'elle voudra prendre un bain. En tant que première femme de chambre, c'est à elle qu'il revient de devancer tous ses désirs. Voilà cinq ans déjà qu'elle a le privilège de la servir, attentive à ses moindres demandes, de l'aube au coucher du soleil, parfois même toute la nuit, comme ce fut le cas récemment lorsque Son Altesse est tombée malade. Qu'importe si elle doit veiller tard quand la princesse assiste à un banquet : savoir qu'elle lui fait entièrement confiance et qu'elle se repose sur elle en toute chose ou presque compense largement ce désagrément.

La majeure partie de l'après-midi a été consacrée à la préparation de la jeune femme. Il va de soi qu'une fille de sang royal se doit d'être toujours parfaite. Bao l'a d'abord aidée à se maquiller, puis elle a démêlé son épaisse chevelure et l'a arrangée en chignon, une coiffure sophistiquée qu'elle a fait tenir avec des peignes en ébène. Ensuite, il a fallu décider quels bijoux s'accorderaient le mieux à la splendide robe de soirée qu'elles avaient choisie ensemble pour l'occasion – une tâche délicate mais agréable. Enfin, Bao a jeté sur les épaules de sa maîtresse un manteau assorti à sa tenue et s'est agenouillée pour la chausser de jolis souliers brodés.

Quel soulagement lorsque la princesse est montée dans sa voiture ! Cela fait maintenant trois heures, et la femme de chambre ne sait pas et ne se soucie pas de savoir en quel honneur ont été organisées les agapes de ce soir. Elle a aidé Son Altesse à se parer comme il convient à une personne de son rang et elle est prête à l'accueillir dignement à son retour : cela lui suffit.

D'abord, le bon éclairage. Calculant le temps qui lui reste, Bao se dirige vers un petit local situé à côté de l'antichambre et donnant sur la cour d'honneur. La princesse est la fille préférée du roi-vassal de l'État de Lu. Elle reçoit de son père et de ses proches toutes sortes de présents luxueux, parmi lesquels de somptueuses lampes à huile souvent réalisées à partir de matériaux exotiques. Chacun connaît sa prédilection pour ces objets aux formes élaborées. Elle en possède tellement qu'elles sont rangées dans une pièce à part. Après un rapide coup d'œil sur les étagères, Bao choisit un bronze en forme d'oie. La propriétaire de tels trésors lui a confié un jour que ce motif animalier lui procurait un incomparable sentiment de paix.

C'est sa grand-mère qui lui a offert cette lampe pour son anniversaire, l'an passé. Bao n'est pas une spécialiste, c'est vrai, mais elle reconnaît l'ingéniosité de l'artiste. L'ouvrage représente une oie qui a tourné la tête et saisi un poisson dans son bec. Le ventre du poisson est doté d'un volet mobile qui permet de régler l'orientation de la lumière ainsi que le degré de luminosité, et qui coulisse dans une rainure de la coupelle à huile. On remplit d'eau le petit réservoir placé dessous : elle attire la fumée et l'empêche de se répandre dans la pièce, où elle imprégnerait inévitablement les étoffes précieuses.

Cette œuvre offrira une vision agréable à Son Altesse quand elle se préparera pour le bain. Aussi, la suivante l'emporte à l'étage et allume la mèche dans la coupelle. Une douce lueur se diffuse, donnant vie aux plumes sculptées avec soin sur les ailes de l'oiseau.

LAMPE EN FORME D'OIE TENANT UN POISSON DANS SON BEC (BRONZE PEINT ET TISSU).

Un couloir plongé dans l'obscurité relie la salle de bains à la chambre de la princesse. Bao s'arrête, furieuse de constater que les deux lampes à huile en terre cuite placées dans les niches murales sont éteintes. Il est vrai que peu de serviteurs sont autorisés à pénétrer dans les appartements privés. C'est bien dommage que personne ne soit venu éclairer le passage ! Il faudra régler la question plus tard.

La salle de bains est déserte. Bao demeure un instant sur le seuil, le temps de s'adapter à la clarté aveuglante qui provient d'un candélabre en céramique. Quel bel objet ! Le pied est décoré d'animaux et la colonne centrale porte trois étages de petites lampes à volets chantournés en forme de cygne. La lumière irradie dans toutes les directions à travers les panneaux coulissants. Tous ces ouvrages d'art ont été réalisés pour plaire à sa maîtresse, bien sûr, mais la première femme de chambre est heureuse de pouvoir en profiter et les apprécier à leur juste valeur. C'est l'un des privilèges de sa fonction.

Il y a quelques années encore, la princesse se lavait dans une vasque en bronze. Après la toilette, on devait évacuer l'eau sale dans une canalisation extérieure. Puis, l'enfant étant devenue une jeune fille, il a été décidé de lui aménager une baignoire creusée dans le sol. Celle-ci n'est pas immense comparée à celle de la reine, mais d'une taille respectable malgré tout. Le fond est carrelé et le rebord revêtu de briques ornées de motifs végétaux et animaliers. Son Altesse aime laisser sa main courir sur ces bas-reliefs qui lui permettent de se tenir plus fermement afin de ne pas glisser quand elle sort du bain.

Bao fronce les sourcils devant quelques feuilles mortes atterries là comme par magie. À part ça, les lieux sont d'une propreté irréprochable. Avec les domestiques, elle a passé un temps considérable à nettoyer le bassin et à supprimer toute trace de boue sur les briques d'angle. Mais il y a un problème au niveau du système d'évacuation. Si les filles n'ont plus à porter les eaux usées, les canalisations en porcelaine remplissent mal leur office et l'eau s'écoule trop lentement. Bao s'agenouille. Elle n'aime pas beaucoup le bruit qu'elle entend là-dessous. Encore un dysfonctionnement à signaler à l'intendant, se dit-elle, agacée.

Elle passe la tête dans l'embrasure d'une porte, au fond de la salle de bains. Le réduit cache un petit fourneau sur lequel deux jeunes servantes font bouillir de l'eau.

« Son Altesse n'est toujours pas rentrée. Ajoutez de l'eau froide dans la marmite et attendez mes ordres pour remplir la baignoire ! » leur ordonne-t-elle avant de retourner à ses préparatifs.

Une boîte à cosmétiques laquée (*lian*) et un coffre en bambou (*si*) sont posés un peu en hauteur à un angle de la pièce. Des serviettes en coton sont rangées avec soin dans le coffre, à côté de plantes séchées. Bao choisit quelques brins aux senteurs épicées dont elle garnit un brûle-encens (*boshan*). Leur parfum voluptueux se répand aussitôt, accompagné d'un léger voile de fumée qui contribue lui aussi à une atmosphère relaxante, ce qui plaira sans doute à la princesse.

BRÛLE-PARFUM DE BRONZE EN FORME DE MONTAGNE (*BOSHANLU*). DIVINITÉS ET ANIMAUX MYTHOLOGIQUES ERRENT DANS LA BRUME ET LES NUAGES.

Elle doit maintenant s'occuper du chauffage. Le four dédié à la salle de bains en hiver n'est pas en service et les courants d'air peuvent être glacials au début du printemps. L'autre jour, sa maîtresse s'en est plainte et Bao a demandé que l'on apporte un poêle portatif. Elle charge une petite main de le remplir de charbon de bois et lui explique qu'une fois les lieux réchauffés il faudra le placer dans une alcôve pour que Son Altesse ne risque pas de se brûler en le touchant par inadvertance.

Cette dernière ne devrait plus tarder. Il est temps de verser l'eau chaude. Bao prie la jeune fille d'en informer ses camarades.

Consciente qu'elle lui fait peur, elle accompagne son ordre d'un sourire mais ne réussit qu'à la terrifier encore plus.

La première femme de chambre, elle, retourne au coffre en bambou. Quelles plantes choisir pour le bain de ce soir ? De l'eupatoire, du magnolia à fleurs de lis ou de l'osmanthe parfumé ? La princesse a déclaré un jour que le magnolia à fleurs de lis l'aidait à se détendre. Un banquet d'État est des plus fatigants, c'est donc l'occasion idéale. Alors va pour le magnolia à fleurs de lis, agrémenté d'une touche d'osmanthe parfumé.

Les autres sont allées chercher du renfort, car porter l'eau depuis le fourneau jusqu'au bassin est une tâche éreintante. Elles ne seront pas trop de quatre.

« On ne pourrait pas avoir des hommes pour faire ça ? Ils sont tout de même plus costauds que nous ! se plaint l'une d'elles.

– Êtes-vous folle ? Aucun homme n'est autorisé à entrer dans la chambre et la salle de bains de Son Altesse ! » s'écrie Bao, qui l'a entendue.

Tandis que la baignoire se remplit, elle étale une toile de chanvre sur le rebord et y pose une serviette et un peignoir qu'elle a pris dans le coffre, ainsi qu'un accessoire de gommage en roche volcanique. Sa maîtresse possède en outre plusieurs pierres ponces décorées de fins motifs géométriques. Exfoliation, hydratation : sa peau a reçu tous les soins nécessaires avant le festin, mais Bao est sûre qu'une fois dans l'eau elle aura envie de jouer avec ces jolies pierres.

Tout à coup, son œil tombe sur une bassine (*fou*) et un vase (*hu*) réservés au lavage des cheveux et qui ne devraient pas se trouver là : la princesse n'aura pas le temps de se livrer à cette opération et de toute façon il n'est pas bon de se coucher la tête mouillée. Bao emporte donc ces objets puis revient avec un miroir en bronze, bien plus utile à cette heure tardive.

Constatant que la baignoire est remplie à moitié, elle demande aux domestiques de garder le reste de l'eau chaude sur le fourneau. Le petit poêle n'est peut-être pas utile, après tout. La vapeur dégagée par l'eau bouillante a réchauffé la pièce. Les filles commencent à transpirer et s'assoient par terre avec Bao pour profiter d'un moment de répit avant le retour de la maîtresse.

L'une des plus âgées, venue en renfort d'une autre partie du palais, interpelle la première femme de chambre :

« Il y a sûrement des moments où c'est encore plus l'affolement ?

– Oh, que oui ! soupire Bao. Chaque fois que Son Altesse doit assister à une cérémonie rituelle, sa préparation demande un temps infini. Le mois dernier, elle a accompagné Sa Majesté lors des célébrations aux portes de la ville. Vous avez toutes vu comme elle était belle, n'est-ce pas ? Eh bien, il a fallu des heures rien que pour l'habiller et la coiffer ! »

Elle croise les bras sur ses jambes et se tourne vers l'une des servantes qui l'ont aidée ce fameux jour.

« Tu te souviens ? On s'est levées à trois heures du matin pour préparer le bain. Son Altesse y est restée près d'une demi-heure, occupée à humer différentes plantes pendant qu'on lui lavait les cheveux avec de l'eau de céréales bouillies. Il faisait tellement froid au petit matin qu'il a fallu apporter deux poêles de plus. Après le bain, nous nous sommes retrouvées à trois autour de la princesse ! De vraies petites abeilles ! L'une lui polissait les ongles, une autre tenait le miroir et moi je lui peignais les cheveux. Ensuite, impossible de nous décider entre deux tenues. Elle a d'abord essayé une jupe longue en soie violet, cintrée à la taille, puis un modèle plus ample avec des motifs dans les tons rouge et jaune. Elle a fini par choisir la seconde parce que le rouge vif lui va bien et lui donne bonne mine. »

Bao est fière d'avoir escorté sa maîtresse ce jour-là. Elle-même avait belle allure, elle le sait, malgré le peu de temps qu'elle a eu pour s'apprêter. Elle avait compté large pour l'habillage de la princesse mais la coiffure lui a causé bien du tracas. Sa chevelure était trop humide pour le double chignon prévu et la composition s'est effondrée par deux fois.

Bao est sur le point d'expliquer comment elle s'en est sortie et quels ornements elle a choisis pour faire tenir l'ensemble, mais elle se ravise, penche la tête et écoute, les yeux fixés sur le mur comme si elle voyait à travers. Les servantes lui demandent si elle a entendu un bruit signalant le retour de la maîtresse.

Pour toute réponse, la première femme de chambre se lève d'un bond et quitte la pièce à la hâte. Les autres font de même, prêtes à accomplir une dernière tâche avant d'aller enfin se coucher.

Une salle de bains dans l'au-delà

Les salles de bains des dynasties Qin et Han révélées par les fouilles archéologiques étaient de tailles variables et équipées de diverses installations sanitaires, ainsi qu'on l'a vu dans le chapitre qui s'achève. Celles du palais de Xianyang pouvaient mesurer jusqu'à 40 mètres carrés.

Véritables palais funéraires, nombre de sépultures des élites Han possédaient elles aussi leur salle de bains afin de répondre aux besoins d'hygiène du défunt dans l'au-delà. À Shiyuan, près de Yongcheng (province du Henan), l'une des pièces latérales d'un tombeau présente dans le sol des éléments qui s'apparentent à un bassin et à un puits perdu. Dans d'autres cas, la salle de bains était simplement évoquée par des accessoires de toilette.

子 6e HEURE DE LA NUIT

(23.00 - 00.00, première partie de *zi*)

LE SOLDAT SE BAT CONTRE LA PESTE

Voilà quatre jours maintenant que Ma est alité. Le médecin attaché à son unité n'est venu que deux fois, laissant au passage quelques remèdes à Zeng, la jeune recrue qui s'occupe de lui. Ses rares visites ne sont pas une marque d'indifférence ni de paresse mais l'inéluctable conséquence de la peste qui frappe durement l'armée. Malgré le dévouement héroïque des chirurgiens militaires, la maladie gagne du terrain et finit par les contaminer eux aussi. Au bord de l'épuisement, ceux qui tiennent encore debout ne peuvent pas soigner tout le monde et assistent impuissants à l'hécatombe.

En tant que vétéran, Ma a la chance d'avoir à ses côtés un jeune conscrit qui veille sur lui, lui fait prendre ses médicaments et s'assure qu'il ne manque ni d'eau ni de nourriture (les jours où son maître parvient à la garder). Ma a vu tant d'hommes périr ces derniers temps qu'il ne craint pas la mort, cette veille compagne, mais à tout prendre il préférerait trépasser au champ d'honneur plutôt que d'être terrassé par la maladie. Il doit malheureusement admettre qu'il est loin d'être immunisé contre le fléau qui se propage dans le camp.

Il a d'abord été pris de frissons qui lui donnaient la chair de poule, hérissant le duvet de ses bras, avant que le froid s'insinue dans tout son corps et qu'il soit gelé jusqu'aux os. Zeng l'a enveloppé de toutes les couvertures qu'il avait pu trouver. Il a même ajouté de la paille pour le tenir au chaud. Rien n'y faisait, Ma continuait de grelotter. Tremblant de tous ses membres, claquant des dents, il se demandait à voix haute si sa fin était proche. Son âme spirituelle (*hun*) était-elle sur le point de retourner au ciel (*tian*) et son âme corporelle (*po)* à la terre (*di*) ?

Le médecin qui avait reconnu les signes de la peste est repassé le lendemain. Malgré sa longue expérience, il a eu du mal à croire que cette personne si faible allongée devant lui était bien Ma. Il a poussé un soupir de résignation tandis qu'il tendait à Zeng un nouveau bouquet d'herbes médicinales :

« Il était si vigoureux, et le voilà aux portes de la mort ! Il a beau avoir une santé de fer, j'ai bien peur qu'il ne perde cette bataille. »

Cette remarque n'a pas échappé aux oreilles de Ma, qui a répliqué d'une voix faible :

« Allons, vous oubliez que j'ai un moral d'acier ! »

Ce n'est pas à un simple soldat qu'il revient de contester les décisions de son empereur ; pourtant, allongé sur son lit, Ma a eu tout le temps de méditer sur la folie guerrière de Wang Mang.

Il se dit que les campagnes tous azimuts du souverain n'ont aucun sens et commencent à ébranler l'Empire. Les hommes se sont battus sur les frontières du Nord et de l'Ouest, mais aucune de ces expéditions ne s'est bien terminée. Sous le règne de Wudi, les finances du pays étaient saines, l'armée puissante. Aujourd'hui, les troupes sont menacées par la désorganisation et la peste ; les vivres et le matériel se font rares, alors même que les grands travaux inconsidérés lancés par l'empereur continuent de ponctionner le Trésor. À cela s'ajoutent la gestion calamiteuse de l'État et un énième conflit au sud-ouest, qui s'est soldé par un désastre.

C'était pourtant prévisible. Il y a cinq ans, Wang Mang a dépouillé de son titre le roi Gan, qui régnait sur le territoire des Xinan Yi. La guerre entre les Han et ces barbares a éclaté deux ans plus tard, après que le gouverneur de la commanderie de Zangke eut ordonné l'exécution de Gan et provoqué le soulèvement de ses sujets sous le commandement du frère du roi déchu.

Relief d'un tombeau figurant une scène de bataille avec des guerriers et des chars sur un pont (période des Han orientaux).

En marche vers le sud, l'armée régulière s'est heurtée à la résistance obstinée des troupes rebelles, avant d'être rattrapée par les fièvres qui ravagent régulièrement cette région subtropicale humide située aux confins de l'Empire. La dysenterie s'est répandue parmi les soldats et a été suivie par une terrible épidémie de peste. Les vivres et l'aide médicale étant arrivés trop tard, des milliers d'hommes ont perdu la vie.

Depuis qu'il s'est engagé, à l'âge de seize ans, Ma a survécu à d'innombrables batailles ainsi qu'aux maladies les plus meurtrières que l'Empire ait connues. Une infection due à une résurgence de la peste a pourtant bien failli l'emporter l'année dernière, mais il s'en est tiré une fois de plus grâce à sa constitution robuste. Très affaibli, il a tout de même été renvoyé dans son foyer, le temps de recouvrer la santé. Durant toute sa convalescence, il a été hanté par les scènes effroyables auxquelles il avait assisté dans le camp touché par l'épidémie. Des centaines de malheureux mouraient chaque jour et des cris de douleur montaient des tentes sans interruption. Les champs étaient jonchés de cadavres gonflés, entassés là sans sépulture et abandonnés aux charognards. C'était l'enfer sur Terre.

Ayant retrouvé ses forces après plusieurs mois de repos auprès des siens, Ma s'est senti prêt à rejoindre les troupes dans le Sud. Ce serait sa dernière campagne, a-t-il déclaré à son épouse, après quoi il s'établirait définitivement au village et achèterait un lopin de terre. De retour parmi les soldats, il a souvent imaginé cette future existence dans une petite ferme, avec ses fils, leurs épouses et leurs enfants installés à proximité. Il creuserait une mare pour les canards et, s'il atteignait l'âge de quatre-vingts ans, l'administration impériale lui accorderait l'honneur de posséder une canne au pommeau sculpté d'une tourterelle. Muni de cet emblème officiel de vénérable vieillard, il se prélasserait au soleil en regardant sa famille vaquer à ses occupations.

Aujourd'hui encore, à l'heure où le destin semble résolu à contrarier ses plans, Ma s'accroche à son rêve et trouve dans cette retraite imaginaire la force de combattre la maladie. Il a cru un instant en sortir vainqueur. Les tremblements dus à la fièvre s'étaient atténués. Il avait réussi à avaler un peu d'eau, quelques cuillerées de bouillie assez liquide et, le plus important, sa potion à base d'herbes médicinales. Le pire était derrière lui, avait-il déclaré à Zeng. Il pouvait maintenant remuer les bras et les jambes, le froid s'était dissipé, et d'ici une quinzaine de jours il serait de nouveau sur pied – plus tôt, peut-être. Ce médicament avait un pouvoir de guérison étonnant, presque magique, répétait-il au jeune homme, mais il essayait surtout de se convaincre lui-même.

Il en est au quatrième jour de fièvre et sait bien que l'optimisme dont il a fait preuve était sans fondement. Des douleurs indescriptibles le mettent au supplice, en particulier au niveau de la colonne vertébrale. C'est comme si des milliers d'insectes le piquaient et lui labouraient les os, explique-t-il à Zeng, mais il se tait dès qu'il le voit pris de panique. Le garçon a été appelé dans l'armée il n'y a pas très longtemps, assez cependant pour découvrir que la vie militaire est bien différente de la vision épique qu'en donnent en peinture les scènes de bataille.

Pour tenter de distraire son garde-malade – et lui-même par la même occasion –, Ma explique comment les gens de son village natal ont essayé d'éloigner la peste de leurs maisons. Il raconte des histoires de *fangxiangshi*, ces exorcistes au masque carré, et s'attarde sur leur apparence monstrueuse.

« Ils sont couverts d'une peau d'ours et possèdent quatre yeux en or. Ils brandissent une lance et un bouclier pour chasser les démons. »

Le visage baigné de sueur, les yeux brillants de fièvre, Ma semble encore plus terrifiant que les personnages dont il parle.

« Une fois, il y a longtemps, on m'a habillé en *fangxiangshi* pour une cérémonie d'exorcisme *nuo*. Je portais un masque, un costume noir, et je dansais pendant que d'autres villageois faisaient du bruit pour repousser les esprits maléfiques. »

Zeng hoche la tête. Enfant, il a assisté à des spectacles de ce genre, et son père lui a appris que les dieux des portes, Shen Tu et Yu Lei, protègent des démons. Des gens étaient déguisés en divinités guerrières ; ils avaient des armes et même des armures. Hélas, avoue-t-il au vieux soldat, sa famille était trop pauvre pour se travestir ainsi et même pour décorer les portes de leur maison avec les images de tels dieux.

Ma a beau être épuisé, il n'arrive pas à dormir, à cause de la douleur, bien sûr, mais surtout par crainte de ne pas se réveiller s'il fermait les yeux. Pour entretenir la conversation, il demande à Zeng comment il s'est retrouvé dans l'armée.

« Mon père était trop malade pour servir, et mon frère trop jeune. Du coup, c'est moi qu'on a appelé. Je venais juste de me marier. Ma femme attendait notre premier enfant. Elle n'a pas arrêté de pleurer quand elle a appris qu'on m'envoyait au combat. Et encore, c'était avant de savoir que je partais vers les montagnes sauvages et les larges rivières du Sud ! »

Zeng a donc rejoint les troupes envoyées écraser les barbares. Il décrit son malaise grandissant au fur et à mesure que la chaleur et l'humidité augmentaient.

« De l'autre côté du fleuve, le paysage a changé du tout au tout. On a marché des jours entiers dans la forêt. »

Tout en mettant à chauffer la potion de son maître, il avoue son étonnement devant la diversité des cultures dans ces contrées hostiles.

« Les gens ne sont pas riches, mais ils ne meurent pas de faim non plus. Finalement, je me suis dit que le Sud n'était peut-être pas aussi terrible que je l'imaginais. Mais je savais que les marais et l'humidité apportaient des maladies. On m'a dit que dans ces coins-là les soldats ne survivaient pas longtemps. En plus, ils sont tellement loin de la capitale qu'en cas de catastrophe ils sont livrés à eux-mêmes. Tout le monde s'en fiche et personne ne vient leur porter secours. »

À cette idée, la jeune recrue panique de nouveau. Songeant alors au réconfort que lui procure la perspective de sa prochaine retraite, bien que très compromise, Ma essaie d'orienter la conversation sur un thème moins sombre.

« Parle-moi de ta famille. Vous avez une belle maison ?

– On vient juste de la construire. Mon père a suggéré que l'on ajoute de petites tours, comme c'est l'usage chez nous. J'ai même aidé à la pose des tuiles sur le toit. »

Zeng vient de la commanderie du Henan, au nord, laquelle jouxte à l'ouest celle d'où Ma est originaire En cette période de grandes migrations, certains s'attachent à perpétuer leurs traditions pour ne pas se couper totalement de leurs racines.

« Le spectacle est magnifique depuis notre nouvelle maison : on a la vue sur les montagnes. Et puis ma femme a planté tout autour. Les arbustes ont dû bien pousser et les fleurs éclore ! »

La potion à base d'herbes médicinales qu'il a mise à chauffer bouillonne dans le chaudron. Alors qu'il la filtre dans un autre récipient, Ma lui demande de combien de doses on dispose encore. Il ne répond pas : le médecin n'en a prescrit que cinq, à répartir sur trois jours. De toute évidence, il pensait qu'entre-temps Ma serait soit mort, soit en voie de guérison.

Zeng a pris conscience de la gravité de la situation. Le problème n'est pas de savoir ce qu'il faudra faire demain mais s'il y aura un lendemain pour le malade. Il entend les gémissements qui proviennent d'une tente toute proche : ce voisin pourrait bien ne pas passer la nuit. Et qui sait si Ma ne va pas rendre le dernier soupir lui aussi avant le lever du soleil ?

« Quand nous avons franchi les montagnes pour venir ici, lui dit le garçon, j'ai cru avoir le monde entier à mes pieds. Et là-haut je me suis demandé : Où va notre âme après la mort ? »

Le vieux combattant réfléchit à cette question en avalant les dernières gouttes de médicament. Cette préparation semble lui avoir redonné un peu d'énergie, et malgré la nuit qui s'avance son moral s'est légèrement amélioré.

Zeng essaie de se rappeler les paroles de son grand-père. Selon lui, les âmes des défunts accèdent au ciel par les monts Kunlun. Mais il ne sait pas grand-chose là-dessus et se garde d'aborder un sujet aussi funèbre.

De toute façon, Ma n'aurait pas la force de lui expliquer que le massif du Kunlun, situé au nord-est de l'Empire, correspond à l'axe central de la Terre et que trois montagnes y forment une échelle grâce à laquelle les morts peuvent en effet gagner le ciel. Lui-même n'a que des connaissances lacunaires sur le Kunlun. Un être vivant est-il jamais allé dans cet endroit fantastique ? se demande Ma pendant que Zeng entreprend de lui parler du Sud-Ouest.

« Les gens de là-bas croient que lorsqu'on meurt une porte entourée d'arbres et d'animaux volants apparaît au-dessus du tombeau au moment de la séparation des âmes… »

Mais il ne poursuit pas son exposé : le malade a fermé les yeux, son corps est immobile. Le vieux soldat sent la douleur s'atténuer et se dit que le plus dur est passé. Il a l'impression d'aller mieux. Dès qu'il sera complètement rétabli, il escaladera les monts Kunlun ! Il s'en fait la promesse !

Telle est sa dernière pensée cohérente avant qu'il s'endorme enfin.

La peste

Sous les Han occidentaux, il y eut au moins dix-sept épisodes de peste particulièrement violents, dont près de la moitié dans les camps militaires durant les guerres d'expansion territoriale. La mortalité y fut effroyablement élevée à cause de la promiscuité, mais aussi parce que les soldats voyaient leurs défenses immunitaires faiblir durant les campagnes aux frontières. La plupart de ces épidémies se déclarèrent après des tremblements de terre et des inondations. Des services de secours furent mis en place très tôt par le pouvoir central, mais ils ne furent jamais vraiment efficaces.

ÉPILOGUE

Au fil de ces vingt-quatre histoires, nous venons de partager la vie quotidienne d'hommes et de femmes ordinaires dans la Chine des Han. Chaque heure passée en leur compagnie n'est qu'une petite fenêtre ouverte sur leurs longues journées de labeur, mais elle est riche d'enseignement. Nous avons vu des agriculteurs augmenter leurs récoltes grâce à de nouvelles pratiques comme la mise en jachère et la rotation des cultures, et frémi avec eux devant le contrôleur foncier chargé d'évaluer les terres gagnées sur les zones inondables ; nous avons vu des artisans se battre pour s'adapter au changement, tant dans les fabriques et les ateliers que sous la pression extérieure des princes ou de l'empereur et de son administration ; nous avons vu des fonctionnaires de la cour et des ouvriers employés dans les manufactures d'État accomplir leur travail dans la crainte permanente de recevoir la bastonnade ou pire encore.

Pour aucun d'eux la vie n'était facile, et malgré les changements positifs liés au progrès technologique et socio-économique leur perception de l'avenir était teintée de pessimisme. Mais cette conscience aiguë qu'ils avaient de la précarité des équilibres politiques et de la menace constante des catastrophes naturelles les a aussi rendus plus résistants, plus pragmatiques, plus novateurs. Et tout en les poussant à lutter pour leur survie en ce bas monde, elle a incité ceux qui en avaient les moyens à se faire construire des tombeaux toujours plus somptueux pour l'éternité.

BIBLIOGRAPHIE

Ouvrages consultés par l'auteur

Ban Gu, *Book of the Han*, Pékin, Zhonghua Book Company, 1962.

Chen Zhi, *Collection of Essays on the Han Economic History* (*Lianghan Jingji Shiliao Luncong*), Xi'an, People's Press of Shaanxi Province, 1980.

Chen Zhi, *Study of the Juyan Han Period Wooden Slips* (*Juyan Hanjian Yanjiu*), Tianjin, Tianjin Ancient Books Publishing House, 1986.

Legge, James, *Confucian Analects, The Great Learning & The Doctrine of the Mean*, New York, Dover Publications, 1971.

Legge, James, *The Chinese Classics*, vol. III : *The She King or The Book of Poetry*, Londres, Trübner and Co, 1971.

Ma Xin, *Social History of the Rural Area of Han* (*Lianghan Xiangcun Shehui Shi*), Jinan, Qilu Publishing House, 1997.

Sima Qian, *Records of the Grand Historian*, Pékin, Zhonghua Book Company, 1959.

Sun Ji, *Atlas of Han Material Culture* (*Handai Wuzhi Wenhua Ziliao Tushuo*), Pékin, Cultural Relics Press, 1991.

Sun Yirang, *Rites of Zhou*, Pékin, Zhonghua Book Company, 1987.

Wang Zijin, *Ecology and Environment of the Qin-Han Period* (*Qinhan Shiqi Shengtai Huanjing Yanjiu*), Pékin, Peking University Press, 2007.

Wang Zijin, *History of Tomb Looting of Ancient China* (*Zhongguo Daomu Shi*), Pékin, Jiuzhou Press, 2007.

Yang Aiguo, *Between the Living and the Dead : Study of Han Period Stone-Relief Tombs* (*Youming Liangjie : Jinian Handai Huaxiangshi Yanjiu*), Xi'an, People's Art Press of Shaanxi Province, 2006.

Yang Hong, *The Lost Elegancy* (*Shiqu de Fengyun*), Pékin, Zhonghua Book Company, 2007.

Yang Zhenhong, *Discovered Bamboo and Wooden Slips and Qin-Han Societies* (*Jiandu yu Qinhan Shehui*), Guilin, Guangxi Normal University Press, 2009.

Yu Zhenbo, *Qin-Han Laws and Societies* (*Qinhan Falv yu Shehui*), Changsha, People's Press of Hunan Province, 2000.

La multiplication des fouilles archéologiques a permis d'éclairer d'un jour nouveau l'Antiquité chinoise (mausolées royaux du Zhongshan, tombes Han de Laoguanshan, tombes de Mawangdui, site de Sanyangzhuang, tombes Han de Yinwan, tombes du marquis de Haihun, vestiges du canal de Sanmenxia, ville-grenier de Jingshi, cimetières de forçats, pour ne citer que quelques lieux, ainsi que d'innombrables peintures murales, reliefs en pierre et panneaux funéraires).

Ont été très utiles aussi diverses études sur l'agriculture, la production artisanale, les matériaux d'éclairage et les lampes, les transports par canaux, la médecine, l'éducation, la place des femmes, la justice, les systèmes politiques, le vin et les boissons fermentées, la nourriture, les pratiques religieuses et bien d'autres aspects de la société Han. L'auteur exprime sa gratitude à tous ceux qui ont travaillé sur ces sujets.

Pour aller plus loin, en français

Cheng, Anne, *Histoire de la pensée chinoise*, Seuil, « Points / Essais », 2014.

Confucius, *Entretiens,* traduction, introduction et notes d'Anne Cheng, Paris, Seuil, « Points / Sagesse », 1981.

Debaine-Francfort, Corinne, *La Redécouverte de la Chine ancienne*, Paris, Gallimard, « Découvertes Gallimard / Archéologie », 2019.

Gernet, Jacques, *Le Monde chinois*, tome I, *De l'Âge de bronze au Moyen Âge*, Paris, Armand Colin, 2005.

Pirazzoli-t'Serstevens, Michèle, *La Chine des Han. Histoire et civilisation*, Fribourg (Suisse), Office du Livre SA, 1982.

Pirazzoli-t'Serstevens, Michèle, et Bujard, Marianne, *Les Dynasties Qin et Han. Histoire générale de la Chine (221 av. J.-C. – 220 ap. J.-C.)*, Paris, Les Belles Lettres, 2020.

Shijing. Le Grand Recueil, traduction de Pierre Vinclair, Paris, Le Corridor bleu, 2019.

Splendeur des Han. Essor de l'empire céleste, sous la direction d'Éric Lefebvre et Huei-chung Tsao, Paris, Flammarion et Musée national des arts asiatiques-Guimet, 2014.

Sur la Toile

Chineancienne.fr : comme l'indique la page d'accueil, ce site propose en téléchargement gratuit « une bibliothèque d'ouvrages du domaine public sur la Chine impériale, sur son histoire, ses coutumes, ses religions, sa morale, ses grands hommes, son art, sa littérature… »

RÉFÉRENCES PHOTOGRAPHIQUES

P. 33, 110, 215 et 242 – Illustrations d'Aubrey Smith.

P. 24 – Aiguilles d'acupuncture en or, musée du Hebei, Shijiazhuang. Photo : akg-images.

P. 34 – Sapèques *wuzhu*, site archéologique des tombes du marquis de Haihun, Nanchang, Jiangxi. Photo : Xinhua / Alamy.

P. 41 – Traité d'obstétrique découvert en 1973 dans la tombe n° 3 sur le site de Mawangdui, Changsha. Photo : musée du Hunan / www.hnmuseum.com.

P. 52 – Chevaux en terre cuite, Shaanxi, collection privée. Photo : akg-images / François Guenet.

P. 58 – Le cheval d'or de Maoling, musée d'histoire du Shaanxi, Xi'an. Photo : depositphotos.

P. 66 – Modèle de meule rotative en terre cuite exhumé d'une tombe. Photo : Granger Historical Picture Archive / Alamy.

P. 76 – Empreinte à l'encre d'une dalle ciselée, chambre d'offrandes de la famille Wu, Shandong. Photo : The Picture Art Collection / Alamy.

P. 81 – Miroir en bronze à décor TLV. Photo Sepia Times / Universal Images Group / Getty Images.

P. 91 – Modèle de bateau en terre cuite, musée de la ville de Guangzhou. Photo : Hbcs0084 / Dreamstime.com.

P. 102 – Pierre à encre exhumée en 1978 à Jinqueshan, Linyi, Shandong. Photo : BabelStone / Wikimedia Commons / CC BY-SA 3.0.

P. 111 – Empreinte fossile de feuilles de mûrier, Sanyangzhuang, Henan. Photo : Tristram R. Kidder, Washington University in St. Louis.

P. 121 – Panneau funéraire, dynastie des Han orientaux. Photo : Rogers Fund, 1920 / Metropolitan Museum of Art, New York.

P. 131 – Brique moulée représentant les différentes activités dans une mine de sel et exhumée à Yangzishan, Chengdu, Sichuan. Photo : Werner Forman / Universal Images Group / Getty Images.

P. 153 – La tour de guet de Kizilgah. Photo : CPA Media Pte Ltd. / Alamy.

P. 170 – Boisseau en bronze exhumé d'une tombe Han Chejiguan, Handan, Hebei. Photo : Shan_shan / Shutterstock.com.

P. 175 – Sceau en argent, Charlotte C. & John C. Weber Collection, don de Charlotte C. & John C. Weber, 1994. Photo : Metropolitan Museum of Art, New York.

P. 185 – Empreinte d'un relief en pierre représentant une scène de labour. Photo : akg-images / Roland et Sabrina Michaud.

P. 205 – Brique en terre cuite à décor incisé, musée de la ville de Xianyang, Shaanxi. Photo : akg-images / Laurent Lecat.

P. 224 – Statue en pierre de cheval découverte devant le tombeau du général Huo Qubing, près de Xi'an, Shaanxi. Photo : Panorama Media / agefotostock.com.

P. 229 – Tombeau de l'empereur Jingdi, mausolée Yangling, Xi'an, Shaanxi, Chine. Photo : Gary Todd / Flickr / Domaine public.

P. 250 – Statuette en terre cuite de danseuse aux longues manches exhumée d'une tombe, Charlotte C. & John C. Weber Collection, don de Charlotte C. & John C. Weber, 1992. Photo : Metropolitan Museum of Art, New York.

P. 255 – Deux vases en terre cuite ornés d'acrobates en équilibre, période des Han occidentaux, musée Cernuschi, Paris. Photo : Guillaume Jacquet / Wikimedia Commons / Domaine public.

P. 261 – Lampe en forme d'oie tenant un poisson dans son bec, musée national de Chine, Pékin. Photo : Rowanwindwhistler / Wikimedia Commons / CC BY-SA 3.0.

P. 264 – Brûle-parfum en bronze, période des Han occidentaux, Severance and Greta Millikin Purchase Fund. Photo : Cleveland Museum of Art.

P. 271 – Relief d'un tombeau figurant une scène de bataille. Photo : Werner Forman / Universal Images Group / Getty Images.

Remerciements

L'auteur tient à exprimer sa profonde gratitude à Philip Matyszak et à Gabriella Nemeth pour l'aide précieuse qu'ils lui ont apportée tout au long de la rédaction de ce livre.

Merci également à Charlene Murphy pour sa relecture attentive.

Table

Les docufictions historiques aux Éditions Payot

Dans la même série

Donald P. Ryan

24 Heures dans l'Égypte ancienne

Traduit de l'anglais (États-Unis) par Hélène Colombeau
en collaboration avec Mario Pasa

Né en 1957, l'Américain Donald P. Ryan est archéologue. Vulgarisateur scientifique reconnu, il est rattaché à la Pacific Lutheran University de Tacoma (État de Washington) et a notamment fouillé des tombes de la Vallée des Rois, dont celle d'un personnage de ce livre : le vizir Aménémopé.

L'Égypte ancienne nous inspire surtout la vision de momies et de trésors funéraires, mais qu'en était-il des vivants et des objets de la vie quotidienne ? Sortons des tombeaux pour partir à la rencontre de vingt-quatre protagonistes, un pour chaque heure d'une journée de l'an 1414 av. J.-C., dans la capitale d'Amenhotep II. Certains ont réellement existé : nous allons côtoyer des hommes tels que le pharaon, son vizir, son architecte, un embaumeur, un pêcheur, un briquetier et même un pilleur de tombes, mais aussi des femmes telles que la grande épouse royale, une accoucheuse, une prêtresse, un couturière, une pleureuse, une danseuses ou encore une simple maîtresse de maison. Autant de portraits des plus divers pour brosser avec originalité celui de la société égyptienne à Thèbes sous la XVIIIe dynastie, un siècle avant le règne de Toutânkhamon.

Philip Matyszak
24 Heures dans l'ancienne Athènes

Traduit de l'anglais par Hélène Colombeau
en collaboration avec Mario Pasa
Présentation de Mario Pasa

Spécialiste de l'Antiquité grecque et romaine, le Britannique Philip Matyszak vit au Canada. Il est l'auteur de nombreux ouvrages et prépare des cours en ligne pour l'Institute of Continuing Education at Madingley Hall, qui dépend de l'université de Cambridge.

Comment se déroulait une journée de l'an 416 av. J.-C. à Athènes ? Sur l'Acropole, on pouvait croiser alors Socrate, Aristophane, Sophocle, Hippocrate et Alcibiade, mais qu'en était-il des gens ordinaires ? Justement, ce livre ne redonne vie aux célébrités du monde grec qu'en leur faisant partager le quotidien de femmes et d'hommes mis en vedette à chaque heure du jour. C'est ainsi que deux esclaves d'Aristophane lisent sa nouvelle pièce, qu'une danseuse suscite l'admiration de Socrate et qu'un professeur de lutte s'apprête à entraîner Platon, encore adolescent. D'autres personnages se succèdent : des politiciens et des sportifs, bien sûr, mais aussi une sorcière, une épouse infidèle, une hétaïre, un urbaniste, un contrebandier, un espion… Chaque fois, c'est pour nous faire découvrir des aspects particuliers de cette civilisation qui marqua l'Histoire et dont nous sommes les héritiers directs.

LA TRILOGIE ROMAINE D'ALBERTO ANGELA

Alberto Angela est né à Paris en 1962. Archéologue de formation, il présente à la télévision publique italienne des émissions culturelles très regardées. Tous ses livres ont été des best-sellers dans sa patrie, et les trois volets de sa trilogie romaine ont connu de même un grand succès en français.

Empire
Un fabuleux voyage chez les Romains avec un sesterce en poche

Traduit de l'italien par Nathalie Bouyssès
en collaboration avec Mario Pasa

Imaginons que nous puissions parcourir l'Empire romain entre 115 et 117 ap. J.-C., sous le règne de Trajan et à l'époque de son expansion maximale, de la Germanie à l'Égypte et de la future Angleterre à la Mésopotamie ; que nous sympathisions en chemin avec les personnages les plus divers, un serviteur ou l'empereur en personne, un légionnaire ou un marchand, une patricienne ou une prostituée ; qu'ainsi nous explorions la civilisation romaine dans toute la lumière de son génie comme dans ses zones d'ombre ; qu'un jour on nous fasse une démonstration de machine à laver mais qu'une autre fois on nous impose la vision d'esclaves en cage. En nous invitant à suivre l'itinéraire d'une simple pièce de monnaie, Alberto Angela rend possible cette extraordinaire aventure, caméra au poing. Frappé à Rome, le sesterce passera de main en main dans bien des provinces – et qui sait s'il n'entraînera pas le lecteur au-delà des frontières de l'Empire ?

Les Trois Jours de Pompéi

Traduit de l'italien par Catherine Pierre-Bon
Préface de Mario Pasa

Aurions-nous survécu à l'éruption du Vésuve si nous avions habité dans les environs en 79 ap. J.-C. ? Et quelle existence aurions-nous menée jusqu'alors ? Car Alberto Angela continue de faire de ses lecteurs d'authentiques Romains pour reconstituer l'une des plus grandes tragédies des temps anciens, loin des idées reçues. Elle n'aurait pas eu lieu un 24 août mais un 24 octobre, et ce qu'on appelait « Vesuvius » n'était alors qu'un modeste relief dont on ignorait la vraie nature, mais qui libéra soudain une énergie équivalant à celle de 50 000 bombes d'Hiroshima. Malgré l'ampleur du cataclysme, l'auteur a identifié sept survivants. C'est notamment à leurs côtés que nous participons à un reportage sur la vie quotidienne au pied du volcan – tragique compte à rebours –, puis à un film catastrophe. Cette tension dramatique sur trois jours, il fallait un scientifique doublé d'un journaliste pour nous la restituer comme s'il nous embarquait sur un *Titanic* de l'Antiquité.

Une journée dans la Rome antique

Sur les pas d'un Romain, dans la capitale du plus puissant des empires

Traduit de l'italien par Catherine Pierre-Bon
en collaboration avec Mario Pasa
Présentation de Mario Pasa

Nous retournons en l'an 115 pour explorer la capitale impériale selon un emploi du temps très précis, parfois à la minute près. Une fois de plus Alberto Angela nous sert de guide, lui qui semble aussi à l'aise dans la Rome du IIe siècle que dans celle du XXIe siècle, où il réside. Ça tombe bien : la meilleure façon de découvrir le quotidien des habitants de l'Urbs (la « Ville », comme disaient les Latins), c'est encore de les côtoyer du lever au coucher, en de riches demeures ou de sinistres immeubles de rapport, à la table d'une taverne ou au cœur des forums impériaux, dans les bassins des thermes de Trajan ou sur les gradins du Colisée, au milieu d'un marché aux esclaves ou en plein banquet. En nous confrontant comme toujours à de multiples situations et à des individus aussi divers que l'historien Tacite face à son éditeur et un condamné face à un lion, le narrateur nous fait éprouver la civilisation romaine dans ce qu'elle a de raffiné et de cruel, d'insolite et de moderne.

M.P.

pca
cmb
édition pré-presse
livres numériques

44400 Rezé

IMPRIM'VERT®

Achevé d'imprimer en mars 2022 par Corlet Imprimeur - 14110 Condé-en-Normandie
Dépôt légal : mars 2022 - N° d'imprimeur : 21120952 - Imprimé en France